光文社文庫

復讐の弾道

新装版

大藪春彦

光文社

『復讐の弾道』　目　次

第1章　出　獄

1

　正面約二百五十メーター、横七百メーターの長く高い塀で囲まれた府中刑務所の西門は改修中で、閉鎖されていた。

　臨時の正門として使用されている北門は、刑務所正面側から見て左側の塀の中ほどにあり、小、中学校や明星学園などが並んでいるために学園通りと名づけられた道路に面していた。

　十一月初めの朝の冷たい雨が刑務所の灰褐色の塀を濡らし、うなだれた柳の枝から水滴をこぼしていた。学園通りと刑務所の塀に沿って北門の前に細長くのびた砂利敷きのパーキング・ロットには二、三台の車が駐まっていた。カー・ラジオのボリュームを上げた車内では、黒っぽい背広の襟にそれぞれの属する暴力団のバッジを光らせた男たちが時計を気にしている。

午前九時——車から降りた男たちは、互いを意識して肩を怒らせながら、潜り戸とともに閉じられている北門の前に並んだ。

重い軋りを洩らし、鈍い鶯色に塗られた鋼鉄製の北門が開かれた。看守に見送られて、ボストンバッグやスーツケースを提げた男たちが三、四人姿を現わした。みんな、まだ髪がのびきってない。が、出所の数か月前から髪をのばすことを許されて、クルー・カットには見える。

黒服の男たちは、それぞれの相手を出所者たちのなかに見つけると、

「兄貴、ご苦労さんでした」

「社長がお待ちかねですぜ、さあ、早く……」

などと言いながら、駐めてある車に抱えるようにして連れていく。

北門の前には、最後に出てきた男だけが残った。荒削りの顔と重量級のボクサーのような体を持った三十二、三の男だ。

その男は荷物を提げてなかった。ナフタリン臭いバーバリーのレイン・コートの襟を立てると、鋭いが暗い瞳で雨雲を見上げ、塀に沿って歩きだす。

「北川君、しっかりやれよ。二度とこんなところに戻るんじゃないぜ」

担当の看守が、男の広い背に声を掛けた。

「お世話になりました」

男は唇だけで笑った。俺の本名は北川守(まもる)なんかでないと教えてやったら、看守はどんな顔をするだろうと思うと、瞳にも薄笑いが浮かんでくる。

パーキング・ロットの車が、砂利と排気煙を男に浴びせて、つぎつぎにスタートした。男は三年のあいだ自分を閉じこめていた檻(おり)の灰色の塀に向けて、歩道に転がっている石を蹴とばした。

しばらく歩くと、学園通りは刑務所正面前の道路とぶつかる。男はその道を左に折れた。泥水の飛沫(ひまつ)をあげてダンプやトラックの往来が激しい。

灌木(かんぼく)の植込みなどを前にした刑務所正面側の塀には、道路を横切って専用の鉄道レールが引きこまれ、その横に改修中の西正門の板囲いが見えた。

道路の右手には、下河原(しもがわら)線の向こうに、東芝車両工場が一つの町をなして白く広がっていた。北府中駅は、その東芝工場への入口のところにある。

男はクルー・カットにした短い髪から額に垂れてくる水滴をレイン・コートの袖で拭(ぬぐ)い、通勤者の群れが落としていったのであろう煙草の吸殻やチューイン・ガムの包み紙が散乱した北府中駅に近づいた。

駅の売店で煙草を五つほど買った。先ほど返してもらった財布には、全財産である五万円がはいっている。そのうちの数千円は、刑務所のなかで働いて稼いだ金だ。

煙草をくわえ、サービスのマッチで火をつけようとして、背広のポケットにダンヒルのライターがあることを思い出した。三年前に入れたガスだから自信はなかったが、その銀色のダンヒルは一発で青い炎をゆらめかせた。

男は甲州街道に向かって歩きだす。親指と人差し指で摘んだ煙草を掌で覆い隠すようにして貪り吸うのは、雨に濡らさないためだけでなく、この三年間に身についた習性かもしれない。

使役に出たときに拾ったりした、巻紙が茶色に変色した吸殻と違って、柔らかく肺にしみこむニコチンは急激に体じゅうにまわっていき、軽い吐き気さえも覚えさせた。

空車のタクシーが通りかかった。男は煙草を捨て、鋭く口笛を吹いてそれを呼びとめる。タクシーは新しいセドリックであった。男が入所してから出たニュー・モデルだが、刑務所内でガソリン自動車二級整備士の免許を取った彼には、はじめて見る車ではなかった。

タクシーは二、三度ハンドルを切り返してUターンして停まった。男が乗りこむと、若い運転手は、

「どこに?」

と、仏頂面で尋ねる。

「新宿だ。それから、ヒーターを入れてくれ。服を乾かす」

男は言って二本めの煙草に火をつけた。

「冗談じゃない。勘弁してくださいよ。ヒーターをつけると窓が曇ってしようがない」

走りだすとすぐに、トップにギアを入れてエンジンをノッキングさせながら、運転手は鼻で笑った。

「久しぶりにタクシーに乗った。青いバスよりは乗り心地がいい」

男は呟くように言ったが、その声には冷たいすごみがあった。

「え……？　それじゃ、旦那は……」

運転手は首筋を緊張させた。

「どうだい、近頃の景気具合は？」

「相変わらず、いくら稼いでも追いつかないってところで」

「まあ、それでも元気そうで何よりだ。あんたが事故で死なないように祈るよ」

「すみませんでした。徹夜で流してたんで苛々（いらいら）してました……さあ、暖まってください」

運転手は鼻の下に浮いた汗を手の甲で拭った。その手でヒーターのスイッチを入れる。鈍い音をたててモーターが唸り、暖風を吹きだした。

タクシーは、道を横断している米空軍司令部に通じる引込み線を渡った。道の右手に日本製鋼の大工場が、冬休みの大学のキャンパスのような落着きを見せて広がっている。

タクシーは混雑した甲州街道にはいり、左に折れる。しばらく行くと調布（ちょうふ）バイパスだ。

道幅が広くなったその直線道路を、ほとんどの車がスピード・オーバーで飛ばす。男の乗ったタクシーのスピード・メーターも、八十から百を上下し、ヒーターで曇った後窓（リア・ウインドー）は細目に開かれたサイド・グラスやベンチレーターから吹きこむ風に拭われる。

男は久しぶりのスピード感に酔った。そして三年前のあの時の失敗のことを想いだして唇を歪める。

男の本名は羽山貴次(はやまたかつぐ)、北川守というのは六年前に横浜真金町(よこはままがね)のドヤ街で戸籍とともに、肺病で死にかけていた男から買った名前だ。

羽山は、北川という新しい名を得て、自分の過去を断ち切ろうとしたのだ。そして、人生の再スタートを切るために、陸上自衛隊にはいった。

北川名の羽山は辛い訓練に耐え、だらけた体と気持ちを鍛え直した。羽山の人のよさにつけこんでさんざんに利用してきた暴力団も、自衛隊のなかまでは追ってこなかった。羽山は北川名で運転免許証もとった。

しかし運命の神は羽山に対して冷酷であった。入隊して二年後、射撃に対する抜群の成績を認められて陸上自衛隊富士学校の教官に抜擢(ばってき)された羽山が、習志野(ならしの)の降下部隊に射撃コーチとして出張し、小隊に速射技術を教えているとき、隊員の一人が暴発事故を起こしたのだ。不運な凶弾は、射場のはるか先にある富士見(ふじみ)団地の主婦の額を貫いた。世論はわき、当然のことながら羽山は責任をとって退職した。

羽山自身にも自責の念が強かった。だから羽山は、町を捨てて、飛騨(ひだ)の山奥のダム工事現場のブルドーザーの運転手として、世捨人の人生を送ろうとした。それに、すべてのことがわずらわしくなっていたのだ。

しかし、運命は羽山を静かに生きさせてくれなかった。建設会社のダイナマイト係が落盤で死んだとき、羽山は自分も火薬取扱の許可証を持っていることをしゃべってしまった。むろん、自衛隊にいたとき取得した北川名義のだ。

羽山が北川名で、臨時雇いのブルドーザー運転手として働いていたその会社は、大会社の下請けのまた下請けであった。実体は暴力団の資金源であった。

羽山はダイナマイト係として、その会社に正式に入社した。給料はブルドーザーの運転手をしていたときの三倍であった。

高給の理由は、すぐにわかった。会社は工事用のダイナマイトを、暴力組織に流していたのだ。高給は口止め料であった。

横流ししたダイナマイトの帳面づらを合わせる仕事に抗議した羽山は、十数人の暴力団員に取り巻かれた。多勢のうえに、相手は銃を持っていた。半殺しの目にあった羽山はふたたび暴力組織に引きずりこまれた。

羽山は、自暴自棄になり、悪の才能をのばしていった。そして、町にもどった羽山は、流れ流れて、金庫破りの一味にさそわれた。捕まって刑に服しても、自分の肉親に傷がつかないように北川名を捨てないことが、ただ一つの救いであった。

三年前のあの時は、もう成功したも同然であったのだ。計画どおりに他の二人と渋谷松濤町にある金融業者の自宅の金庫を破り、三千万近い現ナマを手に入れたのだ。現ナマと二人の仲間を乗せた盗品のジャガー三・八リッター・セダンを運転して、三人が共同で借りている杉並大宮前の隠れ家に向かいながら、男——羽山の顔に興奮の色はなかった。

後ろのシートの二人は、本間と望月という男だ。二人とも羽山よりも十歳ほど年上で、金庫破りにかけては羽山の先輩であった。

しかし、彼らにしても一度に三千万の札束を掴んだのは初めてであった。三千万の札束と、札束と一緒に頂戴してきたオールド・パーのスコッチのラッパ飲みが、二人の冷静さを完全に奪い、危険な狂騒状態に追いこんでいた。二人はハンドルを握る羽山の口にもスコッチを流しこみ、

「飛ばせ。エンジンが焼けるまでブッ飛ばすんだ！」

とわめいた。

午前四時の甲州街道は、行き交う車は、数えるほどであった。街道に面した交番の巡査も居眠りをこらえている。

サードで思いきり引っぱってからトップに入れると、ジャガーのセダンはたちまち百五十キロに達した。風圧が凄まじい。

「その調子だ、もっと飛ばせ」

望月がエンジンとギアの咆哮に負けずに怒鳴る。

前方百メーターの大原交差点の信号が黄色に変わった。羽山は、反射的に右の踵でブレーキを強く踏み、スピードを百キロまで殺すと、ギアをニュートラルに戻した。踵はブレーキを踏んだまま靴先でアクセルを踏んでエンジンを空ぶかしし、ギアをサードに落とす。ギアはチーズを切るようにサードに吸いこまれた。

エンジン・ブレーキは悲鳴をあげ、ジャガーは巨人に後ろ髪を摑まれたように急減速する。羽山はさらにヒール・アンド・トウのダブル・クラッチを使ってローまでシフト・ダウンし、交差点の前で車を停めることができた。

ただブレーキを踏んだだけなら、絶対にこんな短い距離で停まることはできない。自分の運転技術のレーサー並みの正確さに酔った羽山は、交差点で右折して水道道路にはいると、急発進と急減速を楽しんだ。発進するときには三千回転までエンジンをふかしておき、クラッチを滑らせながらアクセルを一杯に踏みこむと、一瞬クラッチと、タイヤが焼ける匂いを残して蹴とばされたようにスタートする。

乱暴なスタートと急停止の度に、後ろのシートの二人はバランスを崩しながら羽山をけしかけた。

調子に乗った羽山は高井戸署の手前の交差点に近づいたとき、署の前に駐まっていた二台のパトカーが、いっせいに真っ赤なスポット・ライトを点滅させ、サイレンを咆哮させせながら走り出てきたのを見て罵声を漏らした。パトカーはジャガーが猛スピードで通り過ぎてきた道筋の各交番から、連絡を受けて待ち伏せていたのだ。

二台のパトカーは並び、狭い水道道路に立ちふさがった。羽山は百三十キロから急激に九十キロまでジャガーのスピードを殺すと、右側の道に向けてハンドルを大きく切った。直角ではなくV字に近い鋭角のカーブだ。

タイヤはエンジンとともに悲鳴をあげ、遠心力で車体は大きく外側に傾き、内輪は浮きあがった。外側前輪に車体の重さの大半がかかる。

それでも羽山は、そのカーブを曲がりきれると計算した。後ろの二人はドアに叩きつけられる。この場さえ切り抜ければ、トラック・エンジンを積んだ鈍重なパトカーなどから逃げきるのは楽な仕事だ、と羽山は思った。

だが、すでに過熱していた外側前輪のタイヤは、爆音をたててパンクした。バーストだ。

ジャガー三・八はコントロールを失い、コマのように回転してから横倒しになった。横倒しになったまま摩擦の火花をちらして三十メーターほど滑り、電柱をへし折ってやっと停止した。

潰れて開いたドアから放りだされた望月は、頸椎(けいつい)が項(うなじ)の皮膚を破って突きだしていた。本間は前窓に顔を突っこみ、ぎざぎざになったガラスの破片に頸動脈を切断されていた。二人とも、申し分のない即死だ。

そして羽山は、ダッシュ板(ボード)に叩きつけられた肋骨を三本折られて、意識が薄れていった。薄れてゆく意識のなかで、冷静さを失うような馬鹿なことは二度とくり返すまいと心に誓っていた。

羽山は裁判の時も北川の名で通した。

戸籍謄本に顔写真や指紋が載っているわけではないから、羽山は本名を知られずに判決を受けた。本物の北川は裁判のとき名乗りでなかったから、すでに死んでいるのかもしれない……。

そして、懲役三年という最軽量の判決を得るために羽山は、超一流の弁護士を雇い、これまで稼いだ金をその弁護士に全部吐きださなければならなかった……。

2

調布バイパスを過ぎ、烏山(からすやま)バイパス入口のネックに来ると、たちまちタクシーは一寸刻みにしか動けなくなった。タクシーの前を行くレンタカー・クラブのシボレーに乗った派手なセーターの若者と、女給だかズベ公だか区別のつかない女は、車が動かなくなるたびに接吻をくり返している。

「お客さん、アタマに来ませんか?」

タクシーの運転手が前のシボレーから黄色っぽく光る瞳を離さずに言った。

「ああ、アタマに来たよ。長いこと女を抱いてない」

羽山は乾いた硬い唇を舐めた。

「近ごろは不便になりましたな。金の余っている奴かチンピラかのどっちかでないと遊べなくなった」

「金は持っているが」

羽山はカマを掛けてみた。

運転手はしばらく考えているようであったが、後ろを振り向くと、

「二万円あればいいんですよ」

と呟く。

「出そう」

「そうと決まれば善は急げだ。朝っぱらから遊んで悪いって法はありませんからね」

「場所は？」

「四谷（よつや）の某所とだけ言っておきましょう。二万円で三時間ですよ。そのほかに飲み食いのほうは実費だけ払ってやってください」

運転手は言った。

「わかった。だけど、その前に笹塚（ささづか）の交差点で左に折れてくれ。ちょっと寄る所があるん

だ」

羽山は言った。

前を行くシボレーのアベックは、接吻の反復をやめない。これが夜ならば、スカートとズボンを汚しあうところであろう。

烏山バイパスにはいると、車の流れはまた早くなった。タクシーはシボレーをすれすれに抜いて尻を振る。

環状七号は羽山が捕まる前と一変していた。タクシーは笹塚交番前で左に折れて少し走る。

「どこまでなんです?」

「中野区にはいったらすぐに、左手に太陽モーターズというところがあるはずだ。その手前で停めてくれ」

羽山は言った。太陽モーターズはすぐに見つかった。町工場にしてはかなり規模が大きい修理工場であった。

「心配するな。これを預けとくよ。メーターは待ちにしてもいい」

工場の塀に寄せてタクシーを停めた運転手に千円札を二枚放りだし、羽山は工場の門をくぐった。

前庭には三十台ほどの故障車が埃にまみれている。その奥の屋内作業場では十台ほどの車と二十人ぐらいの修理工が格闘していた。エンジンの空ぶかしの轟音(ごうおん)、板金のハンマーの騒音、塗装のシンナーの匂いが羽山に一瞬刑務所の作業場に戻ったような錯覚におちいらせた。屋内作業場の上が工員の寮になっているらしい。そして事務所は作業場の左手にある。羽山は事務所に歩いた。

受付の男は土色の顔をした中年男であった。シンナーの匂いを放つハンカチを鼻に当てていたが、羽山の姿を認めて、ハンカチをゆっくりとデスクの引出しにしまった。シンナーの中毒者だ。おそらく刑務所生活の体験者であろう。アルコールのかわりにシンナーを嗅いで酔っているうちに、シンナーなしでは過ごせなくなる。

「車の故障かね？」

受付の男は無愛想に尋ねた。事務室にはそのほかに、作業服の検査係と女の事務員が二人見える。

「北川という者です。今しがた府中から出てきました。ここの社長さんは保護司をやっていらっしゃるので訪ねていけ、と、出所するとき言われましたので……」

羽山は頭をさげた。

「ちょっと待ってくれ」

受付の男はのろのろと立ち上がり、社長室と書かれた奥の部屋のドアをノックしてはいった。しばらくして席に戻ると、無言でそのドアを指さす。羽山は小腰をかがめて社長室にはいっていった。女の事務員の横を通るとき、淡い化粧の匂いと体臭を肺深く吸いこむ。

金庫とロッカーとデスクとソファの置かれた殺風景な社長室では、毛がだいぶ抜けた熊皮を敷いた肘掛け椅子に、肥満した背の低い男がそっくり返っていた。豆腐の棒のようにしまりのない人差し指は分厚い金の指輪でくびれている。

「来たか？　儂が大森だ。副所長から連絡があった。どうだ、娑婆の空気は？」

社長は女のように甲高い声で言った。

「もう二度と閉じこめられたくありません」

羽山は殊勝気に瞼を伏せて見せた。

「そうだろう、お前も馬鹿でないから、もう二度と悪いことをやるのはよして、真面目に働くんだな。そうかと言って、いくら求人難の時代でも、ムショ帰りのお前をおいそれと使ってくれるようなところはザラにあるもんではない。どうだ、儂のところで使ってやるから、みっちり鍛えられてみないか？　食わしてやったうえに月一万円もくれてやる。休みだって月に二度あるんだ」

「ありがとうございます。でも、出所するときまでは、出てきたらここのお世話になるつもりでしたが、今は自信がなくなりました」

「甘えるんじゃない！」

「すみません。郷里に一度帰ってゆっくり静養してから出直してこようと思いまして……」

羽山は気弱そうに呟いた。

「おい、そんなこと言って、どこかほかのところに職を見つけたのか？　わかったよ。月に一万五千円出す。考え直してくれよ」

大森は急に猫撫で声になった。

「もったいない。一万でも私には充分なのですが、何しろ精神的に虚脱状態なもんで……」

「すわなりさい。二万出す。君の技術はなかなかのもんだそうじゃないか。二万五千円でもいい」

大森は立ち上がった。羽山の乳のあたりまでしか背がとどかない。

「本当なんです。そのかわり、出直してきたときには、必ずここにお世話になります」

「約束だよ、君の郷里はどこだったかな？」

「信州の大町です。山小屋の番人でもして、何も考えずにこの冬を過ごしてみたいと思っています」

北川の本籍地を思いおこしながら羽山は答えた。

「残念だな。そのかわり、出直してきたときには約束を守ってくれるだろ？……向こうにいても、ときどきは連絡をたのむ」

大森は尊大なポーズを捨てて羽山に抱きつかんばかりであった。

羽山は工場の門を出ると唇を歪めて薄笑いした。待っているタクシーに乗りこむと、

「さあ、案内してくれ」

と、親しげに運転手の肩を叩く。

半時間後、タクシーは四谷若葉町の高級住宅街にある、古びた大きな洋館の門の前に停まった。まさに古めかしい洋館と呼ぶのにふさわしく、煉瓦塀にも石造りらしい三階建ての建物にも蔦がからみつき、その枯葉が風に震えている。島津と表札が出た門の裏側の小屋から、蝶ネクタイと黒服の男が歩みでた。タクシーの運転手が手で合図をすると鉄柵の門を開く。タクシーは邸内にはいった。

適当に植込みや泉水などが配置されて、道路からは建物の一階が見通せないようになっている前庭は、五百坪（一六五〇〇平方メーター）ほどの広さを持っていた。庭の横に十数台収容できそうな駐車スペースがある。

タクシーは玉砂利をはじきとばしながら玄関前に停まった。羽山はチップを含めてさらにもう一枚の千円札を運転手に渡す。

「ノッカーを五度叩いて覗き窓が開いたら、パーティの用意はできていますか、と訊いてください。それが合図です」

運転手は羽山のためにドアを開きながら言った。羽山が車から降りると、タクシーはゆっくりと去っていく。

玄関のドアに浮彫りされた青銅の獅子は黒ずんでいた。羽山は真鍮のノッカーでノックし、覗き窓に現われた年増女の顔に、運転手から教わった文句を告げた。

ドアが開いた。玄関ホールに立った四十過ぎの和服の女が、

「どうぞ……」

と、小腰をかがめ、羽山をサロンのほうに案内していく。玄人じみた感じは与えない。

サロンも広かった。暖炉で白樺が桃色の炎をゆらめかせて燃え、その横はバー・カウンターになっている。中身は知らないが、飾り棚の洋酒の壜は一級品を揃えていた。バーテンの姿はまだ見えない。

床の絨毯は分厚かった。ポーカーやブリッジ・テーブルをはさんで革張りのソファや肘掛け椅子が置かれている。

「少々お待ちになって……」

女は言って、カウンターをくぐった。羽山はソファに沈みこみ、テーブルに置かれた煙草入れからマディスンの細い葉巻き煙草をつまんで唇にくわえた。

きつい香りの煙を肺一杯に吸いこむ。誰かに監視されているような感じがした。動物的なほど研ぎ澄まされた俺の勘に狂いはない、と羽山は思う。どうやら、壁の三方に嵌めこみになった姿見がマジック・ミラーになっているらしい。

だが羽山はそれに気づいた素振りはいささかも見せずに、葉巻き煙草の煙の行くえを瞳で追っていた。

和服の女がマルティニのグラスとアルバムを持って羽山の向かいにすわった。

「これは、サービスになっていますの」

と、グラスを勧める。

羽山はグラスを取り上げた。久しぶりの本物の酒だ。ゆっくり味わう余裕はなかった。たちまち胃が熱くなる。

「お好きな女を……」

和服の女はアルバムを羽山に渡した。分厚いアルバムの一ページごとにここで使っている四十名近い女の水着姿の写真が貼られ、身長や体重、それに趣味などが書かれている。

羽山の趣味は小柄で細く、それでいて要所要所の発達した女であったが、今日は純粋に飢えだけを満たすために大柄な女を選ぶことにした。真矢というスペイン系の混血娘の写真を指さす。写真で見たところでは、圧倒的なボリュームの体と暗く燃えるような瞳を持っている。

「今は十一時少し前ですわね。それでは午後の二時まで楽しい夢をごらんになりますように」

和服の女は慎ましげな微笑を浮かべた。

「金はここで払うのか？」

「お客さまからお金などいただけませんわ……そうですわね、ダイスを振って勝負といきません？　奇数が出たら大きな札を二枚いただきます。偶数の時は同じだけお払いしますわ」

女は和服の袂(たもと)から象牙のさいころを出した。テーブルに転がす、奇数の三が出た。

「すみませんわね」

女はさいころに手をのばした。羽山は女よりも早くさいころを拾いあげる。どの面にも奇数が重複して刻まれている。右の袂には偶数ばかりのさいころがはいっているのかもしれない。

「なるほど」

羽山はその細工物のさいころを四枚の五千円札とともに女に渡した。

女は微笑を消さずに、それを受け取った。羽山に待つように身振りし、カウンターの電話を取りあげて二〇七号につなぐように言った。建物のどこかに交換台があるらしい。

すぐに電話の相手が出たらしい。和服の女は、お友だちがこれから伺いますから歓待してあげてね、と言って電話を切る。羽山に向かい、

「真矢の部屋は二階の二〇七号……階段までご一緒しますわ」

と言って、歩きだす。

階上に通じる階段は玄関ホールの奥にあった。羽山は女と別れて、大理石を張った階段を上がった。二階には廊下をはさんで二〇一号から二一〇号までの部屋が五つずつ向かいあっていた。廊下の左右の突き当たりに非常扉は見えない。そして、そのかわりに、物置のような小部屋がつき、それらのドアには、小さなマジック・ミラーが嵌めこんである。

羽山は二〇七号のドアをノックした。

「鍵はかかってないわ」

ハスキーな声が部屋から応じた。羽山はドアのノブを回す。

部屋は薄暗かった。踵が埋まるように厚く柔らかい絨毯の敷かれたその居間は、畳に直すと二十畳敷きぐらいの広さだ。右手の暖炉の前にネグリジェを着けた真矢が脚を横に投げだして物憂げにすわり、右手のブランデー・グラスを口に運んでいた。

真矢は写真よりも翳（かげ）が深かった。暖炉の炎を受けて蒼味がかった瞳が猫族のそれのように光る。羽山を認めてブランデー・グラスを軽く差しあげた。

「やあ……」

羽山は片手をあげ、真矢に近づいた。近づいてみると、真矢は半透明なネグリジェの下に何も着けていないことがわかった。全裸よりも官能をそそる。

「お飲みになる？」

真矢はグラスを置いて羽山に両手を差しのべた。ネグリジェの下の動きが微妙にぼかされて羽山を刺激する。

「スカッチがいい」

羽山は真矢の手をとって助け起こした。大柄な真矢は長身の羽山の耳にとどく。羽山は真矢を抱いて唇を貪ろうとした。胸に圧（お）しつけた真矢の乳房の感触と女の匂いに、長く耐えてきた羽山は頭が痺れそうだ。

「時間は充分にあるわ。あとでね、坊や……」

真矢は低く笑うと巧みに羽山の抱擁(ほうよう)を逃れた。部屋の左側の壁に嵌めこみ式になった洋酒棚に近づく。洋酒棚の横に冷蔵庫がある。

羽山はコートと上着を肘掛け椅子に投げると、金だけを内ポケットに残して運転免許証のはいった財布をズボンのポケットに移し、暖炉の前のエジプト革のクッションにすわりこんだ。あれから北川名義の運転免許を取り消されたので、昨年刑務所で試験を受け直したのだ。部屋の奥のドアが細目に開いていて、寝室の一部が見える。

羽山は煙草に火をつけ、ふだんは壁の羽目板で隠せるようになっている流しで氷を割る真矢の後ろ姿を眺めていた。期待で下腹は痛くなっている。

やがてサラミやブルー・チーズの厚切りや一鉢のキャビアとともに、真矢はバランタインのスコッチを壜ごと運んできた。

「ストレート？　オン・ザ・ロックス？」

と、絨毯の上にすわった。腿のあいだの翳(かげ)りが見える。

「オン・ザ・ロックス。面倒だからはじめは大きなグラスで」

羽山は短くなった煙草を暖炉に投げこんだ。

氷で冷やしたスコッチをダブル十杯分ははいるミキシング・グラスで一気に飲むと、血管の隅々までアルコールが駆けめぐり、あとをゆっくり味わって飲む気になった。

「ウイスキーをビールのように飲むのね」

真矢は大きな瞳をさらに見開いた。次はダブル・グラスに注ぐ。

「ビールは口直しだ。舌からアルコールを抜くための」

羽山は鼻で笑ったが、急激にはいってきた多量のアルコールに胃がむかついてきたのでチーズを口に放りこんだ。吐き気は静まった。

スコッチの壜を一本空にしたとき、羽山は形だけあらがう真矢を抱きよせた。暖炉の炎の照り返しを浴びながら、陶酔のなかに自分を埋める。

アルコールで感覚を鈍らせてはいたが、久しぶりの女の体は羽山をあっけなく終わらせた。真矢は軽い非難の声を漏らし、羽山を寝室の隣りについた浴室に案内した。

しかし、寝室に移ってからの羽山は、たくましい牡に戻っていた。真矢は膝から上を己れの蜜で濡らして悶え狂い、羽山の肩に歯をたてて泣き声を殺そうとする。

約束の二時がきたとき羽山はすでに三度目を終わっていたが、浴室で汗と汚れを流すときにも真矢を離さなかった。

寝室に戻ると、部屋を片づけるという名目で様子をうかがいに居間までやってきたボーイの制服の用心棒らしい男に、

「あと一度デートをのばさせてくれ。金は上着の内ポケットだ」

と、寝室のドア越しに言う。

「かしこまりました。では、五時にまた伺います」

男の返事が答えた。羽山はその男にかまわずに、真矢を貪る作業を続ける。真矢も激しく応えた。

午後四時を過ぎたとき、羽山の強靭な体は充分に余力を残していたが、腰が溶けたようになった真矢は意識が半ば混濁してきたようであった。羽山は愛技を続けながら、

「このクラブは毎日やっているのか？」

と、切り出してみた。

「………」

堅く瞼を閉じ、眉を寄せて口を開いて快感を逃すまいとする真矢は、喘ぎながら頷いた。

「クラブの持主は？」

「知らない……会長の顔は見たこともないわ……でも、ママは経営者じゃない。雇われよ……やめないで、いまやめたら刺してやるから……」

真矢は夢遊病者のようになっていた。

「クラブの毎日の売上げはたいしたもんだろう」

「百万は越えるらしいわ」

「経理の事務所はどこなんだ？」

「地下室よ」

真矢は喘いだ。

「売上げは会長が取りに来るのか？」

羽山は囁いた。

「事務の人が会長のところに車で運ぶようよ。二日に一度ずつ……今夜は運ぶ日ね」

真矢は催眠術にかかったように呟く。

「使う車は？」

「コロナのスポーツ・カー」

「いつもは何時ごろに出る？」

「はっきりとは知らないわ。明け方でしょう。裏口からだわ。もうそんな話はやめて。刑事じゃないんでしょう」

真矢は羽山の唇を掌で閉ざし、官能の夢を貪ることに夢中になった。

羽山はその真矢の夢を充分に満たしてやった。絶叫とともに終わった真矢は、そのまま寝息をたてはじめる。羽山も睡魔に襲われた。

寝室のドアをノックする音に羽山は目を覚ました。開いた唇から唾液の糸を垂らしてまだ眠り続けている女から体をはなした羽山は反射的に腕時計を覗いてみた。五時だ。

「お時間です」

先ほどのボーイの声が居間から聞こえた。

「いま出るよ。その前にシャワーぐらい浴びてもいいだろう？」

羽山は答えた。

「ご随意に。それでは、そのあとサロンの隣りの待合室でお待ちください。そこでご精算願います」

ボーイは答えた。続いて冷蔵庫を開く音がする。羽山は浴室にはいると、火傷しそうに熱い湯と冷水のシャワーを交互に浴びた。だらけた筋肉が緊った。

羽山が事務的な感じの待合室にはいったのは、それから五分ほどたってからであった。支配人らしいタキシード姿の五十近い男が、羽山に飲食代を請求した。

それを払うと、羽山には二千五百円ほどしかのこらなかった。支配人は、

「領収書は出せませんが、今日はご満足なさったことと確信しております。お車をお呼びしましょうか？」

と、愛想よく言う。

「いや、結構。散歩がてらゆっくりと外の空気を吸いたい」

羽山は答えた。

支配人は憐れむような微笑を浮かべ、

「それでは、気が向いた折りに、また遊びにいらっしゃってください。合言葉をお忘れなく

……」

と、頭をさげた。

玄関に出ると、パーキング・エリアにはすでに七、八台の車が並んでいた。ベンツからヒルマンまでの車種があるが、コロナは見当たらない。このクラブで使っている車は裏庭にでも駐めてあるのであろう。

羽山はクラブの裏庭を覗いてみたい衝動に駆られたが、監視の視線が自分を追っているにちがいないことを知っていた。レイン・コートの襟を立て、ポケットに両手を突っこんで正門のほうに大股に歩きだす。

3

二時間後、羽山は新宿にある二十円均一のすし屋で立食いして腹をふくらませた。五百円の勘定を払って表に出ると、夜の街はネオンで原色に染まっていた。通りは人と車とでごった返している。

肩で風を切ってのし歩いている暴力団の兄貴株や、パチンコ屋や、映画館の脇の薄暗がりにたむろしているチンピラたちの多くに、羽山は見覚えがなかった。

羽山は荒物屋でゴムの手袋、それにスプーンとヤスリを買い、細い針金を三十センチほどおまけしてもらった。夜店でいちばん安いナイロンの女物のストッキングを買う。

しかし、これで千円札がまた一枚消えた。残りはあと一枚だけだ。羽山はコマ劇場前の広場のベンチに腰をおろすと、ヤスリでスプーンの頭を削りはじめた。

広場には若い男女の虚しい熱気とエネルギーが充満していた。スケート・リンクの入口にあるジューク・ボックスは音楽でなくて騒音に近い音をたて、睡眠薬とビールに酔った十五、六の娘たちと少年たちが抱きあったままふらついている。誰も羽山に注意を払う者はなかった。

スプーンを削る作業を終えた羽山は、コマ劇場の横にできた有料駐車場と新宿劇場のあいだを通って、キャバレーやクラブ形式のバーが乱立する裏通りに出た。温泉マークも多い。そこを抜けて西武線のガードに近づくと、線路の土手の左右には、一泊二百円からあるベッド・ハウスがいくつも残っていた。

羽山はそのうちの一軒〝西久保荘〟にはいった。煙草の焼け焦げの跡と節孔だらけの狭いロビーでは、スプリングがへたったソファの上にすわりこんだ作業服の男たち五、六人が、焼酎の二合壜をラッパ飲みしながらテレビのチャンネルを争っている。廊下の奥から赤ん坊の泣き声がきこえた。

そのベッド・ハウスの番頭は、風呂屋の番台のような帳場で、ヌード写真を集めた雑誌を読んでいた。度の強い眼鏡をずり上げ、値踏みするように羽山を一瞥する。

「狭くていい。合部屋でなく、一人だけで眠れる部屋はいくらだ」

羽山は尋ねた。

「三百円からあるよ。洗濯したシーツをつけると五百円だ」

番頭は答えた。

「そいつを頼む」

「前金なのはわかってるだろうな」

「いいとも」

羽山は最後の千円札を差しだした。

番頭は背後の小部屋からシーツと枕を出してきて釣り銭と部屋の鍵とともに羽山に渡し、

「二階の二〇三号室だ。炊事場はこの廊下の突き当たり、風呂場はその手前だよ。風呂にはいるなら、一回二十円もらうことになってる」

と言う。

「結構だ。明日の朝は早いうちにここを出る」

「靴を渡してもらっとこう」

番頭は答えた。羽山が脱いだ靴を、帳場の脇の下駄箱に仕舞って鍵をかけた。

シーツと枕を抱えた羽山は、湿ったスリッパを引きずって、軋む階段を上がっていった。

吸殻の臓物が泳ぐドンブリが散らかった二階の廊下の左右に小さな部屋が並んでいる。

二〇三号は廊下の左側にあった。ベニア合板のドアを開いてなかにはいり、蛍光灯のスイッチを引くと、バケツのように大きな灰皿だけが置かれた三畳の部屋が目にはいる。突き当たりの曇りガラスの窓を開いてみると、外に鉄格子が嵌まっているのがわかった。羽山は監房に逆戻りしたような気分になって唇を歪める。

羽山は猥褻（わいせつ）な落書きで汚れた押入れを開いて、汗と黴（かび）と他人の体液の臭いのしみこんだ蒲団を出した。シーツを掛けて、その寝床に裸でもぐりこむ。

冷たい寝床には慣れきっていた。これからの行動にそなえ、少しでも睡眠をとって、女に吸いとられた体力を取り戻さなければならない。

蛍光灯を豆ランプに切り替えて瞼を閉じた。電車の轟音が部屋を震わし、それがとぎれると、地鳴りのような自動車の騒音が耳を襲う。

隣りの部屋との仕切りのベニア壁は薄かった。昼間堕したばかりだから今夜は街に立つのを休ませてくれ、と言う娼婦を、ヒモが罵（ののし）りながら殴りつける音が聞こえてくる。女の泣きわめく声が長く続き、それが静まると、殴っているうちに興奮してきたらしいヒモが女の体を貪る微震が伝わってきた。

先ほどとは異質の女の泣き声を聞きながら羽山は眠りにおちた。電車の伝える震動にもすぐに慣れる。

目を覚ました時は午前三時であった。六時間の眠りで羽山の体力は完全に甦っている。羽山は服を着けると一階に降りた。

ロビーには人影はなく、帳場では番頭が居眠りをしていた。羽山は不潔な炊事場で水道の水を飲み、汚れた便所で体を軽くした。

帳場に近づくと、番頭は目を覚ました。羽山は部屋の鍵を返し、靴を受け取った。外に出ると、レイン・コートの襟を立てても、寒気が嚙みついてくる。

咲き誇っていた街のネオンは萎みかかっていた。酔っぱらいに夜の女がからみつき、ヒモたちが路地や電柱の陰でそれを監視している。

羽山にも売れ残りの女たちがつきまとったが、済ませてきたところだ、と言って羽山は断わった。灰色の息を闇に溶かしながら、西大久保の温泉マーク街に向けてゆっくりと歩く。人影は数えるほどに減ってきた。

温泉マーク街のネオンはまだ毒々しく咲き誇っていた。そして、ほとんどの旅館の塀の横に、白ナンバーの車が駐まっている。

羽山は車を物色して歩いた。三時半を過ぎても旅館で女を放さない車の持主たちは、おそらく朝にならないと出てこないであろうから、羽山は落ち着いて仕事ができる。

ゆるやかな坂の上に建つ一軒の旅館の横に、目だたぬ黒塗りのコロナが駐まっていた。坂下のほうに車首を向けていた。

羽山は指紋を残さぬようにゴムの手袋をつけると、ポケットから削ったスプーンを出した。

掌で覆ったライターの炎でそれを煤けさす。そして、車のドアの鍵孔に突っこんでみようとした。

むろん、合わない。羽山は車から離れて少し歩き、削ったスプーンがドアのシリンダー錠のタンブラーに接触して煤がこすれ落ちた個所を、ふたたびやすりで削る。

何度も削り直しているうちに、やっと合鍵はぴったりいった。羽山は車にもぐりこむと、ギアをニュートラルにしてから、合鍵を一段ひねって、イグニッション・スイッチをオンにする。

燃料タンクのゲージがゆっくり動いた。燃料は満タンに近い。羽山は一度車から降り、サイド・ブレーキをはずした。右手をハンドル、左手をドアの後ろのセンター・ピラーにかけて、車を押しはじめる。

ゆるいが下り坂なので、かすかなタイアの軋みの音だけを残して車は動きだした。羽山は車に跳び乗り、ギアをセカンドに入れてクラッチを踏みつけたままにする。

車に惰力がつき、時速十五キロほどになった。もう先ほどの旅館からかなり離れている。それでもスターターの音を聞かれたくないので、アクセルをいっぱいに踏んでおいてから、ゆっくりとクラッチをつないだ。

車は、軽いショックとともにスピードを落とした。そして、次の瞬間、エンジンは咳きこみはじめる。羽山はふたたび素早くクラッチを切ってエンジンの負担を軽くしてやってから、エンジンを空ぶかしした。

ふたたびクラッチをつなぎ、加速させていく。四谷若葉町に向けて走らせた。途中、一斉取締りに引っかかっても大丈夫のように、グローブ・ボックスから車検証を取り出して調べた。

若葉町の住宅街は静まりかえっていた。青い夜霧が漂っている。昼間のクラブに近づくと羽山はエンジンを切り、惰力でコロナを走らせて、裏側の塀に寄せて駐めた。

静かにドアを開いて車から降りた。塀にそって静かに歩き、様子を調べてみる。クラブの裏塀の長さは百メーターを越えていた。

塀の高さは三メーターほどだ。塀の上には有刺鉄線が這っている。その鉄線に引っかかった雀の死骸が焦げているところを見ると、高圧電流が流れているらしい。

裏門はガレージ・シャッターの一枚戸でできていた。人の力では持ち上がらないほど重そうであるから、モーターで巻きあげられるのであろう。ガレージ・シャッターの横に、覗き窓のようなものがついていた。

羽山は盗んだ車に戻った。ダッシュ・ボードの上の棚から窓拭きのセーム皮を取り出し、尻ポケットに捩じこんだ。車のフロアのゴム・マットを全部はずし、それを持って車の屋根に登る。

塀の上端が胸の高さになったが、庭内の木立ちのために建物のほうはよく見ることはできない。羽山は電気が通じている有刺鉄線の上にゴム・マットをかぶせた。手にもゴム手袋をはめているから、感電するようなことはないであろう。

ゴム・マットの上に這いのぼった。塀の内側の桜の樹の枝に跳びつく。たいした音もたてずに、狙った木の枝にぶらさがることができた。樹を伝って地面に降りる。

立木から立木へと身を隠しながら、建物のほうに忍び寄った。木がまばらになり、建物の裏側が見えてきた。建物のこちら側に、三台の車が駐まっている。

そのうちの一台はコロナであった。一六〇〇Sだ。客たちの車は前庭に駐まっているのだから、そこにあるのはクラブの従業員関係の車だ。クラブの一日の売上げは早朝コロナのスポーツ・カーで陰の経営者の家まで運ばれる、と言っていた真矢の言葉を羽山は信じることにしていた。

しかし、現金輸送に使われるコロナが、いま見えている一六〇〇Sとはかぎらない。しかし、スポーティ・セダンである一六〇〇Sのことを真矢はスポーツ・カーと言ったのであろうし、いま見えている車が問題の車である可能性は高かった。

そのとき、建物の裏口から二人の男が出てきた。間に合わなかったか、と羽山は歯ぎしりする。

しかし、二人の男は車のほうには向かわなかった。羽山のほうに歩いている。二人とも棍棒を提げていた。

見張りらしい。羽山は素早く後じさりした。欅の古木にたどりつき、その樹によじのぼって、太い枝の上に腹ばいになった。

二人の見張りは、猥談を交しながら、のんびりと歩いてきた。羽山にも気づかずに、木立ちの外れを通って前庭のほうに去っていった。

羽山はそっと溜息をついた。二人の見張りは十数分かかって庭内を一周し、裏口から建物のなかに戻った。

羽山は欅の木から滑り降りた。建物の裏手のコロナ一六〇〇Sに忍び寄っていく。コロナの左右はクラウンであった。

ガレージ・シャッターの裏門の横に小屋があった。モーター小屋と門番の詰所を兼ねているらしい。小屋のなかでは、初老の門番が居眠りしていた。

羽山は植込みのあいだを通った。女物のストッキングで覆面し、セーム皮で拳大の石を包んで縛る。棍棒がわりになるだろう。

気づかれた様子はなかった。羽山は一六〇〇Sのトランク室の鍵孔に、先ほど作った合鍵を試してみる。

合わなかった。一台一台鍵がちがうから仕方ない。羽山は、蹲って体を隠しながらふたたび、ヤスリを合鍵にかける作業を始めなければならなかった。しかも、ヤスリの音をなるべく立てないようにしなければならないのだから一苦労だ。

やっとトランク室の蓋の鍵孔に合鍵が合ったのは十五分ほどたってからであった。羽山は蓋を開き、トランク室にもぐりこんだ。

窮屈だがなんとか我慢できないこともない。内側から蓋を閉じる。トヨタ系の車のトランクの蓋は閉じると自動的に鍵がかかるようになっているが、内側からは簡単にはずせる。タクシーの運転手が狂言強盗でトランクのなかに閉じこめられた振りをするのも、内側からは簡単に開くことができることを知っているからだ。そうでないと、もし何日も発見されずに車のトランク室のなかに閉じこめられ続けるようなことになったら気が狂ってしまう。

背中をあっちこっちにぶっつけながら、羽山は手さぐりで車に備えつけの工具箱を開いた。ドライバーを取り出して手もとに置く。

待った。冬の夜気が容赦なく忍びこんでくるし、じっと狭苦しいなかで身を縮めていると体が硬(こわ)ばってくるが、羽山は苦痛には慣れきっている。

一時間ほどたった。足音が近づいてきた。二人の足音だ。客の悪口を言いあいながらコロナに近づいた。

羽山はトランク室が開かれないように祈った。しかし最悪の場合も予想して、セーム皮に石を包んだ即製棍棒を握りしめている。

足音はトランク室の両脇を通りすぎる。車の運転席のドアに鍵を突っこむ音、やがて右と左のドアは開かれた。

羽山は体の力を抜いた。エンジンが唸り、濃い排気ガスがトランク室のなかに逆流してきた。

しばらくエンジンを暖めてからコロナは発車した。

すでに裏門のガレージ・シャッターは門番によって開かれていたらしく、車は裏門で徐行しただけで通りに出た。

走りだすと、トランク室に逆流してくる排気ガスの量は少なくなった。スプリングがスポーティ・カーにしては柔らかすぎるほどなので、あまり体をトランク室の出っぱりにぶっつけないで済む。

少し待ってから、羽山はドライバーを上げた。トランクの蓋のロックの嚙みあいのところにドライバーを差しこんで強引に捩(ねじ)る。

ロックははずれ、蓋は勢いよく開こうとする。羽山は素早くそれを左手で押え、不安定な姿勢から顔をあげて、細く開いたトランクの蓋の隙間から外を覗く。

夜明け近い。車は放射四号の青山通りを渋谷のほうに向かっていた。時間が時間なので、ほかの車はほとんど見えない。

青山六丁目の都電停留所の手前で車は左に折れた。

狭い道だ。羽山はトランクの蓋を引っぱっていた左手を離した。

トランクの蓋は大きく跳ね開いた。車は急ブレーキをかけてとまる。バック・ミラーにトランクの蓋が写ったのだ。

羽山はトランクのなかから跳びだした。体を低くする。トランクの蓋にさえぎられて、その姿はバック・ミラーに写らないはずだ。

助手席から足音が回りこんできた。

若い男の姿が見える。洒落(しゃれ)たタキシードを着こんでいた。

その男が羽山を認め、驚愕の叫びをあげようと口を開いたところを、羽山はセーム皮と石の棍棒を叩きつけた。

首に一撃をくらったその男は昏倒した。羽山は素早くその体をさぐり、内ポケットにはいっていた平べったい口径〇・三八〇のブローニング自動拳銃を奪った。棍棒を捨てる。装塡されているかどうか、手早く遊底を引いてみる。実包が一発薬室からとびだした。弾倉につまっている実包が押しあげられた。羽山は跳びだした実包をポケットに仕舞う。

遊底は自動的に閉じて、弾倉上端の弾を薬室に送りこんでいる。

ストッキングの覆面姿の羽山は、その自動拳銃を構えて助手席に跳びこんだ。ショックから立ち直って、腋(わき)の下から拳銃を抜きだそうとあせっている運転席の男を、ブローニングの銃身部で殴り砕いた。

狭い後ろの席にボウリング・バッグのような袋があった。チャックを開いてみると札束が見える。

百万は越えていそうだ。

羽山は運転席の男を後ろのシートに移して腋の下をさぐった。ワルサーPPKの〇・三八〇口径オートマチックを奪い、自分のポケットにおさめた。

車の後ろで転がっている男を助手席に戻し、車を動かして横の塀に寄せて駐めた。エンジンを切り、ストッキングの覆面とゴム手袋をはずし、バッグを持って現場を立ちさる。刑務所を出てまる一日もたたないうちに一仕事を済ませたわけだ。この金はこれからの活動資金として役に立つ。

第2章　復讐の誓い

1

奪った金は百三十万円近かった。

夜が明けると、羽山は新宿の不動産屋を回った。そして、世田谷の下馬（しもうま）に本名で家を一軒借りることにした。

屋敷町と商店街の境にある小さな家であった。しかし庭は車を置く余裕が充分にある。わずらわしい近所付合いもしないで済みそうであった。それに裏通りにあるから、パトロールの警官の注意を引かずに過ごせそうだ。

家主は新宿に住んでいた。下馬の家のほかに何軒も貸家を持っているそうだ。羽山は月三万の家賃を、一月前ごとに郵送することにした。

敷金や家賃や不動産屋の手数料などを払うと、昨夜羽山が稼いだ金は、たちまち百万を割った。しかし、絶えず人目にさらされるアパートでは、これから先、仕事がやりづらいのだ。

その家は八畳の寝室と六畳の茶の間、それに四畳半の予備室と台所と浴室であった。羽山はさっそく所帯道具を買い揃えた。テレビや冷蔵庫も買う。茶の間の押入れの天井をはぐって、昨夜奪った二丁の拳銃を仕舞った。

借家がいちおう人間の住み家らしくなったのは午後二時を過ぎていた。羽山は玉電に乗って渋谷に出ると、米軍の放出物資を扱っている店で作業服を買う。

その店で背広を作業服に着替え、背広は風呂敷に包んだ。

なるべく小さな不動産屋を当たってみて、敷金一万、家賃三千円という駒場のアパートの三畳間を紹介してもらった。

安いだけに、その部屋は井の頭線に面していた。電車が通るたびに、赤茶けた畳に壁土が落ちてくる。

しかし、出所したばかりの羽山が借りるには、最も自然な部屋だ。羽山は表通りで釣道具屋をやっているアパートの持主に金を払い、刑務所でも使っていた北川の名前でその部屋を借りた。

その部屋にも、狭いながら流しとガス台がついていた。羽山はやかんとフライパンと安蒲団を買って部屋に入れ、渋谷に戻って周旋屋に礼金を払う。

食料や飲み物や、去年の「毎朝新聞」の縮刷版などを買いこみ、タクシーで下馬の家に戻った。今日の夕刊も買っている。

茶の間にはいると、羽山は天井裏に隠した二丁の拳銃――いずれも口径は同じ〇・三八〇のブローニングとワルサーＰＰＫが無事であることを確かめた。

電気ごたつの上に鮑や蟹などの食い物を並べ、ウイスキーをラッパ飲みしながら、夕刊を眺める。

秘密のクラブの現金を運ぶ車が襲われた、という記事は載ってなかった。秘密クラブがそのことを表沙汰にしたら藪蛇になるから無理もない。

羽山は唇を歪めて笑い、去年八月の「毎朝新聞」縮刷版をめくって見た。目ざす記事はすぐに見つかった。

東和ポピュラー、四五〇ＣＣ車に軽ナンバーか？　という見出しの記事が最初であった。

記事によると、最近都内の整備業者から警視庁捜査二課に、軽自動車として登録されている東和ポピュラー三六〇が、実は四五〇ＣＣのエンジンを積んでいる、という投書がつぎつぎに舞いこんだため、警視庁では極秘でポピュラー三六〇の抜打ち検査を行なったところ、今年になって登録されたポピュラー三六〇のエンジンは、約三分の一ほどが軽自動車の枠をはみ出た四五〇であることが判明、東和自動車の強制捜査に踏み切った。捜査が進行すれば、軽自動車には車体検査のない現法令に対する批判が高まるのではないか、と伝えていた。

さらに新聞社自体が名誉毀損罪で訴えられるのを避けるためか、某自動車評論家談として伝えたところによると、――全長三メーター以下、最大幅一・三メーター以下、排気量三六〇CC以下の自動車は、軽自動車としていろいろな特典を与えられている。軽自動車の最大の特典は、年間自動車税が小型車の約四分の一である四千五百円で済むことだ。それに、軽免許で運転できること、車体検査――普通車だと登録時と最大限二年ごとにある――がないこと、大都市での保管車庫の保有義務がないことがあげられる。

東和ポピュラー三六〇は三年前、囁く白いエンジンとデラックスな装備で売りだした軽自動車である。囁く白いエンジンというキャッチ・フレーズは、軽自動車でありながら、水冷四気筒四サイクルのアルミ合金エンジンを搭載しているためだ。

しかし、ポピュラー三六〇は、アルミ合金でありながら水冷のために他の空冷二サイクルの倍もあるエンジンの重さと、見てくれのデラックスさを狙ったために極端に重くなった車体のために、一〇〇〇CC車並みの六〇〇キロという超重量車となった。

六〇〇キロの重さをわずか三六〇CCのエンジンで引っぱらないといけないために、スポーツ・カー顔負けの十対一という高圧縮比と七千回転でようやく二十馬力を絞りだしているが、絶対的な力不足をおぎなうために、ねばりは出るがエンジン寿命が短くなるロング・ストローク形式を採用し、デフの最終減速比もトラック並みの五対一という矛盾に矛盾を重ねなければならなかったのが東和ポピュラー三六〇だ。

したがって、ポピュラー三六〇は、見てくれのデラックスさにあこがれた初心者に歓迎されて軽自動車界のベスト・セラーとなったが、モータリゼーションの進歩とともにユーザーたちが車の性能面に目を向けはじめると、ポピュラー三六〇の性能の低さに不満の声があがり、売れ行きは減少の一途をたどることになった。

そこで東和自動車では、エンジンのボアをひろげ、四五〇CC二十五馬力としたポピュラー四五〇を新発売して、国産車のうち最低の加速性能というポピュラーの悪名を挽回しようとしたが、軽自動車の特典が通用しない四五〇CC車では中途半端で買い手がつかず、生産したエンジンは工場からあふれて雨ざらしにされる始末であった。そこで窮余の一策として、三六〇CC車の公称馬力を二十三馬力にパワー・アップしたと宣伝しながら、実際は四五〇CCのエンジンを積んでいたのではないかと見られる。運輸省が二十三馬力エンジンを公認したのは、吸排気の抵抗をへらし、カム・プロフィルなどを変えた「チューン・アップ車」をテスト・コースに持ちこまれたのに気がつかなかったのではなかったか……。

次の記事は翌々日のものであった。それによると――参考人として警視庁に任意出頭してきた東和自動車工業及びディーラーの東和自動車販売の首脳部たちは、エンジンの積替えに心当たりはない。もしポピュラー三六〇に四五〇のエンジンが積み替えられた車が町を走り回っているとしたら、なんらかの段階でライバル・メーカーの悪質な工作が行なわれたものにちがいない、といきまいている、と伝えていた。

それから二、三日は、新聞の営業部に強力な圧力がかけられたのか、東和ポピュラーに関する記事は出ていなかった。

次の記事は、東和自動車販売社長及び営業部長の逮捕は時間の問題か、と伝えていた。東和自動車販売のセールスマンの口から、ポピュラー三六〇の加速性能の悪さを嫌って他社の軽自動車を買おうとする客には、ポピュラー・スペシャルを渡せ、という指令が上層部から出ていたという証言がとれたからだ。スペシャルとは三六〇CC車に四五〇CCエンジンを積んだ車のことであることをセールスマンたちは暗黙のうちに了解していた、というのだ。

翌日の夕刊には——東和自動車販売の販売部長田城誠一（たしろせいいち）氏自殺。エンジン積替えを自分の独断指令で、の遺書を残して、というトップ記事の見出しが出ていた。

田城誠一氏（四十五）は警視庁に何度めかの任意出頭をかけられていたが、朝の十時になっても、杉並区和泉町（いずみちょう）の自宅寝室から出てこないために、別室で休んでいた妻の洋子さん（二十八）が誠一氏の寝室にはいってみると、誠一氏が死体になっているのを発見、驚いて所轄署に届け出た。

誠一氏の枕もとには睡眠薬の空瓶が転がり、警視庁と東和自販社長へあてた遺書が並べられていた。

遺書には、ポピュラー三六〇に四五〇CCエンジンを積んで売るように指令したのは自分の独断であって、ただただ販売成績をあげたい一心からであった。それが今となっては会社の名誉を傷つける結果となったことは、まことに申しわけない。こうなった以上は死をもって償うほかないと決意した。お許しください。と書かれてあった。

遺体解剖の結果、予想されたように、睡眠薬による窒息死と判明したが、エンジン積替え事件を追っている捜査当局は、田城氏の自殺によって事件がウヤムヤに終わるのを予感して当惑している、と付け加えられている。

事実、それからあとは、エンジン積替え事件に関する記事は、バッタリと出なくなった。東和自動車工業や東和自動車販売の首脳部の誰もが逮捕されず、事件は死んだ田城一人の責任となって終わった。

そして東和自動車工業は更に発展を続け、一〇〇〇CCから二〇〇〇CCにわたる乗用車と小型トラック部門などは、ベスト・スリーにはいる売上げを見せている。東和自動車は東和が潰れるときは日本が滅亡するときだとさえ言われるマンモス企業東和コンツェルンの一工業部門なのだ。

2

羽山は、田城誠一の自殺を伝える記事を、もう一度読み直してみる。

刑務所の図書室で偶然に読んだのもその記事であった。アルコールが回りだした羽山の顔は陰惨に歪み、血走った瞳には憎悪の光が燃える。

田城誠一は羽山の兄である。田城家に養子に行って苗字は変わっていたが、羽山の実の兄であった。北川の名で服役していた羽山は、むろん、兄の死を知らされず、葬式に行ってやることもできなかった。

しかし羽山は、刑務所で兄の自殺の記事を読んだ時から、兄の自殺を信じなかった。上司の罪を一身にかぶらされて殺されたにちがいない。もし万が一、自殺したのが本当だとしても、兄には耐えきれないほどの圧力をかけられて自殺に追いこまれたのであろう。

羽山の両親は、深川で軍需工場の下請けをやっていた。敗戦間近の東京大空襲のとき、小さな工場とともに焼け死んだ。そして、静岡県島田の両親の故郷に疎開していた羽山と、南方の戦場へブリジース島から九死に一生を得て生還した兄の誠一だけが残された。

復員してからは、誠一は羽山の親がわりになった。帰京し、工場の焼け跡の隅にバラックを建てると、自転車の修理で金を作り、中学生になったばかりの羽山を呼び寄せた。

自転車にかわって、自転車にエンジンをつけたモーター・バイクの時代がきた。誠一はモーター・バイクのエンジンの組立てで当て、バラックを工場に拡張した。

羽山には優しい兄であった。小遣いもたっぷりくれたし、不始末をするごとにかばってくれた。しかし、それがかえって両親のない羽山にはわざわいしたのかもしれない。羽山は悪い遊びを覚え、中学の終わりのころには吉原から学校に通うようになっていた。

しかし、羽山は頭脳のほうは抜群であった。どんなに遊んでも学業の成績のほうは簡単に満点をとり本所高校に楽々と入学した。

　高校にはいると、羽山は地元のグレン隊にはいり、たちまち兄貴分にのしあがった。羽山は自分の実力のためと思いちがいしていたが、実際はグレン隊の幹部たちは羽山が兄からかすめてくる金を目当てにしていたのだ。

　兄の努力のおかげで、退学もさせられずに高校を終わると、羽山は大学に進む気を失っていた。三人の情婦と爛れたような生活を送っていた。

　そんな時、東和自動車販売が兄のモーター・バイク工場のある土地に目をつけた。そこに営業所を建てるというのだ。

　敗戦直後は二束三文であった深川の土地も、そのころにはかなりの値上がりを見せていた。ホンダやスズキなどのメーカーの進出で、誠一の作るバイクはあまり売れないようになっていたが、誠一は九百坪（二九七〇平方メーター）の敷地を売り渡すことを拒んだ。

　東和自動車は、ただちに条件を出してきた。土地を売ってくれたら、誠一をそこに建てる東和自動車販売の本所営業所長として迎える、と言うのだ。

　誠一は同意し、土地の代金三千万円のうちの一千万を羽山に遺産分けとして渡した。

　二十歳で一千万を手にした羽山は気が狂ったように遊びまくった。芸者三人と九州までハイヤーを飛ばしたこともあるし、浅草のズベ公やオカマを貸切りの飛行機で北海道に連れていったこともある。一方では、グレン隊の仲間がなんだかんだと理由をつけて、羽山から金をむしり取っていった。

　そんなわけで、羽山が金を使い果たすまでには一年とかからなかったが、その間に、兄の誠一に縁談が持ちあがっていた。

　相手は、東和自動車工業の重役田城健作の娘であった。田城は当時、ライバルの重役と勢力争いをしていて、株を一株でもふやすために金を欲しがっていた。誠一が持っていた金に目をつけたのだ。

　田城は息子を持ってなかった。そこで、誠一を東和自動車販売本社の販売部次長に引きあげることを条件にして養子とした。そして、誠一から二千万円を借りてライバルの重役を蹴落とした。いま田城は、東和自動車工業の専務をしている。

　羽山のほうは、金を使いきってしまうと、所属しているグレン隊から冷たくあしらわれた。もう兄のところに泣きついていける義理ではなかった。ケチな仕事をやりながら盛り場から盛り場へと流れて行き、六年前、横浜のドヤ街で北川守から戸籍を買ったのだ。

　その時の気持ちは、ただ、デカい仕事をやって追われる身になった時、戸籍が二つあれば便利だ、と思ったほかに、もし捕まったときには、今は社会的地位のできた兄の名をけがさないようにという気があったのだ。羽山の本当の戸籍には、だからまだ前科はついていない。本当の北川がいまどうやっているか知らないが、羽山が北川名で刑務所にブチこまれた時も名乗り出てこないところを見ると、どこかで行き倒れになって、姓名戸籍不詳者として処理されたのかもしれない。

　羽山はウイスキーをラッパ飲みした。兄の誠一を死に追いこんだ東和自動車に復讐してやる。そのためには、戸籍を二つ持っていることが役立つ。羽山の本名をつかえば、東和自動車の首脳部で、羽山が誠一の弟であることにまで気がつく者は田城健作以外にはないはずだ。それになんと言っても、羽山の本当の戸籍には前科がついてないことがありがたい。

　ウイスキーを二本空にすると、羽山は畳の上にブッ倒れた。冷たい床と毛布だけの雑居房からくらべたら、こたつの暖かさは天国のようなものであった。

　しかし、復讐をとげるまでは、俺の凶暴な心は決して満たされるものか。必ず仇をとってやるから待っていろよ、兄貴——羽山は呻くように呟きながら眠りに落ちた。

　目が覚めた時は午前六時であった。羽山は一瞬自分がどこにいるのかわからなくなったが、雑居房のなかでないことを思いだす。水差しの水をガブ飲みして、ふたたび眠りに落ちた。

　次に目を覚ましたのは、午前九時であった。二日酔いは残っていない。羽山は朝風呂につかって、毛孔(けあな)に残っている刑務所の垢を絞りだし、背広をつけて家を出た。

　玉電で渋谷に出る。文房具屋を三軒ほど当たって羽山という三文判を見つけて買う。国電で両国駅に回った。

　区役所前の都電通りを歩いて、墨田区役所第四出張所に向かった。羽山の本籍は石原(いしわら)町にあるのだ。今は本所という地名は消えてしまった。

石原一丁目の都電停の近くに、東和自販本所営業所のビルが見えた。ショー・ルームには新車が光り、修理工場を兼ねたビルには車の出入りが激しい。今ならその土地は、五億円出しても手にははいらないだろう。

羽山は憎々しげに唾を吐いた。出張所はそこからあまり遠くないが、出張所にはいる前に右に折れて、相実寺（そうじつじ）の墓地にはいった。

墓地のなかに、羽山の父母の墓がある。羽山は墓前にぬかずいていたが、墓石の蓋をはぐって手を差しこみ、骨壺を引っぱり出す。骨壺のなかに、油紙に包んだ実印がはいっていた。羽山はそれをポケットに収め、出張所に向かった。出張所で戸籍抄本を何通か作ってもらい、放ったらかしにしてあった住民登録を世田谷に移す手続きをする。

出張所を出ると、電車で新宿に出た。昼食をとってから京王線に乗り、明大前で降りた。甲州街道を横切り、明大の校舎の横から、死んだ兄誠一が住んでいた和泉町の家に歩く。

その家は一段と高くなった水道道路を右に二百メーターほど行ったところであった。近所に寺院や神社の森がかたまっている静かな住宅街だ。

高いコンクリート塀をめぐらした敷地二百五十坪（八二五平方メーター）ほどのその家には、まだ亡兄の妻の洋子が住んでいるらしい。門は堅く閉ざされていたが、表札はまだ田城誠一の名で出ている。

羽山は六年以上会ってない洋子の顔を思い浮かべた。美しい女であった。しかし、どこかヒヤリとする冷たさを持った女であった。

羽山の知っているかぎりでは、誠一と洋子のあいだに子どもはないはずだ。捕まる前に一度誠一と電話で話をしたことがあるが、子どもが生まれたとは言ってなかった。兄が南方の戦場で睾丸部に負傷したことが、そのことに関係があるのかもしれない。

そうすると、誠一の遺産の何分の一かは羽山ももらえる権利がある。たしか民法では、配偶者と兄弟が相続人である時は、配偶者すなわち妻が三分の二、兄弟は三分の一が相続分となっている。

羽山は門の脇のベルを押した。しばらく待たされてから、足音が近づいてくるのが聞こえた。

「どなたさまで?」

聞いたことのない若い女の声であった。

「羽山と言います。聞いたことはありませんか?」

「は、はい……」

相手の声にかすかな狼狽(ろうばい)の色が混じった。

「奥さまにお会いしたい。亡くなったここの主人の弟です」

羽山は言った。

「お待ちください。うかがって参ります」

女は言った。女中らしい。

煙草を二本灰にするあいだ待たされた。羽山の表情はしだいに暗い怒りで覆われていく。

やっと足音が戻ってきた。門の脇の潜り戸が開く。女中の姿が見えた。はちきれそうな乳房をセーターで包んだ二十歳ぐらいの女だ。多産系らしく尻も大きい。整ってはいるが、垢ぬけない顔をしていた。

羽山は戸をくぐった。

3

芝生の庭の隅のガレージには、洒落たポルシェ九一一が銀色のボディを光らせていた。新車だ。自分が刑務所の檻に閉じこめられていた時、あの女は贅沢を楽しんでいやがったのだ、ということを目の前に見せつけられると、羽山の腸はふたたび煮えくりかえりそうになる。

冬晴れのやわらかい陽光は芝生にあふれ、明るい応接室にも射しこんでいた。羽山は女中に案内され、淡いペルシャ絨毯を敷きつめたその応接室に通された。

部屋の調度は凝っていた。置き時計一つにしても、五十万円はするパテック・フィリップの光電クロックだ。ソファや肘掛け椅子も、本物の山羊皮を使っていた。

女中が紅茶を運んできてから、さらにしばらくして洋子が姿を現わした。和服をつけ、念入りに化粧している。三十に近いはずだが、その美貌はまだ若かった。皺一つない。

「お久しぶりね。どこにいらっしゃったの？　誠一のことは知ってらっしゃる？」

　ほとんど笑顔を見せずに、洋子は羽山の向かいのソファに腰をおろした。

「新聞で知った」

「お葬式には顔を出してくれるものと思ってたわ」

「悪かった。だけど動けなかったんだ。北海道で伐採をやっていて、切り倒した木の下敷きになって背骨を折って、ギプスにくくりつけられていた。手紙を書こうと思ったが、右手も麻痺してしまっていたんで、それもできなかった」

　羽山はもっともらしく唇を噛んだ。

「北海道にいたの？」

「九州にもいた。やくざな生活から足を洗って、真面目に働いてたんだ」

「それは結構なことですこと」

「やっと退院できたんで、真っ先にここに来たんだ」

「何しにいらっしゃったの？」

「そいつはご挨拶だな。俺が兄貴の仏壇を拝んでは悪いわけがあるのか？」

　羽山は怒りを圧し殺して言った。

「それだけ？」

洋子は冷たく言った。

「え?」

「お気の毒ですけど、あなたに相続権はないわ。形見分けぐらいならあげられるけど」

「なんだと!」

「怖い顔をしないでよ。あなたの考えていることぐらいわからないと思って?」

洋子は長い婦人用ホールダーにゴールド・フレークの煙草を差し、ダンヒルの卓上ライターで火をつけた。煙を羽山に吹きつけるようにする。

「あんたには、子どもがいない。俺は兄貴の遺したものの三分の一をもらえる権利がある」

羽山はできるだけ冷静な声を出した。

「あら、わたしに子どもがいないなんて初耳だわ」

洋子は馬鹿にしたように言った。

「え?」

「いまは実家に預けてあるわ。誠一が亡くなったとき、わたし妊娠していたのよ。民法八百八十六条に、胎児は相続については、すでに生まれたものとみなす、と書いてあるのを知らないの? だから、誠一の遺産は、わたしと赤ちゃんが相続したわけ。あなたは、なんにも口を出すことができないわね」

羽山の唇のまわりが白っぽくなった。

「わかったら、帰ってちょうだい。車代ぐらいは出してあげてもいいわ」

「子どもは本当に兄貴の子か？」

「侮辱する気？　警察を呼ぶわよ」

洋子は立ち上がった。

「おもしろい。呼んでもらおうじゃないか」

羽山は唇を歪めた。

「出ていって！　二度とこないで」

「わかったよ。その前に、位牌を拝みたい」

羽山も立ち上がった。

「じゃあ、案内するわ」

洋子は先に歩きだした。廊下に出て見ると、次の部屋が居間であった。女中が電話の受話器を左手に持ち、右手の人差し指をダイアルの一のところに入れている。洋子が声をかけ次第、一一〇番にダイアルを回すつもりであろう。

仏壇の間は、左奥の薄暗い部屋であった。居間とは三部屋離れている。羽山は洋子が電灯のスイッチを入れると、いきなり背後から左手で洋子の口をふさぎ、右手で襖（ふすま）を閉じる。

洋子はもがいた。

羽山の手を引っかき、後ろに蹴って羽山の股間に打撃を与えようとする。羽山は洋子の頸動脈に手刀を叩きつけた。

洋子はあっけなく気絶した。羽山はその体を横たえ、大型のハンカチと洋子の帯止めで猿ぐつわをかませた。ズボンのベルトで両手首を背後で縛る。

息が苦しくなったためか、洋子は意識を取り戻した。開いた瞳は恐怖に吊りあがる。悲鳴をあげようとしたが、それは小さな呻きが漏れただけだ。

洋子は横に転がって逃げようとした。裾がめくれ、脂の乗りきった形のいい脚が剝きだしになる。

薄笑いを浮かべてそれを見おろしていると、羽山は暗い怒りとともに、凶暴な欲望が湧きだしてくるのを覚えた。洋子を思いきり辱しめてやらないことにはおさまらない。

羽山は洋子の腹の上に馬乗りになった。両手で洋子の首を絞めつけ、

「騒いだら殺す。わかったな？」

と、圧し殺した声で威嚇した。洋子は首をガクガクさせて頷いた。立ち上がった羽山は中腰になり、洋子の帯を解いた。着物をひろげる。ブラジャーとパンティを引き裂いた。洋子は、子どもを生んだとは信じられぬほどの体をしていた。

羽山は洋子の表情を眺めながら、足の指で弄んだ。

高慢な女の自我が、生理に負けはじめたようだ。それを知って、羽山もまた激しく感じてきた。体を交えると、吸いこまれるようだ。

二十分後、羽山はまだ陶酔から醒めやらぬ女から離れた。

仏壇の兄誠一の写真がまともにこちらを見ているのが目にとまり、後ろめたい感情にとらえられる。

素早く身づくろいし、

「騒ぐと、俺と寝たことをみんなにしゃべるからな」

と警告して、洋子の猿ぐつわをはずした。両手を縛っているベルトも解いた。

「わかったわよ」

洋子は帯を締めながら言った。その声は、前と変わらず冷たい。

「兄貴を殺したのは誰だ？」

羽山も冷たい声で尋ねた。

「自分で死んだのよ。遺書があったこと知らないの？」

「無理に遺書を書かすことだってできる。あんたの親父の差し金か？」

「馬鹿なことを言わないでよ。早く帰って。あなたを暴行罪で訴えることができないとでも思ってるの？　新聞には私の名前が出ないようにうまくやるわ」

「訴えてみな。あんたの出たお上品な学校の同窓生たちに、裁判の傍聴券を配ってやるから」

羽山はふてぶてしい笑いを浮かべた。

洋子は黙りこんだ。

「さあ、腕ずくでも聞かせてもらおうか？　兄貴は本当に自殺だったのか？」

羽山は洋子の髪を摑もうとした。

そのとき、玄関から足音が駆け寄ってくる。男の足音だ。一人の足音ではなかった。

「本社の工場から警備員を呼んでおいたのよ。少し着くのが遅すぎたようね。でも、来ないよりはましね」

洋子はひっそりと笑った。

足音は襖の前でとまった。襖が開かれ、三人の屈強な男が野球のバットやゴルフのアイアンのクラブを握っているのが見える。

「お客さまがお帰りになるそうよ。お見送りしてあげてちょうだい」

洋子は男たちに静かに言った。

羽山は三人の男を相手にしても負けない自信はあったが、いま揉め事を起こして刑務所に逆戻りする気はないので、

「じゃあ、またお目にかかりましょう」

と、洋子に馬鹿丁寧に言った。男たちは黙りこくったまま、駅まで羽山について来た。

下馬の家に戻ったのが午後五時であった。帰宅途中、世田谷区役所十二出張所に寄って住民登録をしておいた。

羽山名義の運転免許証を別にとるためにも、車を買うためにも、どうしても住民票や印鑑証明が必要になってくる。まだ同じ町内に保証人になってくれるような者がいないから印鑑届けは出せないが、近くの酒屋で買いものを続けたら、保証人になってくれるであろう。

その酒屋で買ってきたビールとウイスキーを、チャンポンに飲みながら、羽山はこたつにもぐりこんで、次の仕事のことを考える。考えながらも、体を交えたあとの洋子の声が耳に甦ってきて、屈辱感に傷ついた獣じみた叫びをあげたくなる。今にあの女をひざまずかせて哀願させせてやる。

4

次の仕事は、東和自動車販売の給料を巻きあげることに決めた。日本橋にある本社は銀行から近すぎるうえに、現金輸送車の警備も厳重であるから、本社から営業所に向かう現金輸送車を襲うのだ。

兄の誠一が生きていたころは、東和自販の給料日は毎月二十五日であった。今も二十五日であるのか確かめておかないとならない。

東和自販の東京都内及び三多摩営業所の社員の給料は、日本橋の東和銀行本店から銀行の現金輸送車に警官を同乗させて、一度東和自販本社に運びこまれる。本社の金庫室は地下にあって、銀行の現金輸送車は地下通路まではいるのだと誠一が話していたことがあった。

そして、現金の袋は二人の警官やガード・マンたちが見張っているなかで金庫室に運びこまれる。それが終わると、警官たちは引き揚げる。

そこで経理部員によって現金は仕分けされ、各社員の給料袋に収められる。その仕事が終わるとふたたび警官が呼ばれ、警官の見張りのなかで給料を東和自販の六台の現金輸送車に積みこむ。

今度は警官は同乗しない。本社のガード・マンが二人ずつ同乗し、東和自販の六台の現金輸送車はおもな街道別に走るのだ。一台の現金輸送車は平均四つの営業所に給料をとどけるが、多摩方面に向かう三台の車――甲州街道、青山通りから町田街道、青梅街道沿いに走る車――が都内だけを回るほかの三台よりも多くの営業所を担当する。したがって、積みこむ給料袋も多いわけだ。

だが、それは何年も前の話だ。今は変わっているかもしれない。明日からは、まず、東和自販の給料の配達方法を確かめる仕事からはじめるのだ。羽山は押入れの天井裏から二丁の拳銃を取り出し、分解掃除をはじめた。

北川の名で自衛隊にはいって銃器の扱いに熟練したし、それからあとの仕事でも、銃はいつも力強い味方であった。二丁の拳銃——ブローニング〇・三八〇口径自動式と、ワルサーPPK口径〇・三八〇の自動式を、羽山は目をつぶっていても分解、組立てできる。

分解して銃身をはずしてみると、二丁の銃の銃身とも、銃腔の螺旋状のライフル山は摩滅していなかった。ほとんど発射されたことがないのであろう。遊底包面の撃針孔のまわりにも、火薬ガスによる蛇の目模様はついてない。

羽山は二丁の銃を組み立てた。二丁とも使用実包が同じだから便利だ。二丁の銃を天井裏に戻し、羽山はレバー・ソーセージとパンの夕食をとった。

翌日、羽山は、近くの酒屋の親父に印鑑届けの保証人になってくれないかと頼んでみた。顔なじみとなった親父は簡単に承知してくれた。

午前中に印鑑届けを済ませ、渋谷に出て、ウェスタン・レンタカー・クラブというところで、ブルーバードを借りる。刑務所のなかで取り直した北川名義の運転免許証を使った。

そのブルーバードで、小金井の警視庁運転試験場に向かった。甲州街道を使う。車の群にはさまれて運転するのは久しぶりであったが、すぐに慣れた。

試験場前の広い通りは、いつものように興奮した受験者たちがグループを作っていた。羽山は正門からいちばん遠い駐車場にブルーバードを駐めた。

羽山名義で受験手続きをとり、羽山は車に戻った。今度は五日市街道と青梅街道を使って新宿にはいる。青梅街道は都電が取りはらわれ、羽山が覚えていたころとずいぶん変わってしまった。

新宿では一度伊勢丹の駐車場に車を入れ、デパートで詳細な東京都道路地図帳を買った。その地図には路地にいたるまで書かれている。むろんドライバー用のだから、交通規制や分岐点図や給油所などもくわしく書かれてある。

日本橋に着いた時には陽が暮れかかっていた。東和自販の本社は室町三丁目と一丁目のあいだを日銀寄りにはいったところにある。九階建てのどっしりしたビルだ。

ビルの前は客用の駐車場になり、そこには五十台近く駐められるが、係員がいて、自販に用のない車が無料駐車場がわりに利用しようとするのを追っぱらっている。

ビルの裏側にはコンクリート塀に囲まれた三百坪（一〇〇〇平方メーター）ほどの庭があった。社用車や社員の車の置き場を兼ねている。現金輸送車は、この裏庭から出入りするのだ。

羽山は、ビルの裏庭の塀に寄せて車を停めた。駐車禁止になっているが車から降り、あたりのビルの群れを見上げる。

東和自販の裏庭を覗きこむには、通りの向こうのビルがいちばん調子がよかったが、そのビルは銀行であるから、屋上に上がるわけにいかないであろう。

ビルの群れを点検していた羽山の目が輝いた。通りの向こうの斜め右側に、三星デパートの裏側の窓が見える。屋上にはジェット・コースターが見えた。

デパートの屋上からなら、誰にも不審がられないで東和自販の裏庭を観察できるであろう。羽山はブルーバードに乗りこみ、強引にUターンして三星デパートの裏口に車を回した。デパートの裏口の前には社用の小型トラックが並んで客の車は駐められないが、通りのこちら側にスカイ・パーキング式の専用駐車場がある。

「もう店はそろそろ閉まりますが……」

羽山が車を受付の前に停めると、駐車係が慇懃(いんぎん)に言った。

「わかっている。すぐ戻るよ」

羽山は車を預け、カードを受け取った。駐車場から地下道を通ってデパートにはいった。はいったところが地階の食料品売場であった。羽山はそこで鶏の空揚げを一キロほど買い、駐車カードに判を押してもらう。買物の紙袋を抱え、エスカレーターとエレベーターを使って屋上に出た。

冷たい風が吹き渡る屋上には人がまばらであった。屋上動物園の動物たちは塒(ねぐら)に追いこまれ、ジェット・コースターや豆電車などももう動いてない。残っているのは、ネオンがまたたきはじめたビル街を見おろしているアベックがほとんどであった。

羽山は裏通りのほうに歩んだ。金網の粗い目に手をかけて、東和自販の裏庭を見おろす。仕事を終わって退社する社員や修理工たちの車がつぎつぎに動きだすのが見えた。ビルの地下通路の出入り口もはっきり見える。

車置き場の隅に並んでいるクラウンのステーション・ワゴンが現金や重要書類を運ぶ車であろう。荷物室の窓には鉄格子と金網が張られ、無線受送用の長いアンテナが屋根から突きだしていた。その後ろには赤い回転ランプが嵌めこまれ、フェンダーの左側にはサイレンがついている。

今に一泡吹かせてやるから待っていろ……羽山は、その現金輸送車の群れにそっと投げキッスし、近くのベンチに腰をおろして煙草に火をつける。

今日は十五日だ。東和自販の給料日が今も二十五日であることを確かめるにはどうすればいいのかと考えてみる。結論が出たので二本の煙草を捨てて立ち上がる。屋上のスピーカーが、オルゴールの音とともに閉店の時間が来たことをアナウンスしはじめた。駐車場で車を受け取ると、一度通りに車を出してから、新宿で買った道路地図をめくってみる。各自動車販売会社の営業所はくわしく出ていた。あまり繁華街の営業所を避け、青山通りに面した東和自販青山営業所にブルーバードを向ける。

ラッシュ・アワーなどで、青山六丁目にある営業所に着いた時にはすっかり夜になっていた。青山学院と向かいあった六階建てのその営業所のビルは、三階から上が下駄ばきになって社員アパートになっている。

渋谷に近いためにかえってそうなのか、その営業所の近くには意外に飲食店が少なかった。しかし、都電車庫寄りにすし屋が見えた。

都電車庫前の右側の通りに車を駐め、羽山はすし屋にはいった。小さな店だ。親父と息子がカウンターの奥で出前のすしを握っている。

羽山はカウンターの椅子に腰をおろした。熱燗で雲丹(うに)とトロのぶつ切りを注文し、

「ここに、東和自販の人は見えるかい?」

と、尋ねる。

「へえ。よくいらっしゃいますよ。何か——」

「いや。俺は官庁や大きな会社に洋服を売って歩くしがない月賦屋だがね。今度そこの営業所にも世話になることになったんだ。あそこの給料日を知っておくと都合がいいんだ」

羽山は言った。

「二十五日ですよ、お客さん。うちも東和のかたには掛けで商売させてもらってるんで。お互いにかちあわないようによろしくお願いしますよ」

親父は笑った。

「商売敵というわけか。まあ、一杯いこう」

羽山は運ばれてきた杯(さかずき)を差しだした。レンタカー・クラブはすぐ近くだから、酔ったらチップを払って車を取りに来させればいい。羽山は親父から東和自販の景気などを訊きだしながら盛大に酒と肴を胃に送りこんだ。

第3章　現金輸送車

1

一週間後、羽山は小金井の警視庁運転試験場のコースで、試験官を横に乗せてクラウンを走らせていた。あまり運転のうまいところを見せて疑われては困るので、時にはわざとトップ・ギアに早目に入れすぎてエンジンをノッキングさせてみたり、ブレーキを強く踏みすぎたりする。

羽山は実技の試験に合格した。そして法規と構造の試験は満点であった。法規のほうは刑務所の図書室から借りだした教科書で法令が変わるごとに覚えていっていたし、構造のほうは変名の北川の名で二級整備士の免許をとっているぐらいだから、あまりにも試験の問題はやさしすぎた。

いよいよ本名の羽山名義の運転免許証を渡される時、指紋の登録を要求された。

「嫌です」

羽山は係官に言った。

「どうしてだね？」

係官は気色ばんだ。

「私にも人権というものがあります。拒否できる権利があることを知らない、とでも思ってるんですか？」

羽山は言った。

「仕方ないな……」

羽山を左翼の者とでも思ったのか、係官は舌打ちしたが、免許証を渡さないわけにはいかなかった。法律では運転免許証を渡す際の指紋登録の強制権はない。

試験場を出た羽山は、口笛でも吹きたいような気分であった。これで、北川名義のものと合わせて、二つの運転免許証が手にはいったわけだ。いかに警視庁の電子計算機が充実していても、顔写真だけから北川と羽山が同一人物であることがわかるはずはない。

免許証はもらった翌日からでないと有効でない。羽山は指紋登録を拒否した自分に万が一でも尾行がつけられるのを怖れ、電車に乗って渋谷に向かった。

日産の傍系の中古車専門会社に寄った。ふだんの足にはできるだけ目立たない車がいいから、ブルーバードの中古を買うことにしたのだ。

その会社、東都日産サービスは、神宮通りにあった。展示場には三十台ほどの日産系の車が野ざらしになっている。

案内されて一台一台覗いていった羽山は、グリーンのブルーバードＳＳＳのところで足をとめた。四ドアだ。天井はかなり上手に修理されていたが、転覆の跡をとどめている。走行距離計は一万二千を示している。値段は四十万とついている。

羽山はエンジン・フードを開いてみた。二つのＳＵキャブレターのかわりにソレックスのダブル・チョーク・キャブが二つ見える。

「カム・シャフトも高速型に替えてあるのかね？」

羽山は尋ねた。

「おくわしいですな……いえ、カムは替えてません。シリンダー・ヘッドも一ミリ削っただけで。ですからのろのろ運転でも充分走れます」

係りのセールスは揉み手した。

羽山はエンジン・キーを捻ってみた。一発でエンジンはかかり、バリバリと轟音をたてる。

マフラーもレーシング・タイプのものに取り替えられている。

「ブレーキはディスクになる前の形式ですからまだドラムですが、レーシング用のフェロドの硬いライニングをつけていますから高速でも安全で……」

排気の轟音に負けぬようにセールスは声を張りあげた。

「いい音だ。だけど、静かに乗りたい時もある」

羽山は言った。

「そこがこの車のいいところでして、マフラーのカット・アウトがついてございます。これで四十万はお買得というものでして」

助手席に乗りこんできたセールスは手をのばし、ダッシュ・ボードの計器盤の下のレバーを引いた。とたんに排気音は静まり、普通のブルーバードとあまり変わらなくなる。それから三十分ほど試乗した。一六〇〇CCのエンジンは百馬力程度にチューン・アップされているらしく、六千五百回転まで回してギアを変えると、たいていの市販スポーツ・カーに負けないだけの加速力がある。しかし、転覆の過去を持つためか、ボディのガタはかなりひどい。

「いかがでしょう?」

社に戻るとセールスは羽山の顔色を窺った。

「チューン・アップした車は、反対に値が下がる。それにこの車は一度ひっくりかえったことがあるな?」

羽山は言った。

「いや、どうも……前のオーナーがかなりの飛ばし屋でして。工事中の砂利山に乗りあげて転覆したことがあったそうです。でも、足回りのほうはぜんぜんイカれていないことは、お乗りになっておわかりと思いますが」

「…………」

「それでは、ご予算のほうは？」

「この車なら三十五万というところだな。タイヤは全部新品にしてもらって」

「きびしいですな……。課長と相談してみます。どうぞ、こちらへ」

セールスは事務所のほうに歩きだした。

結局三十八万で、タイヤをスペアをいれて五本ともダンロップの高速型の新品に替える、ということで話はまとまった。羽山は内金を払い、ＳＳＳのマークをはずして、そのあとがわからないように塗装してくれるように頼んだ。

翌日は下馬に羽山が借りた家にセールスがやってきて、所轄署の車庫証明をはじめ、いろいろな手続きをやってくれた。警察に顔がきくらしく、すぐに車庫証明はおり、車が届けられたのはその日の夜であった。

羽山の出したビールでご機嫌になったセールスが帰っていくと、羽山はさっそく庭から車を出し、近くのガス・スタンドでガソリンを満タンにし、オイルをチェックした。そして、放射四号から第三京浜を走らせてみる。今度はマフラーを吹き抜けにしている。

いい加速だ。超ショート・ストロークのエンジンだけに回転の上がりは早い。フェアレディのミッションに取り替えてあるらしく各ギアの伸びもよく、サードで軽く百三十を越える。ボンネットが短いために緊張感は強まるが、第三京浜では時速で百七十五キロ以上ひっぱってもまだエンジンに余裕がある。

タイヤが心配で、それ以上スピードをあげなかった。ラリー用の硬いものに替えてあるとはいえ足回りのバネが少し弱いような感じだが、この車で逃げまくったら、追いついてくるパトカーは少ないであろう。

帰りは第二京浜を通り、中速での追い越し加速度を計った。排気音はマフラーを通して静かにしている。SSSのマークをはずしているので、まわりの車はただのブルーバードと思ってくれたらしい……。


十一月二十五日。羽山は日本橋室町にある東和自動車販売会社の裏庭を覗ける位置にある三星デパートの屋上で、ベンチに腰をおろし、ぼんやりした感じで煙草を吹かしていた。まだデパートは開いたばかりで屋上に人影は少ない。それらの人が羽山を見ても、会社をさぼって恋人を待っているサラリーマンぐらいにしか思わないであろう。

午前十時半、空色をした東和銀行の現金輸送車が、ガード・マン十数人が固めた裏門をくぐって、東和自販の裏庭にはいった。ゆっくりした速度で、ビルの地下通路にもぐりこんでいく。

半数のガード・マンが裏門の近くに残り、あとの半分が銀行の現金輸送車を追って地下通路に消えた。

十分ほどたって、付き添ってきた二人の警官を乗せた銀行の現金輸送車は引き揚げていった。裏門の近くにいた五、六人のガード・マンは、地下通路の入口のあたりに移る。みんな、自衛隊員か警官あがりらしい頑強な体つきの男ばかりだ。

ビルの地下では金庫室に運ばれた現金を給料袋に仕分けしているらしいが、なかなか時間がかかる。はじめは緊張した表情であった地下通路入口のガード・マンたちも、思い思いの位置に腰をおろし、煙草を吹かしたり、雑談したりしている。その間にも裏庭の社用車の出入りは激しかった。十二時近くになった。羽山は屋上のホット・ドッグ・スタンドで軽い昼食をとった。小用を済ます。ガード・マンたちは交代でビルの一階に出入りするが、やはり昼食のためらしい。

十二時がくると、昼休みの社員たちが裏庭に何十人か出てきた。裏庭の車置き場にあるそれぞれの車に乗り、門衛やガード・マンに身分証を示して出ていく。

午後一時までには、社員たちの車はほとんど戻ってきた。そして一時十分過ぎに、社用車が警官二人を乗せてはいってくる。ガード・マンたちはふたたび緊張を取り戻した。

2

デパートの屋上は、もうその時刻は、子ども連れの客でにぎやかであった。東和自販ビルの地下通路の入口にいたガード・マンたちが車置き場にある六台の現金輸送車を運転し、地下通路にそれぞれの現金輸送車を突っこませるのを見て、羽山はエレベーターを使ってデパートの一階におりた。

裏通りにある、デパートの専用駐車場に預けてあったブルーバードを受け取る。そこからは東和自販の裏門が見えるが、まだ一台も東和自販の現金輸送車は出てこないようだ。

羽山は自分の車を受け取ると、車を新常盤橋(しんときわばし)に出した。道の端をのろのろと走らせて九段のほうに向かう。東和自販は新宿までに、九段下と市ヶ谷の自衛隊駐屯地前に営業所があるから、新宿に向かう車は高速道路は利用しないだろう、と見当をつけたのだ。

思ったとおり、竹平町(たけひらちょう)の堀沿いの道で、アンテナを高々とのばした東和自販の現金輸送車に追い抜かれた。クラウンのステーション・ワゴンを改造した現金輸送車であるのは、東和自動車はまだ、二〇〇〇CCクラスのステーション・ワゴンやライトバンを発売してないためかもしれない。

羽山のブルを追い抜いた現金輸送車は一台だけではなかった。二台つながっている。二台とも、運転手の経理部員のほかにガード・マンが二人ずつ乗っているのが、車窓の鉄格子と金網越しに見える。

羽山は、二台の現金輸送車のあとからついていった。今日は現金輸送車の通るコースを調べるだけだから気楽なものだ。運転免許証は羽山名義のものだけをポケットに入れ、拳銃は身につけない。

二台の現金輸送車は、九段坂下にある東和自販九段営業所に近づいた。五階建てのビルだ。先を走る現金輸送車はそのまま営業所の横の通用門をくぐるが、後ろの現金輸送車は、そのまま走り続ける。羽山は一瞬迷ったが走り続けるほうの現金輸送車を追うことにした。あいだに三台ほどの車をはさんで、のんびり尾行していく。

現金輸送車は九段坂下の交差点で左折した。一口坂(ひとくちざか)をくだり、市ケ谷駅前で右に折れて外堀を渡り、左に折れると交番前を斜め右にはいる。

その道の右側は、陸軍幼年学校、GHQ、自衛隊駐屯部隊と変転してきた市谷本村町(ほんむらちょう)の丘だ。今は衛兵がM1ライフルをついて立っている。

曙橋(あけぼのばし)寄りの左側に、通りに面して、東和自販新宿営業所がある。現金輸送車は、営業所の通用門をくぐった。

羽山は少し営業所を行き過ぎてから、道の端に寄せてブルーバードを停めた。絶え間なく通りすぎる車が、そのブルに向けて、邪魔だ、とクラクションを浴びせる。

ここまで来るあいだに現金輸送車を襲えば、本社で積んだ金の全部を奪うことができる。しかし、犯行はあまりにも多い人目と車のために困難だ……。

十分ほどして現金輸送車は出てきた。新宿の町にはいり、左折してから新宿通りを突っ切り、新宿御苑の前を通って、新宿駅南口のほうから甲州街道にはいる。羽山の追ってきた現金輸送車は、甲州街道担当の車であったのだ。最後の八王子営業所までには、あと十個所ほど営業所がある。

現金輸送車は、車が半キロほどつながって身動きならない環状七号との交差点をやっと右折した。直進車など交差点を渡るまでに十数分待たされる。環状七号はつぎつぎに立体交差されているのに、肝心の甲州街道との交差点だけが、立体交差されてないのが日本の役人のやり口だ。

環状七号も、片側はせき止められた車がつながっていた。しかし、左側は空いている。現金輸送車は四百メーターほど走り、道の左側の歩道を横切って、和泉営業所にはいっていった。

羽山は車を左に寄せて待った。十分ほどして現金輸送車が出てきて甲州街道との交差点に戻っていくと、羽山も車の尻を横道に突っこんで方向転換して追っかける。

その大原交差点は、右折車は反対側車線にはみ出して右折を待てる指示標示が道路に描かれている。

現金輸送車は右のフラッシャーを出し、右側車線にはみ出して停まった。羽山も、あいだに二台の車をはさんで、同じようにする。後ろにはたちまち右折しようとする車がつながった。

そのとき羽山は屋根の赤い回転灯を点滅させ、サイレンを鳴らして、右後ろからパトカーが近づいてくるのをフェンダー・ミラーで見た。

それを持っていたかのように、東和自販の現金輸送車も屋根の赤ランプを点滅させた。一人のガード・マンが車から降りる。

パトカーはサイレンを鳴らした。羽山のブルーバードの右に横づけになる。信号待ちの車のなかの人々の視線が羽山のブルーバードに集中した。

羽山は泡をくった。逃げようとしても前後左右を車にはさまれているのではブルーバードを動かせない。

しかし、調べられても何も怪しいものを持ってないことを思いだして、羽山は冷静さを取り戻した。

パトカーから、腰の拳銃に手をそえた警官が一人跳び降りた。羽山のブルーバードの前に立ったガード・マンに、

「この車ですな?」

と、声をかける。

「これです」

若いガード・マンは興奮した表情で言った。車の無線ラジオで警察に通報したらしい。

「この男が逃げないように、あんたも乗ってください」

警官は東和自販のガード・マンに言った。羽山の横の窓から手を突っこんで後ろのドア・

ロックを解き、後席に乗りこんだ。ガード・マンのために助手席のロックも解く。

「何するんだ！」

羽山はわざと叫んだ。

「いいから、いいから」

警官は言った。

ガード・マンは助手席に乗りこんできた。後ろの席の警官は、パトカーを運転している警官に声をかける。

パトカーは少しバックした。後ろの席の警官は羽山に、

「あのなかに車を入れてくれ。少し訊きたいことがある」

と、道の右側に見える有料駐車場を指さした。

「理由を言ってください」

「命令だ。拒否するなら、緊急逮捕する」

「無茶な！　どうしてです？」

羽山はわめいて見せた。

「強盗予備罪の疑いだ」

「馬鹿な！」

「さあ、言うとおりにするんだ」

警官は怒鳴った。

羽山は右にハンドルを切り、歩道を乗り越えて有料駐車場にブルを突っこませた。そのあとにパトカーと現金輸送車が続く。跳び出してきた駐車場の係員はパトカーから降りた警官に耳打ちされて頭を下げた。

「さあ、降りろ」

羽山の後ろの警官はブルーバードから出て命じた。

「強盗はそっちのほうじゃないですか？　僕の車を取りあげる気ですか？」

「生意気言うな」

警官は羽山の襟を掴んで引きずりおろした。三十四、五のサディストじみた醜男だ。そんな男を素手でブッ飛ばすぐらい簡単だが、羽山は拳を握りしめて我慢した。パトカーから降りた警官がブルーバードのエンジン・スイッチにささっている鍵を抜きとる。

「この男です。われわれが本社を出てから、ずっと尾行てきたんです。徹底的に調べて下さい」

ガード・マンが警官に言った。

「よし。ボンネットに手をついて立て」

醜男の警官が羽山に言った。

「人権蹂躙だ！」

羽山は呻いたが、命令にしたがった。

警官は、羽山のポケットのなかのものをブルーバードのボンネットに並べていく。財布や免許証入れ、煙草ライター、ハンカチ、ちり紙、靴べら、バラの小銭などだ。

警官はそれしか出てこないのを知って、あわてて羽山の体じゅうをさぐりまわる。ズボンの折返しまで調べたが何も武器は出てこない。

もう一人の警官は、ブルーバードのグローブ・ボックスを掻きまわし、シートをはぐり、トランク室を調べた。

「こっちは異常ないようですな」

と、醜男の警官に声をかける。

「そんなはずはないが」

醜男の警官はあわてた。羽山の運転免許証を引っぱりだし、車検証の名前と照らし合わせる。

「この車が盗品だと言うんですか？　よろしい、東都日産サービスというところから買ったんだ。電話ででも訊いてください」

羽山は怒りの表情を剝きだしにして見せた。

「しかし、しかし……どうして現金輸送車を尾行(つけ)たんだ？」

醜男の警官は狼狽した。

「現金輸送車？　なんのことです？　ああ、あの車ですか？　知りませんね。僕は免許取りたてなんで今日は町のなかを走る練習をしてただけだ。どこが悪いんです」

「弱ったな――」

警官は血の気を失った。ガード・マンに、

「君い、どうしてくれる？」

と、責任をなすりつける。

「しかし、たしかにこの男は……」

東和自販のガード・マンも狼狽していた。

「この男とはなんだ？　よし、新聞社に電話する。こんな侮辱を受けて黙っていられるか？君たちの名刺をもらおう」

羽山は警官とガード・マンを睨(にら)みつけた。

「ま、待ってください。私はただ、職務上の義務を果たそうとしただけで……」

警官が揉み手した。

「君のとこはどこの署だ？　僕の友だちの新聞記者と一緒に署長に会いに行く」

羽山は怒鳴った。

警官とガード・マンが平謝りを続けるのを見て、羽山は適当なところで折れてやった。駐車場からブルーバードを出したが、しかし、現金輸送車の尾行を続けるわけにはいかなくなったので、環状七号を大森のほうに向けて走らせる。

ほかのパトカーや交番の巡査に見張られている様子はなかった。しかし羽山は今日の失敗で苛々する。現金輸送車を尾行してから人気のないところで襲う計画は根本からご破算にしなければならない。

3

その夜、羽山は車を置いて渋谷を飲み歩いた。四軒めのバーにはいったのは看板近くの時間であった。

羽山についた女は雪子と言った。どういうわけか弘子とか雪子とかいう名の女は薄幸の運命にある者が多いが、このバーの雪子も、寂し気な眼差しと、折れそうに細い首を持っていた。和服が似合う。

羽山は酔っていた。スコッチのダブルの水割りを水のように飲み、血走った暗い瞳で虚空を睨み据える。その唇から勝手に、

「畜生、洋子の奴、今度こそひざまずかせてやる」

という呟きが漏れる。

「洋子さんという女に振られたのね？」

雪子が呟いた。

その声で羽山は我に返った。

「ああ、金のために俺を捨てたよ」

と、調子を合わせる。

やがてバーテンとマダムが閉店を告げにきた。羽山は勘定を命じ、

「送っていこう。今夜はやけに寂しいんだ」

と、雪子の瞳を見つめた。

「裏口で待っていて」

雪子は囁いた。

勘定は七千円ほどであった。一万円札を出した羽山はお釣りを雪子の帯に捩じこみ、

「じゃあ」

と、声をかけて表に出る。裏口に回って待っていると、いちばん先に雪子が出てきた。模造シールのコートはくたびれている。

並んで立つと、雪子は羽山の肩のあたりまでしかなかった。

「家は遠くか？」

「その前にお腹すかない？」

「何がいい？」

「お肉はだめなの」

「すしでいいか？」

羽山はタクシーをつかまえた。神宮の表参道に命じた。

広々とした表参道の左右には高級マンションや深夜レストランが並び、道々はスポーツ・カーや高級車が駐まっている。今や六本木にかわる深夜族のメッカだ。

一軒のすし屋の前で二人はタクシーをおりた。店は高級であった。銀座のホステスらしい女を連れた金肥りの男たちが多い。カウンターと付台のあいだに指洗いの水が流れ、敷きつめた玉石の上を鮎が泳いでいる。

明るい灯を浴びると、雪子のコートの安っぽさが目立った。コートを丸めて隠すようにした雪子と羽山は、カウンターの隅にすわった。

雪子は高い鮑や生き海老は遠慮した。羽山もアルコールで胃がだぶだぶしているので、すしは軽くつまんだだけであった。

それでも勘定は高かった。店を出た二人は腕を組んで歩く。寒気で羽山の酔いは醒めていく。

裏通りにはいると温泉マークが目についた。無言のまま羽山がそのほうに足を向けると雪子が足をとめた。

「どうした？」

「ううん……もうむだなお金は使わせたくないの。わたしのアパートでよかったら……」

雪子はうつむいた。

「わかった」

羽山は表通りに戻った。タクシーを呼びとめる。

雪子のアパートは恵比寿西口にあった。国鉄線と東横線のあいだにある木造の二階建てだ。

その二階の六畳に雪子は住んでいる。

「静かにね」

雪子は微笑し、唇を押えた。電気ごたつにスイッチを入れると、入口のコンクリートの土間の脇の小さな炊事場で湯を沸かしはじめる。

羽山は本物のバーバリーのトレンチ・コートを脱いでこたつに脚を突っこんだ。部屋を見回す。

貧しい部屋であった。テレビもない。サイド・ボードの中身も貧弱だ。

お茶をいれた雪子が、羽山に向かいあってこたつにすわった。

「男の人をここに入れたの、はじめてよ」

と、お決まりのせりふを言う。

「そうか、今夜は泊めてもらう。帰っても待っている女(ひと)はいないしな」

羽山は笑い、財布から一万円札を出して雪子の前に押した。

「これ、どういう意味？」

雪子は冷たい声を出そうとして失敗した。

「いいから、とっといてくれ」

とぼけるな、と言うかわりに、羽山は静かに言った。

「そう？ 悪いわね。あなたが好きだから、この部屋にはいってもらったのよ。でも、ありがたくいただいておくわ。助かっちゃうな。本当いうと、いま、ちょっと困ってたところなの」

雪子は帯から小さな財布を出した。

「どうした？」

「わたしの田舎は神奈川の厚木なの。父はとっくに亡くなったわ。母とわたしで弟や妹を食べさせていたんですけど、母がトラックに轢(ひ)かれて先日大怪我したの。ですから、いまはわたし一人で、田舎の親戚に預けている弟や妹の仕送りをしないといけないの。ごめんなさい、こんな湿っぽい話を聞かせちゃって」

雪子は言った。お決まりの話だが、笑おうとして泣き笑いになるところを見ると本当かもしれなかった。

「ひどいトラックだ。思いきり賠償金をとってやったらいい」

「それが、捕まらないの。トラックはすぐに見つかったわ。近くに乗り捨ててあったの。田舎の実家の近くで造成中の大手の土建会社の下請けに雇われた自家営業のトラックということがわかったから、警察はその男が住み込んでいる飯場(はんば)に張りこんだわ。おそらく酔っぱらってうちの母を轢き殺しかけ、怖くなって逃げたとしても、酔いが醒めたらトラックを取りに戻ってくるにちがいない、だろうと言って……」

「ところが、そいつは戻らなかったのか？」

「ええ、トラックのナンバーを調べたら偽造だったわ。荷台も塗り替えてあったの。エンジン・ナンバーから調べたら、それより五か月ほど前に千葉のほうで盗まれた車とわかったわ」

　雪子は唇を嚙んだ。

「盗難車か？　しかし、その流れ者は、よっぽどうまくナンバー・プレートを偽造したもんだな？」

「いいえ、子どもにでもわかるほど下手だったわ。でもいつも泥で汚れていたから、一緒に働いていた人も誰も気がつかなかったらしいの。だけど、車検証というのかしら……あれと車のナンバーが違うから、それまでに交通違反でもして警官に調べられていたら一ぺんでわかっていたところね。そいつは、ふだんはスピードを出さないし、どんなに言われても積みすぎもやらなかったんですって。飯場の仲間は、さすがに自分の車だけは大事にするって感心してたけど、盗難車とわかると、違反で調べられるのが怖かったんだなってとこに落ち着いたの」

「………」

「自分の車でないから、そいつは車を放りだして逃げたのね。まだ捕まらないわ。どこか遠いところで、また盗んだ車を使って稼いでいるかもしれない、とくやしくて」

「お母さんはまだ病院?」

「まだ動けないの。ひどいわ、犯人を雇った会社は流れ者のやったことにまで責任を負えないって涙金で済まそうとしているの。裁判にすることにしたけど、何年かかるかわからないし……国からの保険金は入院費にも足りないし、もうよしましょう、こんな話」

「それで君は寂しい顔をしてるんだね。君の瞳の翳りは美しいよ」

羽山は湯呑みをグラス替わりに持ちあげた。雪子の横に回り、口づけしたまま畳に押し倒す。しばらくして裾を割って、手を差し入れるとパンティまでびしょ濡れであった。

「待って」

雪子は上気した顔で蒲団を敷いた。羽山が先に蒲団にもぐりこむと、豆電灯に切り替えて和服を脱ぐ。

細い体であった。乳房も形はいいが小さい。羽山は横に滑りこんできたその雪子を抱きしめる。体が折れそうだ。

アルコールが多量にはいっているので羽山は長かった。雪子は悲鳴に似た声を漏らして激しく反応する。

五度めに雪子が失神しかかったとき、羽山はやっと目的を果たした。荒い息をつき、薄幸の女の薄い胸に顔を埋めて目を閉じていると、貨車の汽笛が物悲しげに聞こえてきた。

そのとき羽山の耳にさっき雪子が言った盗難トラックの偽造ナンバー・プレートのことが甦った。羽山の頭に、現金輸送車の襲撃方法が閃(ひらめ)く。豆電灯の弱い光のなかで、羽山の瞳はものすごい輝きを帯びて光った。

4

翌日の昼前、羽山は雪子のアパートを出た。家に帰る途中、三軒茶屋の商店街で折畳み式の物差しを買う。

家に戻ると、庭に置いてあったブルーバードに乗って郊外に向かった。ダンプや大型トラックはドライブ・インごとに駐まっている。羽山はその前と後ろのナンバー・プレートの寸法や文字の大きさ、留め孔の位置などを計り、頭のなかのメモ帳に書き込む。次いで都内に戻り、新宿のなるべく繁盛しているような金具屋で、ナンバー・プレート偽造用の工具を買った。塗料屋にも寄る。そして、池袋の鉄板屋でトラックのナンバー・プレートと同じ厚さの薄板を何枚か買いこんだが、そのときになって、偽造より改造のほうが手間がかからないことに気がついた。しかし、買った鉄板も、改造工作の実験材料として役立つ。

その夜遅く羽山は、川越街道からはずれた道にある飲み屋の近くに路上駐車している三菱の七・五トン積みダンプから、プラスとマイナスのドライバーを使って前後のナンバーを盗んだ。うまい具合に、埼玉の1 6 1 4というナンバーだから、簡単に4 6 4 4に改造できそうだ。羽山はついでに、運転席のドアの鍵を二本の針金を使って開き、車検証も失敬する。

かなりの距離に駐めてある自分のブルーバードに戻るあいだ、風呂敷に包んだナンバーを抱えた羽山は冷静ではいられなかった。それでも車が来るごとに農家の生垣の陰や乾いた田んぼの藁山(わらやま)の後ろに隠れてやりすごす。

ブルーバードに戻り、川越街道を東京に戻る。下馬の家に着いたときは真夜中であった。

翌日は、買ってきた鉄板にナンバーを打ちこむ練習についやした。翌々日になって、やっと自信が持てるところまでこぎつけられたので、盗んできたナンバーの1を4に打ち変え、4 6 4 4にする。営業車ナンバー・プレート用のグリーンのペンキとナンバー用の白ペンキで修正する。

ペンキが乾いてから、ためしに、それに泥を軽くなすりつけてみると改竄(かいざん)したものとはちょっとわからないほどのできばえであった。羽山は黒インクを使って、車検証のそれも改竄したナンバーに合わせる。鉛を使って、ナンバー用の陸運局の封印を偽造した。

作業服やヘルメットなども買いこんだ。オートバイ用の風防眼鏡つき防塵マスクも買う。ゴッグルは薄い色のサン・グラスになっていて、それで目のあたりを隠すと人相はわからなくなる。

四日めに、羽山はワルサーPPKを持ってキャンプ・ザマの近くの森に試射に出かけた。猟期にはいっているので、コジュケイや鳩を射つ散弾銃の銃声がかすかに聞こえてくる。

羽山はヤスリとハンマーで照星と照門を修正しながら、試射にとりかかる。手には薄いスウェードの手袋をつけ、作業服の袖には火薬滓がついても硝煙反応が出ないようにポリエチレンを巻きつけている。

五発で発射弾は狙ったところに行くようになった。羽山はポリエチレンを捨て、空薬莢を山芋掘りの穴に蹴りこむ。その上に土をかぶせた。


計画を実行にうつすときがきた。

二十四日はクリスマス・イヴだ。不景気のせいか家庭でイヴの団欒を楽しむ風習が浸透してきたのか、かつてのような乱痴気騒ぎは少なくなってきたが、それでも流れ者の労務者は飲み屋や安キャバレーで騒ぐほかかない。

都下町田市は土建業者の多い町だ。宅地ブームでその周辺が続々と開発されているせいだ。

駅裏のガード近くの無料駐車場には、今夜を飲み明かそうとする土建屋たちのトラックやダンプカーがひしめいている。

羽山の姿が影のようにその無料駐車場に現われた。ヘルメットとゴッグルと防塵マスクで顔を隠している。作業服姿だ。

羽山はスウェードの手袋をつけた手をポケットに突っこんでいた。泥まみれの一台の大型ダンプに目をつけ、ポケットからスプーンの柄を削ったものを取り出して、運転台のドアの鍵孔に突っこんでみる。合わなかった。羽山は駐車場の隅に行き、スプーンの柄を削りだす。

三度めにやっと合った。ドアが開く。ドアのキーとエンジン・キーは共通だからスプーンを削って作った合鍵はエンジン・スイッチにぴったり合った。キーをひねり、ダッシュ・ボードの赤いバルブが輝きを増してくるのを待ってさらにキーをひねると、ディーゼル・エンジンは震動しはじめた、そのトラックは、三菱の七・五トン積みダンプだ。八・五リッター・ディーゼル・エンジンは最大一六五馬力を発生する。

ギアを入れると、ダンプは地響きをたててスタートした。羽山はそのダンプを国道十六号――八王子横浜街道――に一度出し、横浜寄りに少し進めて右折させ、雑木林に突っこませた。

百メーターほど林道をはいったところでダンプを停める。その近くの草藪(ボサ)のなかに、改竄したナンバー・プレートやドライバーなどが隠してある。

ナンバーを付け替え、やはり隠してあった即乾性のペンキで、ダンプのボディに書かれてあった川口工務店という社名を山田工務店と書きかえる。ダンプの車検証を土中に埋め、改竄した車検証をドア・ポケットに突っこむ。

三十分ほど待つとペンキが乾いたので、ナンバー・プレートとともにボディの社名のあたりにも泥をこびりつかす。思いついて、ヘルメットにも山田工務店と書きこんだ。

出発したのは午前四時近かった。横浜に向かうバイパスの手前で左に折れ、市内を通って第二京浜から東京に戻っていく。ゴッグルと防塵マスクははずしている。

六郷橋の袂(たもと)で検問に引っかかった。予想していたから羽山はあわてない。北川名義の大型二種免許証を示し、改竄ナンバーに合わせた車検証を見せた。仕事の帰りだ、と言う。

警官たちは、あっさりと通してくれた。羽山は東京タワーの近くでホンダ一二五CCの単車を盗み、ダンプの荷台に積んだ。

羽山がダンプを駐めたのは、竹橋の近くにあるリーダーズ・ダイジェストと毎日新聞の共同ビル建設現場であった。何十台もの工事車が駐まっているから目立たない。

三十分もかからないうちに、単車の合鍵ができた。ダンプから単車をおろし、少し走らせてみる。ダンプに揺られたのにかかわらず、単車はこわれてなかった。

羽山はその単車を、千代田税務署の車置き場に置いてダンプに戻った。やがて夜が明けばじめる。

羽山はズボンのベルトに差したワルサーPPKの自動拳銃を点検した。ブローニングの弾倉から移した○・三八○の実包が、弾倉一杯につまっている。

午前七時、飯場から労務者が起きはじめた。羽山はダンプを動かし、日本橋方面に車首を向けて東販のそばにダンプを停めた。

道は車の流れが激しくなる。パトカーや白バイが近づくごとに、羽山は少しずつダンプを動かして、駐車しているのでないことを示した。

正午までには、羽山は竹橋のあたりまでダンプを動かさざるをえなくなっていた。あまり単車と離れすぎたので、一ツ橋側の道を通ってダンプを一周させ、ふたたび東販の近くにダンプを戻す。

午後一時半、向こうから東和自販の現金輸送車がやってくるのが見えた。羽山は、ゴッグルと防塵マスクをつけ、ほかの車のクラクションの悲鳴を無視して、現金輸送車にダンプを真っこうから突っこませた。

恐怖に引きつる運転手やガード・マンたちの顔が大写しになった。次の瞬間、ダンプは強い衝撃を受ける。

現金輸送車は堀ばたまで転がった。車の前面はぐしゃぐしゃになり、破れたラジエターの湯が吹きあがる。

歪んだボディは開き、乗っている者たちは血にまみれて気絶している。

羽山はダンプから跳びおりた。

現金輸送車の荷物室にある十二個の皮袋を尻ポケットから出した薄く丈夫な袋に一まとめに突っこんだ。

まわりの車は茫然としていた。袋を背負った羽山が走りだすと、我にかえったように五、六人の男が追ってきたが、振りかえった羽山がワルサーを抜きだすと、あわててアスファルトに伏せた。

羽山は駐めてあった単車の荷台に東和自販の各営業所員の給料をくくりつけ、素早く逃げだした。手袋をはめているから、ダンプにも現金輸送車にも指紋を残していない。

二十分後、羽山は神田の学士会館の裏手に駐めてあったブルーバードSSSのトランク室に奪った金を仕舞った。ヘルメットやゴッグルも仕舞う。運転席で作業服とズボンを脱ぐと、洒落たセーターに替えズボン姿の羽山に変身した。

羽山はゆっくりとブルーバードをスタートさせる。

唇には冷たい笑いが浮かんでいる。奪った金が何千万あるかはあとでゆっくり勘定してみないとわからないが、これで第二の仕事が成功したのだ。

第4章　誘　惑

1

東和自販の現金輸送車から奪った金は三千万を越していた。羽山にとって何よりもありがたかったのは、その紙幣が新品の続きナンバーでなかったことだ。つまり、〈熱い札束〉でない。よほどのことがないかぎり、奪った金を使っても、そのシリアル・ナンバーから足がつくことはないはずだ。

これが〈熱い札束〉だと、一度その金を香港かスイスでドルに替え、また安全な日本円に替える、という手間をかけなければならない。〈熱い札束〉を日本から持ち出すだけで一苦労だ……。

現金輸送車の仕事をしてからの羽山は、駒場のアパートの三畳間に泊まりこみ、昼間はパチンコをやって過ごした。はじめからパチンコで儲けようという気がないのがかえってよかったのか、毎日二、三千円は勝つ。これで定職がなくても食っていけるという言いわけがたつ。夜になると一度下馬の家に戻ってから服を替えて遊びに出かける。

事件を派手に扱った新聞やテレビ、それにラジオも、一週間もたつとほかのニュースばかり載せるようになった。そのあとは週刊誌が扱い、やがて人々の記憶から東和自販現金輸送車の事件は忘れられていった。

三千万あれば、銀行利子だけでも生活には困らない。しかし、復讐の念に渇いた羽山は、そんなことで満足できるような人間ではなかった。

事件のほとぼりが冷めた翌年二月のある金曜日、瀟洒(しょうしゃ)な背広をまとった羽山の姿が京王線明大前駅の新宿行きホームにあった。煙草をくわえ、さりげない視線を昇降階段のほうに配っている。

午前九時過ぎであった。羽山は何台も電車をやりすごす。十台ほどやりすごした時、階段から若い女がホームに登ってきた。

田城洋子の家の女中をしている中野信代(のぶよ)だ。落下傘スカートからのびた、形はいいが逞(たくま)しい脚に、ヒールの高いサンダル・シューズをはいている。整ってはいるが垢ぬけない顔は、塗りたくったアイ・シャドーや口紅で、かえって崩れて見えた。

羽山は手にした新聞をひろげて顔を隠した。信代の休みの日が金曜であることを確かめてあるのだ。信代は普通、休日には、新宿や池袋で遊んでから、埼玉県浦和にある実家で夜を過ごし、翌朝の一番電車で田城家に戻るのだ。

新宿に直行する特急電車がホームを揺るがして滑りこんできた。信代がその白い車体に吸いこまれると、羽山も乗りこむ。同じ車両を避ける。どうせ新宿まで停まらないのだから、信代が途中で降りる心配はない。

新宿駅まで五分とかからなかった。羽山は薄い色のサン・グラスをかけ、改札口を出る信代を尾行する。

信代はまず駅の上のデパートにはいった。服や靴や装身具、それに化粧品などの売り場を熱心に見て回ったが、買ったのは安物のカメオのブローチだけであった。

それから一時過ぎまで信代は新宿じゅうのデパートを歩いたが、買ったものはなかった。そして三越の食堂で中華ランチを食う。

食事のあと、信代は歌舞伎町の小さな映画館であたりを見回すようにしてから切符を買った。その映画館はエロダクションのものを専門に上映している。看板に出ているのも、上品とはお世辞にも言えない題名と露骨な愛欲場面であった。

信代がはいってから少し間を置いて羽山も入場した。蜜柑(みかん)の皮や煙草の吸殻の散らばった廊下には、チンピラがたむろしている。

羽山は客席にはいるとサン・グラスをはずした。スクリーンでは皮膚のきたない男女が草原でからみあっていたが、客席は空席のほうが多かった。

信代のいる席はすぐにわかった。買物帰りらしい中年女二、三人がかたまっている横だ。痴漢を警戒しているらしい。

羽山は信代の斜め後ろにすわった。顔を火照(ほて)らせながら信代が食い入るようにスクリーンを見つめているところをみると、セックスについての関心は深いらしい。

どうやって信代に近づこうかと思案していたとき、壁ぎわに立って獲物を物色していた中年の男が、よだれが垂れそうになる顔を引きしめて、信代の横の席にすわった。両手を深くズボンのポケットに突っこんでいるが、ポケットの底はわざと破り、パンツもはいてないのであろう。

中年男は、幾度か信代の横顔を盗み見ていたが、ついに右手を信代の腰にのばしていった。羽山は冷たい笑いに唇を歪めてそれを眺めていた。チャンスが訪れたようだ。

信代は男の手を払いのけようとした。しかし、顔はスクリーンのほうに向けたままだ。瞼が赤くなったところを見ると、男を無視しているのでないことがわかる。

中年男はそれを見て調子づいた。信代の手をそっと握る。信代は手を引っこめようとしたが、本気かどうかはわからない。

男はその間、ズボンのポケットに深く突っこんだ左手を動かしていた。その手をポケットから抜きだし、信代の手を脚のあいだに引き入れた。

これには、信代は小さな悲鳴をあげた。怒りと恐怖の混じった視線を中年男に向けて、強く手を引っこめた。逃げだそうと中腰になる。

そのとき羽山は、サン・グラスをかけると、前の席の中年男の後ろ髪を摑んで思いきり引っぱった。首が後ろに反り、腰を突きあげた格好になった男のズボンのあいだから、満たされなかった欲望の象徴が滑稽に突きでていた。

それを見て、信代がもう一度悲鳴をあげた。隣りのおかみさんたちが野次をとばした。場内に電灯がつき、支配人と保安係と称する用心棒がすっ飛んでくる。

「署まで来てもらおう」

羽山は狼狽している痴漢に言った。ほかの客たちが、まだ萎まぬ痴漢のモノを見て馬鹿笑いをたてた。信代は真っ赤な顔になり、席を立って逃げようとした。

「待って下さい、お嬢さん。お嬢さんからも被害者としての事情を聴取したいと思いますので」

羽山は信代に声をかけた。

「でも……」

信代は泣きだしそうな声をだした。動転してしまっているので、羽山とは気づかないらしい。

「ご心配なく。新聞にお名前を出したりはしませんから」

羽山は言い、座席を跳び越えて、痴漢の左右の腕を背中のうしろに捩じあげた。やってき

た支配人が、

「どうも、ご迷惑をかけまして。ともかく、支配人室にお寄りくださいませんでしょうか？」

と、バッタのように頭をさげた。

「この映画館の名は出さないようにする。心配するな」

羽山は言った。

「ありがとうございます。何分よろしく」

支配人は揉み手した。

「チャックを閉じてやってくれないか」

「へい、わかりました――」

支配人は羽山にぺこぺこし、真っ蒼になって震えている痴漢に向かい、

「きさまのような人間がいるから、映画を見にくるお客さんが減るんだ！　きさまは映画産業の敵だ！」

と、大袈裟なことをわめいて、顔を平手打ちにする。だらしなく泣きだした痴漢のチャックを乱暴に引きあげてやる。

「来い」

羽山は痴漢を通路に押しだした。信代にも付いて来るように、と、慇懃だが有無を言わさ

ぬ口調で言った。

　廊下に出ると場内の電灯は消え、スクリーンにはふたたび熱っぽいシーンが写った。羽山は用心棒にタクシーを呼んできてもらい、信代を押しこんで自分は真ん中にすわる。痴漢は左側に乗せた。

「四谷署にやってくれ」

　と、運転手に命じた。

　痴漢は陰惨な顔付きをしていた。手を合わせて羽山を拝み、

「旦那、勘弁してください。本当に出来心なんで……もう二度と、あんな馬鹿なことはしませんから」

　と、哀願する。

「そんなこと言って、きさま、常習なんだろう?」

　羽山は怒鳴りつけてみた。

「めっそうもない。本当に今日がはじめてで……」

　男は顔に脂汗を浮かべていた。タクシーは都電通りに出ている。

「よし、わかった。今度あんなことをやったらブチ込むからな――」

　羽山は言い、運転手に、

「一度ここで停めてくれ」

と、命じた。

タクシーは停まり、左の自動ドアが開いた。痴漢は車から跳び出し、人混みのなかに逃げこむ。

「わたしも帰してください」

信代が腰を浮かした。

「いや、さっきのことは君にも責任がある。君に隙があったからだ。君の保護者に注意しないといけないから、もう少し付き合ってもらうよ——」

羽山はもっともらしいことを言い、運転手に、四谷荒木町(あらきちょう)に回ってくれ、と、待合の多い一画の名をあげる。

2

タクシーは料亭街の外れで停まった。信代の腕をとってタクシーを降りた羽山は、

「署だと君も辛いだろう。そうだ、この近くに署の寮がある。ついて来なさい」

と、歩きだす。信代は蛇に睨まれた蛙のように羽山の言葉にしたがった。

一分ほど歩いたところに、〈明石〉と小さな看板が出た待合があった。地味な構えだ。

「ここが寮なの?」

打水した敷石を踏むと、少し脳が弱いらしい信代も、さすがに警戒した。

「ああ、もと料亭だったところを署で買ったんだ。今も宴会などにも使うがね」

羽山は言った。

その待合には、現金輸送車を襲ってから何度か来たことがある。顔なじみの仲居が、何も言わないうちから二人を案内する。

曲がりくねった廊下を抜け、池にかかった渡り廊下の先に離れがあった。本当はそう広いはずはないが、造園の巧みさで、裏庭は深山のように奥深く見える。

羽山は仲居に、酒と簡単な料理を頼んだ。仲居が去ると、

「さてと、君の名前と住所は？」

と、もっともらしく手帳をひろげる。うまい具合に、警察手帳に似て、黒の模造革のものであった。

怯えている信代は、羽山の顔を見ようともせずに、重い口調で羽山の質問に答えていった。

信代は浦和の中学を出てから、実家の農業の手伝いをやっていた。田城家に勤めだしたのは、一昨年の十一月。羽山の兄田城誠一が死んでから三か月ほどたってからだ。

信代の母は副業として新鮮な野菜――と、信代は言ったが実際は本物の特等闇米であろう――のカツギ屋をやっていて、誠一の妻洋子の実家もお顧客先の一つなので、その縁で女中として雇われたらしい。

仲居が酒肴を運んできた。

羽山の出したチップを手品のように素早く帯のあいだに仕舞いこみ、信代にはわからぬように羽山にウインクして引きさがった。信代がどんなに大声を出しても、心配して駆けつけるようなことは決してないだろう。

羽山は酒をたて続けに呷った。そして、

「君があの家で働きはじめたとき、奥さんは妊娠してたかい？」

と尋ねた。

「どうして、そんなこと……？」

信代は顔を上げた。

羽山はサン・グラスをはずした。

信代はやっと羽山を思いだしたらしい、その瞳に恐怖の色が深まると、小さな悲鳴を漏らして立ち上がった。

「すわりなさい。この待合の者は買収してある。いくら騒いでもむだだ。僕は君を一目見たときから忘れられなくなった。君が好きなんだよ。だから、刑事の振りをして近づいた」

羽山は言った。

信代は胸を抱くようにして後じさりした。出入り口に近づこうとすれば、羽山の横を通らなければならない。

「おすわり」

　羽山は優しく繰り返した。

「馬鹿にしないでよ！　近寄ったら死んでやるから」

　信代はわめいた。

「そうかね？　せっかく楽しいことを教えてやろうと思ってるのに。君だって、映画で見るより、自分で体験したほうが素敵だと思わない？」

　羽山も立ち上がった。ゆっくり信代に近づく。

　信代は床の間の水石を振りあげた。素早く襲いかかった羽山は、その肘を摑んだ。神経のツボを指で強く圧したので、信代が握りしめていた水石はあっけなく落ちた。

　羽山はその信代に足払いをかけて畳の上に転がした。落下傘スカートがひろがる。

　信代の力は強かったが、羽山とは比較にならなかった。やがて信代の口は羽山を受け入れて開き、閉じていた腿はゆるむ。

　羽山は信代を抱えあげて隣りの寝室との境の襖を足で開いた。ピンクと紫の蒲団がすでに用意されてあった。

　それから夜の七時までに、羽山は信代を続けざまに三度犯した。信代は出血はなかったが処女らしかった。出血がなかったのは、野良で働いていた時、果物でいたずらしたせいだということは、あとで聞いた。

ながら言った。

「そうね。うちの近くの雑貨屋に電話があるわ」

「今夜は帰さない。実家のほうにも電話したら?」

「本当? 捨てたら死んでやるから」

化粧が崩れて狸のような顔になった信代は、羽山の汗にまみれた胸毛に頬をこすりつけ

羽山は信代の耳に熱っぽく囁いた。

「もう君を放さないよ」


「僕が呼ぼう」

羽山は信代から浦和の電話番号を聞いた。羽山は隣りの座敷から受話器を引っぱってきて、帳場に取りついでもらった。

雑貨屋が出ると、信代は荒い方言で、用ができて今日は休みがとれなかった、と実家に伝言してくれ、と言った。

羽山は帳場に夕食の支度を命じる。立ち上がって裏庭に面した風呂の湯栓をひねった。浴槽に湯が満ちるまでの間にシャワーを浴びていると、足を引きずるようにして信代がはいってきた。

すばらしい体だ。はちきれそうだ。下腹のたるみなど、ぜんぜんない。手は荒れていたが、全身にしみ一つない。

化けもののような化粧を落とすと、信代の顔は見ちがえるようになった。いくぶん白痴的な表情もかえって美しい。

羽山は今度は本物の欲情を覚えた。——二人が愛しあっているうちに仲居が夕食の膳を整えた。

丹前をつけた二人は、テーブルに山のように並んだ蟹や海老や鮑、それに野鳥などを平げていく。信代はけっこうビールも飲んだ。煙草も吸う。

「一度こういうご馳走を思いきり食べてみたかったの。杉並では、奥さんはおいしいものばかり食べていて、わたしは毎日干物と煮魚なのよ」

信代はいった。

「僕と一緒になったら、毎日でもうまいものを食べさせてやる」

「一緒になってくれるの！」

「堅気になったらな……待っていてくれ」

「わたし、あなたのためなら、バーでもキャバレーでも、どこでだって働くわ」

信代はテーブルを回り羽山にすがりついてきた。

「君に苦労はかけたくない。僕だって、兄貴の遺産を分けてもらえたら、足を洗って、君と二人きりで遠いところへ行ける。そこで、何不自由なく暮らせるんだ」

羽山は信代の髪を撫でながら言った。信代の頭ごしに、悪霊のように荒廃した笑いを浮かべている。

「奥さんは、あなたのことをやくざ者だと言っていたわ。どのくらいお金があったら足を洗わせてもらえるの?」

「いいんだ、いいんだ。君に迷惑はかけたくない。あの強欲な女から取り返す。それには、いろんなことを知ってなければならないんだ。前の話に戻るが、君があの家で働きはじめたとき、あの女の腹は大きかったのか?」

「ええ。それほど目立つほどではなかったけど……坊やが生まれたのは、わたしがあそこで働くようになってから四か月ほどたってからだわ」

「じゃあ、あの女は生んだことは生んだんだな……ひそかに貰い子したんでなくて」

羽山は唇を噛んだ。

「でしょう? 産み月になってから、奥さんはずっと実家に帰られてたし、生んでから二月ほどしてから杉並の家に戻られたから、わたしもよくわからないわ。坊やの顔も二度ぐらいしか見たことないの」

「兄貴に似てたか?……いや、写真でしか兄貴の顔は見たことがないだろうが」

「わかんない。だって、あんなちいちゃい子は、みんな猿みたいで」

「あの女の男は誰だ?」

「それもわからないの。男がいないはずはないわ。今日も会っているはずだわ。わたしの休みの金曜日には男が来るの」

「どうしてわかる？」

「だって……土曜日にあそこに帰ってお掃除していると、嫌らしいものが落ちてるんだもん。洗濯のときにもわかるわ。焼却炉に男物の下着が突っこんであるし」

信代は顔を赤らめ、羽山の腿をつねった。

3

羽山は信代の顔をあおむかせて唇を吸ってやりながら、洋子の痴態を思い出した。洋子が信代に毎週一日休みを与えるのは、やはり優しさからでなく、情事の邪魔になるからだとわかった。

「あの女の男が誰かはわからないんだな？」

唇を離した羽山は呟いた。

「ええ。でも、その気になればすぐにわかると思うわ」

信代はまだ喘ぎながら答えた。

「誰だか突きとめてくれ。ところで、君の前にいたお手伝いさん、なんていったっけかな……」

「お高さん？　藤本高子さんのこと？」

「ああ、お高さんだ。あの女はいまどこにいるのか知らないか」

「東和自動車の守衛と結婚したわ。結婚してからも、ときどき杉並の家に来るのよ。でも、お高さんがやってくると、奥さんは陰でとても嫌な顔をするの。でも、断われないみたい。そして、お高さんが帰るときには、いつもお小遣いを持たせているらしいわ」

信代は言った。

羽山は右手で信代の乳首を愛撫し、空いた手で杯を口に運んでいた。杯を持つ手がとまり、

「小遣いをか？」

と呟く。

「ええ。それも千円や二千円ではないようよ。何万というお金のよう」

「それで、お高さんの結婚した相手というのは、なんという名だい？　どこに住んでいる？」

「ご主人の名は平川三郎っていうの。村山の工場の近くの建売り住宅に住んでいるわ。でも、その家は、お高さんの退職金がわりに奥さんが買ってあげたらしいの。わたしにはケチケチしているのに、どうしてお高さんにはあんなに甘いのかしら」

信代は言った。硬くふくれあがった乳首は湿っている。小鼻は開いていた。

「………」

羽山は低く唸った。洋子は女中に家を買い与えるほど甘い女ではない。おそらく、弱味を高子に握られているからにちがいない。高子が洋子のところに顔を出すたびに多額の小遣いを与えられるというのも、小遣いというより口止め料といった性質のものであろう。

「そんな話はもうよしましょう。ねえ、わたしって激しいのかしら。もう一度かわいがって」

信代ははじめて知った男の体にもう夢中になってきていた……。

翌朝、羽山は、タクシーで明大前まで信代を送った。別れる前に、決して自分のことを誰にもしゃべらないことと、来週の金曜日に京王デパートで待ち合わすことを何度も約束させる。

別のタクシーに乗り替えた羽山は、下馬の自宅に戻ると、倒れるように万年床に転がって眠りこむ。信代に、あれからもまた挑まれたのだ。

正午近く、羽山は渋る目を無理に開いた。シャワーを浴びて頭をはっきりさせ、庭に駐めてあるブルーバードSSSに乗りこんだ。運転免許証は本物のほうを身につけている。五十万の札束も身につけていた。

タクシーの昼食時間なので、大通りに出てもそれほど混んでなかった。環状七号を北上した羽山のSSSは、高円寺陸橋のところで青梅街道に左折する。

田無交番前の変則交差点を過ぎてからは、武蔵野の風景が色濃くなった。しかし、どこを見てもマッチ箱のような分譲住宅や建売り住宅のないところはない。

東和自動車村山工場は大和町と村山町のあいだにある。大和奈良橋を過ぎて少し行くと、道の左側に工場の灰色の塀が一キロ半にわたって続いている。

道の反対側には公団アパートや小住宅が並んでいた。羽山は交番を見つけて車を降り、東和自動車の工場の守衛をやっている平川三郎の住所を尋ねた。

三分ほどかけて交番の巡査は調べてくれた。羽山は礼を言い、教えられた場所に車首を向ける。

平川の家は、青梅街道から村山貯水池、つまり多摩湖に向けて二百メーターほどはいった所にあった。五十坪（一六五平方メーター）ほどの芝生の花壇の庭と十五坪（四九・五平方メーター）ほどの平屋建てが三、四十軒かたまったうちの一つだ。

羽山はわざと少し離れた場所に車を駐め、ペンキを塗った低い木柵の門を押して玄関に近づいた。芝生に面した居間らしい部屋にはレースのカーテンがかかっている。電話線は来てないようであった。

玄関のなかでスピッツが金切り声で吠えていた。羽山はブザーを押す。しばらくして、

「どなた？」

と、聞き覚えのある高子の声が尋ねた。

「田城家の使いの者です」

羽山は答えた。

ドアが開いた。髪をアップにして奥さま然とした高子が、羽山を見て驚きの声をあげる。和服姿であった。三十二、三だ。その後ろで、尻尾を巻きこんだスピッツが歯を剝きだしている。

「久しぶりだな。びっくりさせて悪かった。元気かい？」

羽山は邪気を感じさせぬ笑顔で言った。

「本当にびっくりしましたわ。どこに行っておられたんです？」

高子は荒い呼吸を静めようとしながら言った。丸っこい顔と小さな鼻を持っている。

「話せば長いことだ。上がっていいかい？」

「どうぞ、どうぞ」

高子はあわてて叫ぶように言い、スピッツを胸に抱えた。スピッツはもう鼻声で甘えている。

居間兼客間の洋室に通された。芝生に面した部屋だ。狭い家なので、高子が台所でお茶の用意をしている音が聞こえる。

やがて高子は羽山と向かいあってすわり、羽山に紅茶を勧めた。羽山は、

「結婚したんだってね。おめでとう」

と言う。ガス・ストーブが燃えていた。

「おかげさまで。あなたは？」

高子は答えた。少し落ち着いてきたようだ。

「まださ。君のご主人は東和自動車の人だってね。洋子さんの紹介で？」

「奥さまのお父さまに紹介していただきまして」

「よかったな。ところで、いい家だな。失礼だが、いくらぐらいした？」

「ほんとに小さなところで、お恥ずかしくて」

「なんでも、洋子さんが買ってくれたんだってな？」

「どうして、それを！」

高子は紅茶を掻きまわしていたスプーンを落とした。

「それに、ときどき、口止め料ももらっているそうじゃないか？」

羽山はにやりと笑った。

「失礼な！　帰ってください。何を言いに来たんです！　いくらお世話になったところの弟さんだといっても、そんな言いがかりはよしてください」

高子は目を吊りあげて立ちあがった。ソファで寝そべっていたスピッツがふたたび唸りはじめる。

「そうかい、そうかい。ふざけたことを言うじゃねえか。俺が警察にちょっと口をかけりゃ、あんたは殺人の共犯者として逮捕されるぜ」

羽山はふてぶてしい口調でハッタリをかませた。

「何を言うんです！　ジャッキー、この男を追いだしておやり」

高子はスピッツに命じた。

よく訓練されたスピッツであった。テーブルに跳び移ると、羽山の目の前で歯を剝きだして吠えたてる。押売りセールスマンをその手で追い返すのに慣れているのであろう。

「うるせえチビ犬だな」

羽山は右の手刀を一閃させた。首の骨を叩き折られたスピッツは、悲鳴を途切らせて安物の絨毯にはたき落とされる。眼が眼窩からとび出している。

羽山はまだ痙攣を続けるスピッツを拾いあげた。両の前脚を摑み、左右に引っぱる。骨の関節がはずれ、筋肉が裂ける不気味な音がした。スピッツは完全に死ぬ。

その死体を、羽山は、悲鳴をあげる格好に口を開いた高子の胸に放りつけた。とびだした眼球が高子の首に当たる。

高子はソファに尻もちをついた。瞳が瞼の裏に隠れ、白眼が剝きだされる。横ざまに崩れ折れて身動きもしない。気絶したのだ。

羽山はゆっくり立ち上がった。高子がつけている和服の四寸単帯で手足を縛り、テーブル掛けで猿ぐつわを嚙ます。

それから各部屋を調べた。調べるといっても、小さな家だから時間はかからない。居間の奥の寝室がいちばん物音が外に漏れにくいようであった。

羽山は素早く寝室の雨戸を閉じ、高子の体を寝室のベッドに移した。高子の猿ぐつわをゆるめ、大きな声はたてられないが、話し声は出せるようにする。両脚を広げて、ベッドの支柱に縛りつけた。

三面鏡の前にヘア・スプレーの缶があった。羽山はそれを取り上げ、高子の和服の裾をまくる。形のよくない脚だ。パンティを引き裂く。

高子の脚のあいだにヘア・スプレーのノズルを捩じこみ、ボタンを押した。勢いよく噴き出す液体の冷たさで高子は意識を取り戻した。

高子は金切り声をあげようとしたが、小さな声にしかならなかった。羽山はスプレーを窓のほうに向けて噴出させ、ダンヒルのライターの火を移す。

スプレーは小型火炎放射器のかわりになった。羽山は凄まじい火炎を噴出するスプレーを高子の顔のほうに近づけながら、

「おとなしくしてないと、あんたの顔は黒焦げになるぜ」

と警告した。

「や、やめて……やめてください。私の体ならさしあげます」

高子の口から、籠った声が漏れた。

「うぬぼれるな。誰がそんな薄汚ねえ体を欲しいと言った。俺はあんたにしゃべってもらい

たいだけだ」

羽山は冷たく言った。

4

「言います。言いますから火を消して」

高子は発狂しそうな顔付きになっていた。

羽山はスプレーのボタンから指を離した。噴出はやみ、火炎は消える。

「あんた、何をネタに洋子から口止め料をとってたんだ？　洋子か洋子の男が兄貴を殺すところを目撃したのか？」

「ち、ちがいます。誠一さまが亡くなられたときは、わたし、休みの日であの家にいませんでした」

「死体を洋子が発見したといわれている翌朝、つまり、二年前の八月十一日の土曜日には戻ってたはずだ」

羽山は言った。

「いつもなら、土曜の朝九時までには戻るはずです。でも、あの時は、昼までに帰ってくればいい、と奥さんから言われて」

「そこへ兄貴の死だ。それであんたは、兄貴の死が自殺ではないのではないか、と疑ったわけだな？」

羽山はふたたびスプレーに火をつける格好をした。

「そ、そうなんです！　わたしの公休日はご存知のように金曜日です。あのときの休みは八月十日でした。十日の朝遅く、わたし、出かける前のご挨拶を奥さんにしたんです。そしたら奥さんが――帰ってくるのは明日の昼過ぎでいいわ。このところ気疲れでほとんど眠っていないから、今夜は睡眠薬でも飲んでぐっすり眠るつもりよ。明日の昼まで眠るかもしれないから、あなたが朝早く帰ってきて、バタバタ掃除でもはじめたのではかなわない――と、おっしゃられたので」

「………」

「あとから思いだしてみると、そのときの奥さんの顔つきは何か気持ち悪いほど冷静のようでした。奥さんは、真剣になると、かえって冷たい表情になるんです。それで、土曜の昼ごろにわたしが帰ってみると、警察や新聞のかたが大勢集まってたでしょう。誠一さまが自殺なされたと聞いてびっくりしたんですけど、わたしも警察に事情を訊かれたんです。訊かれる前に奥さんがわたしを陰に呼んで、朝でなく昼ごろ帰ってきたのは、わたしの都合でそうなったのだ、と証言してくれ、と頼まれました」

「そのとおりに証言したんだな？」

「仕方なかったんです。でも、初七日が終わったあと、奥さんが妊娠されていることを知って、びっくりしました。奥さんに月のものがなくなったことも、食べものの好みが変わったことも知ってましたけど、まさかと……だって、旦那さまは子どもができない体でしたから」

高子は羽山の表情を窺いながら言った。

「何？　もう一度言ってみろ」

羽山は呻くように叫んだ。

「旦那さま、誠一さまが亡くなられる半年ほど前に、旦那さまは奥さんに子どもができないことを責められました……いえ、立ち聞きする気はなかったのですけど、つい聞いてしまったんです……そしたら、奥さんが、〈あなたのほうこそ種なしではないの？〉と、反撃しました。旦那さまはひどく気になされて、会社の嘱託もなさっている主治医に検査してもらわれたようです。そうしたら、戦争中の怪我が原因になった無精子症とかで、一生子どもを生ますことのできない体だと言われたと、とってもがっかりなさっていましたから」

「その主治医の名前はなんて言うんだ？　どこの病院だ？」

「神崎（かんざき）先生です。高円寺一丁目で神崎病院というのをやってらっしゃいます」

「畜生……それで、兄貴は、洋子が妊娠したことを知ってたのか？」

羽山は狼のように歯を剝きだした。

「あとから考えると、ご存知だったのかもしれません。旦那さまは亡くなる三週間ぐらい前から、ひどく不機嫌になられ、奥さんとは冷たい戦争でした。警察には言いませんでしたけど。それで寝室も別に……」

「洋子が子どもを産んだ病院は？」

「神崎病院です。あそこは産婦人科もやっているんです」

「そうすると、洋子の男はその神崎という奴か？」

「神崎先生も奥さんと関係があるかもしれません」

「じゃあ、本当の男は別にいるんだな？」

「……」

高子は目を閉じた。

「言え。誰なんだ？」

「……」

「よし、わかった。顔が黒焦げになってもいいんだな？」

「やれるもんなら、やってごらんなさい。そのかわり、あなたは監獄行きよ。わたしは、たとえ顔が焦げても、その男の名だけは言えない。あなたに、こんなひどい目にあったけど口を割らなかった、と言って、奥さんからもっともっと金を絞り取ってやる。そのお金で手術を受けて顔を直すわ。今度の顔は、思いきりきれいに作ってもらうわ」

高子は顔を醜く歪めてわめいた。

羽山は、冷ややかにその顔を見つめていた。

「なるほど、あんたは、今のままでも、整形手術を受けたほうがよさそうだな。よし、わかった。お互いに話合いでいこう。それが嫌なら、このヘア・スプレーを使わないとならん。むろん、使うときには、顔だけでなく、あんたの女自身を焼けただれさせてやるがね」

羽山は唇を歪めて笑い、高子の脚のあいだに再びスプレーを一吹きさせた。脚をすぼめようともがく高子に、一万円札の束を見せびらかした。

「………！」

高子の細い目が裂けそうに見開かれた。

「あんたの大好きなものだ。五十万ある。こいつは、ただの手付けだ。兄貴の遺産が俺の手に戻れば、残金はもっともっとやるぜ」

羽山は言って札束で高子の頰を撫でた。

「ちょうだい！」

高子は叩いた。猿ぐつわが唾液で濡れる。

「しゃべってくれるだろうな？」

「しゃべるわ……しゃべる」

「本当のことを頼むぜ」

羽山は札束を高子の胸の上に置いた。猿ぐつわを解く。

「奥さんの男は、奥さんのお父さんよ」

「田城健作か！　でたらめを言うな」

「誰でも本気にしないと思うわ。でも、本当よ。この目で見たんですもの」

高子は好色そうに、分厚い唇をまくれあがらせた。

「見た？」

「いくらわたしが馬鹿でも、本当なら妊娠するわけがない奥さんが妊娠したからには、誰か男がいるはずだ、ということぐらい気がつくわ。男が誰だか突きとめてやろうと思ったのよ。ケチなくせに人使いの荒い奥さんに仕返しをしてやろうと思って……」

「………」

「そうね、あれは旦那さまが亡くなってから二週間ほどたってからだわ。奥さんがデートするのなら、わたしの休みの日にちがいない、と計算したの。だって奥さんは、ふだんはどこに出かけるときでも、わたしをお供に連れて行って荷物を持たせたり用事を言いつけたりしてたから……それで、休みの日、貯金をおろして、ハイヤーをチャーターして、奥さんの車が出てくるのを待伏せしたわ。尾行（つけ）ようと思って。ところが、いっこうに奥さんの車は出てこない。そのうち、一台の車があの家に滑りこんだの。奥さんのお父さんが運転していたわ」

「………」

「親父さんが帰ったら、奥さんは出てくるだろうと思って、ずいぶん長いことハイヤーのなかで待ったわ。でも夕方になっても親父さんは帰らない。ハイヤーの運転手にチップをだいぶあげて帰ってもらって、わたし、裏口からあの家に戻ってみたの。予感がしたのね。泥棒猫のようにこっそりと自分の部屋にはいろうとしたわ。そしたら、寝室から、まぎれもないあの時の音と、熱烈な囁きが聞こえてくるじゃない。親子のあいだでそうなのよ。けがらわしい親子ドンブリだわ。わたし、夢中で奥さんの寝室のドアを開いたわ」

「奴ら、驚いたろう？」

「二人とも素っ裸だったわ。グロテスクよ！　びっくりして二人とも抱きあったまま動けないの。それで、わたし言ってやったわ。こんなけがらわしい家にはもう居られませんからお暇をいただきます。でも、亡くなった旦那さまの弟さんにお会いしたときは、このことをご報告申しあげます、ってね」

「俺をダシに使ったな。あんたも、たいした女だよ」

「悪いのはお互いさまよ」

高子は唇をすぼめ、

「あの二人は気狂いみたいになったわ。素っ裸のまま、わたしに土下座して、どうか許してくれというの。そして、わたしに亭主を世話して、家も買ってやる。結婚資金も出す、っていう条件を持ち出してきたの」

「なるほど」

「わたしも売れ残りだし、男が欲しかった。くだらないスケコマシでなくて、ちゃんとした亭主が欲しかった。それに、一軒の家を持てるなんて夢のような話じゃない。わたし、適当にもったいぶってから、持ち出された交換条件を呑んだわ」

「それからタカリの味をしめたってわけだな？」

「はじめはわたし、遺産の分けかたのことなんかよく知らなかったの。ただ、奥さんが親子ドンブリのことを世間に知られたくないことと、旦那さまの亡くなったことについてわたしが自殺ではないのではないかと疑っていることを感づいて口止め料をくれた、としか思ってなかったの。でも、結婚してからテレビを見ていたら、奥さんに子どもがないのに旦那さまが亡くなったら、旦那さまの遺産の三分の一を旦那さまの兄弟がもらえる権利がある、っていう場面が出てきたの。子どもについては、お腹のなかの子も一人前の子どもとして扱う、ということも知ったけど、あの子は旦那さまのタネじゃないわ」

「………」

「そのテレビを見て、わたし、いいこと聞いた、と思った。うちの亭主は働き者よ。でも、しがないサラリーマン。アパートの一軒でも持って老後にそなえようというのが夢だけど、いくら働いても思うようにお金はたまらない。アパートどころじゃないわ。それで、うちの人の貯金の足しにするため、また奥さんのところに顔を出すようになったの。もちろん、うちの人は、わたしが奥さんたちの弱味を摑んでるとはぜんぜん知らないわ。なんといい奥さんだろうって感謝してるの。ねえ、縄を解いて！　もうこれだけ訊けばいいでしょう。兄さんの遺産の三分の一がはいったら、どのくらい残金を払ってくれるの」

高子は気味悪いシナを作った。

「手にはいった分の三分の一はくれてやる」

三分の一どころか一文だってくれてやるものか、と胸のなかで呟きながら、羽山は高子の手を縛ってあった単帯を解きはじめた。それに、洋子の子が誠一のタネでないことが明るみに出たうえに洋子たちが誠一を自殺に見せかけて殺したことの確証がとれれば、羽山は法によってでも、三分の一どころか兄誠一の遺産全部をいただくことができるのだ。

第5章　悪魔の女

1

羽山は高子を縛ってあった帯を解いた。猿ぐつわをはずす。高子はベッドの上で半身を起こし、帯をしめると乱れた裾を直した。五十万の札束を帯の内側にはさむ。

そのとき、寝室のドアが静かに開かれた。

「よし、それまでだ。二人とも動くな」

と、声をかけて、銀髪を撫でつけた初老の男がはいってきた。右手に二十二口径ベレッタ・ジャガーの軽くスマートな自動拳銃を握っている。ゴム底の靴をはいている。

洋子の父、田城健作であった。長身のうえに肩幅も広いから、フィンテックス生地のイギリス物の背広が似合う。

「あんたか？　噂してたところだ」

羽山は絞め殺してやりたい怒りを押えて、わざと平静そうな声をだした。拳銃を身につけてこなかったことを後悔する。

「久しぶりだな、貴次君。元気のようだな?――」

田城は上品ぶった笑いを浮かべ、

「君たちの話は聞かせてもらったよ。女中の信代の様子がどうもおかしいと洋子が言うので、私が問いつめた。その甲斐があったようだな」

と言う。

「その手に持ってるのはなんだい? 年寄りの冷や水は怪我のもとだぜ」

羽山は鼻で笑ってみせた。高子は上目遣いに田城の様子を窺って、逃げ口を探しているようだ。

「私は若いもんに負けはしない。こいつは玩具じゃないんだ。アメリカで買ってきて箪笥の底に放りこんであったのが、今日になってやっと役立つっていうわけだ。使ったあとは村山貯水池にでも放りこんでおけばいい。私とこの拳銃を結びつけるものは、何もないのだから」

田城の顔から上品な仮面がはがれ、その頬は醜く歪んだ。歯が剝きだされる。

「そうか? ところで、ここは野中の一軒家じゃない。銃声がしたら、たちまち人が集まるぜ」

「そう思って、こんなものを用意してきた――」

田城は尻ポケットから濡れタオルを引っぱりだして銃身にかぶせ、

「こいつで銃声がだいぶ弱められると聞いたことがある。高子にしゃべられる前に片づけようとしてここに忍びこんだわけだが、きさまも網に引っかかったとは、私もツイてるな」

と、低く笑った。

高子が小さな悲鳴をあげた。

「よし、わかった。殺すんなら殺せ。だが、その前に聞いておきたいことがある」

高子との距離を目測しながら羽山は言った。

「何を聞きたい？　聞いてどうするんだ？　地獄への土産にでもする気か？」

田城は嘲笑った。

「そういうわけだ。聞かないことには安心して死ねない。あんたは、俺の兄貴を殺したな」

「それがどうした？　奴を養子として洋子と結婚させたときから、私は奴を片づけることを夢見ていた。奴の金さえ取りあげたら、あんな奴に用はない。しかし、人をはじめて片づけるときには、なかなか決断力が生まれないものだ。今なら何人でも平気で殺せるがな」

「洋子は、あんたの実の娘なのか？」

「世間ではそう思っている。ところがそうではないんだ。俺の女房が作った不義の子だ。俺は女房への復讐のためにわざと洋子を認知した。女房の不義の相手は戦死した。そして俺は、洋子が二十歳を迎えた誕生日の晩、女房の目の前で洋子を犯してやった。復讐のため俺の体で洋子を女にしてやったんだが、いまでは洋子のためなら死も怖くないほど愛している。洋子も俺に首ったけだ」

田城は陰惨な笑いを走らせた。言葉も、いつの間にか、〝私〟から、〝俺〟に変わっている。

「兄貴を殺る決心をつけたのは、洋子にそそのかされたからか？」

「それもある。きさまの兄貴誠一は種なしだった。それなのに、洋子は妊娠した。俺のタネだ。洋子は誠一の財産をきさまに分けたくないから、子を堕さなかった」

「……」

「むろん、洋子は誠一に妊娠したことを隠していた。俺と、奴を殺す相談ばかりしていた。しかし、奴がいくら馬鹿でも、洋子が妊娠したことを気づかないわけはない。そこで俺は洋子に、誠一が無精子症の診断を受けた医者の神崎を誘惑させることにした。背に腹は替えられないからな。そして、洋子と神崎が寝ている現場に俺は踏みこんで、この前のは誤診で、実は試験管を取りちがえたものだ、と神崎から誠一に電話させた」

「兄貴は信用したか？」

「信用しきれないようだった。だから、いよいよ俺たちは決心しなければならなくなった。そのとき、あの東和自動車の四五〇ＣＣ車が軽ナンバーをつけて売られていることが発覚した事件が起こったんだ」

「それで、踏んぎりがついたんだな？」

「売れない東和四五〇のエンジンを性能の悪さでユーザーに飽きられた東和三六〇のボディに積んで売りまくろう、という妙案を自工と自販の合同秘密重役会議に提出し、イザという時は責任をとるという条件で可決させ、自販のセールス部門に秘密指令を出したのはこの俺なんだ。四五〇ＣＣの強力エンジンをつけた東和ポピュラー三六〇はよく売れた。その功績で自販の専務であった俺は東和自工の常務取締役に引きあげられた」

「………」

「しかし、やっぱりエンジンの積替えは暴露された。俺は社長や副社長はもちろんのこと、合同重役会議でも、どんな手段をとってでも責任をとれと迫られた。責任をとらないなら、死んで詫びろと言われた。むろん、俺は立派に責任をとったさ。きさまの兄貴誠一を人身御供にたて、奴一人にすべての罪をかぶせて殺してやったのだ。奴にすべての責任を押しつけるということのヒントは、自工と自販の社長と副社長が匂わせてくれた。奴らは、東和の生え抜きでない誠一が煙ったくて、自工と自販の最高幹部の馴れあいでの汚職がやりづらいことをこぼしていたからな。社長たちは俺の勇気をほめてくれたよ」

田城は唇を歪めた。

「どうやって兄貴に睡眠薬を飲ませたんだ？　でたらめな遺書はどうやって書かせた？」

羽山は潰れたような声で尋ねた。

「あの晩のことか？　奴はまさか洋子と俺が昔からデキているとは知らなかったようだ。それで、俺があの晩遅く、東和自動車の事件について秘密の話合いをしたい、と言ってこっそり訪ねていくと、疑いもせずに俺をあげてくれた。俺は適当な話をしていて、洋子に呼ばれて奴が席をはずした隙に、奴のコーヒーに粉末にしたドイツ製の強力な睡眠薬を入れてよく掻きまぜた。四錠が致死量のところを十錠分コーヒーにブチこんだんだ」

「……」

「奴がコーヒーをあっさり飲み干してくれたら手間はかからなかったんだ。ところが、奴は戻ってきてコーヒーを口にふくむと、ひどい苦さだと言って灰皿に吐きだした。薬を入れすぎて失敗したわけだ」

「……」

「奴は咄嗟(とっさ)には、コーヒーに睡眠薬を混ぜられたとは気づかなかったらしい。しかし、睡眠薬の独特の苦さは、何度か使ってみた者にはすぐにわかる。奴は俺を警戒し、怯えた眼つきを見せはじめた。俺は仕方なく、こんなこともあるかと予想して用意してきたクロロホルムを使わなければならなかった」

「畜生！」

「クロロホルムで失神した誠一を、俺と洋子は浴室に運んだ。そして奴を裸にし、予備に洋子に持たせてあった睡眠薬を水に溶いて奴の胃に流しこんだんだ。そして奴にパジャマを着せ、寝室に運びこんだ。枕もとに洋子の指紋を拭って奴の指紋をべたべたつけた睡眠薬の空瓶を転がして一丁あがりと言うわけだ。人を殺すなんて、あんがい簡単なものだってことがわかったよ」

「遺書のことを、まだ聞いていない」

「遺書か？　あれは俺が書いたんだ」

「何！」

「誠一を殺す決心がなかなかつかなかったと言ったろう？　決心はあの晩までつかなかったが、奴を自殺に見せかけて殺す計画は何度もたてたんだ。だから俺は、奴の筆跡を研究しつくし、自然に奴と同じ字を書けるようになった。さあ、もういいだろう？　しゃべりくたびれた。どっちに先に死んでもらおうか？」

田城は笑った。ベレッタにかぶせた濡れタオルを左手で押える。羽山はそのとき、台所のドアが開くかすかな音を聞いた。

羽山は横に跳んだ。ベッドの上の高子を抱えて楯とする。同時に、田城は反射的にベレッタの引金を絞った。

濡れタオルにふさがれた銃声は、せいぜい普通の音量にしたテレビから聞こえる銃声ぐらいにしか響かなかった。

しかし、右胸に一発くらった高子は、羽山の腕のなかで弓なりにのけぞった。羽山は楯にした高子を抱えたまま田城のほうに突進しようとした。

ふたたび銃声がした。今度は高子の心臓を小さな二十二口径弾が抉った。田城は歯を剝きだしてさらに引金を絞ろうとしたが、かぶせたタオルのせいで次弾が突っこみを起こしたらしく発射できない。

田城はあわてて濡れタオルをはずした。羽山は、高子の体をベッドに放りだすと、田城のほうに突進した。

そのとき、田城の背後に人影が迫った。三十二、三の安物の背広をつけたたくましそうな男だ。

その男が背後から田城を襲った。田城の首に右腕を回して絞めあげる。羽山は必死にベレッタの遊底を引いて突っこみを起こした実包を抜こうとしている田城の手首を手刀で一撃した。

田城の手からベレッタが落ちた。羽山はそれを寝室の隅まで蹴とばしておき、ベッドの上の高子に振り向いて見る。

2

右肺からの出血はたいしたことはなかったが、心臓から出る血のしみは大きく和服の胸にひろがっていた。手首の脈をとってみたが、弱く乱れている。

男は田城の首を絞め続けた。田城は紫色に腫れあがった舌を口から突きだして痙攣している。

「よし、もういい。やめろ。あとは警察に任せるんだ」

羽山は男に声をかけた。

「誰だ、あんたは？」

男は呻いたが、血まみれの高子に気づき、

「高子！」

と絶叫して、ベッドに駆けよった。高子の亭主の平川にちがいない。

田城は床を揺るがせて昏倒した。いま田城を死なすわけにはいかない……羽山は、息がとまった田城にまたがり、人工呼吸をほどこしはじめた。

ベッドでは、平川が半狂乱になっていた。

「高子！　高子！　生きていてくれ」

と、啜(すす)り泣きながら、高子の体を揺さぶる。

田城の唇が動いた。続いて呼吸が甦る。羽山は立ちあがり、寝室から出ようとした。

「待て！　どこへいく？」

平川が醜く歪んだ顔を振り向けた。

「電話を借りにだ。救急車とパトカーを呼ばなければならない」

羽山は答えた。

「きさまは誰だ？　俺の家で何していた！」

「平川さんですか？　とんだことになりまして。私は奥さんと話合いに来てたんです。うちの兄貴は、この田城に殺された。そのことを、奥さんの口からしゃべってもらおうと思いましてね。そこに拳銃を構えた田城がはいってきた」

羽山は淡々と言った。

「なぜ寝室で話をしないとならんのだ！　きさま、きさま……」

平川は声をつまらせたが、いきなり部屋の隅に走って、田城のベレッタを拾いあげた。

「秘密の話だからだ。馬鹿な真似(まね)はよせ」

羽山は言いざま寝室から跳びだした。

平川は引金を絞ろうとしたが、むろん、突っこみを起こしているから発射しない。銃器についての知識がぜんぜんないらしい平川は罵り声をあげてベレッタを放りだし、気絶している田城の顔を殴りはじめた。

寝室に引き返した羽山は、その平川の頸動脈を手刀で一撃して昏倒させた。平川の家を出ると、電柱を目で追って、電話線が通っている家を捜す。

三軒左隣りの家に電話がきていた。平川の家と同じ構えの小住宅だ。玄関のブザーを押すとマジック・ミラーになっている覗き窓のうしろから、いきなり、

「うちは、なんでも間に合っていますよ」

という中年女の金切り声が聞こえた。

「セールスじゃない。殺人事件です。電話をお借りしたい」

羽山は言った。

「本当！」

ドアが細目に開いた。髪じゅうにクリップを巻きつけ、ガウンをだらしなく羽織った女が、ドア・チェーンをはずそうかはずすまいかと迷っている。しみだらけの顔も、塗りたくった栄養クリームでピカピカ光っている。

「平川さんのお宅でですよ。お願いします」

羽山は言った。

「………」

女はドア・チェーンをはずし、平川の家とそっくりな応接室に羽山を案内した。羽山は受話器を取りあげ、一一〇番をまわした。電話に出た警官に、平川高子が田城健作に射たれ、怒った高子の亭主が田城を半殺しの目にあわせたことを伝える。

羽山の電話を聞いていた中年女は、腰をぬかしたようにソファにすわりこみ、電話を切っ

た羽山が礼を言っても返事もできなかった。

羽山は平川の家に戻った。寝室にはいってみると、気絶から覚めた平川がベッドの横にひざまずき、高子の頬を撫でながら、泣きじゃくっていた。高子の顔色は土気色になり、もう呼吸をしている様子はない。

羽山は肩をすくめ、倒れている田城の横にかがんだ。田城の顔はフット・ボールのように腫れあがっているが、死んではいなかった。羽山は田城のネクタイをゆるめてやる。田城を生かしておいて法廷に立たさなければならないのだ。

平川は羽山のほうに振り返った。発狂したもののような眼つきだ。

「高子は死んだ！　きさまも死ね！　きさま、高子を口説こうとしてたんだろう！」

と、わめく。

平川がはいってきた時は楯にした高子をベッドに放りだしたあとであったから、平川は俺が高子を弾よけに利用したことを知らないはずだ、と羽山は考えながら、

「落ち着けよ。奥さんの帯の下を調べてみろ。五十万あるはずだ。俺はその金で田城についての情報を買おうとしてた。あんたの奥さんがいくらチャーミングかしらないが、人の女房と一度寝るだけで五十万払う馬鹿はいるもんか」

と、冷たく言った。

「高子は死んだ。死んじまったんだ」

平川は泣きじゃくりながらも、死体の帯の下を調べる。血に濡れた五十万の札束を見て急に平川の泣き声がやんだ。

「それは一度奥さんにあげたもんだから、警察の調べが済んだらあんたのものになる。もうすぐパトカーが来るが、俺の不利になるようなことは言わないでもらいたいな」

羽山はすごみを効かせた。

「わかった。約束しよう」

平川は札束を死体の帯の下に戻した。

待つほどもなく不吉なサイレンの響きが近づいてきた。羽山は玄関に出る。

二台のパトカーと一台の救急車がやってきた。まわりの家々から、好奇心に目を光らせた男女が跳びだしてくる。

羽山は、車から跳びだしてきた警官や消防署員たちを迎えた。あとを追ってきた青い鑑識の車も到着する。

男たちが寝室に跳びこんでみると、平川はベッドの上の高子に向けて合掌していた。フラッシュが幾度となく閃き、まだ息がある田城は酸素吸入のマスクを当てられ、担架に乗せられて運ばれていった。

平川と羽山は寝室から追いだされた。高子の検死がはじまったのだ。応接室に移ると、警部の肩章をつけた男が質問をはじめた。横で刑事がメモをとる。

羽山は慎重に言葉を選びながら答えた。信代から高子のことを訊きだしたことや、高子を縛って脅迫したことはむろんしゃべらない。田城が発砲したとき高子を楯にしたことや、平川が自分に拳銃を向けたことも伏せておいた。

警部は平川に視線を移した。

「弱りましたな。田城は重体ですよ。田城が死ぬようなことがあれば、やむをえず、過剰防衛のかどであなたを逮捕しなければならない」

「女房が殺されたというのに、黙って突っ立ってろと言うのか？」

平川は体を震わせた。

「そりゃ、あなたの気持ちはわかりますよ。しかし、首を絞めて失神させただけで充分だった」

「復讐してやったんだ。畜生、こいつが邪魔しなかったら、息の根をとめてやれたのに――」

平川はふたたび羽山に襲いかかった。制服の警官がその平川を羽交いじめにする。

高子の死体を調べていた検視医がはいってきて警部に耳打ちした。続いてさらにパトカーのサイレンが鳴って私服姿の男たちがはいってくる。制服の警部が敬礼するところを見ると本庁の連中らしい。

本庁の捜査一課の植村(うえむら)主任が今度の事件を担当することになった。今度は植村から、羽山と平川の二人は事情を訊かれる。高子の死体は、解剖のため、大塚の監察医務院に運ばれていった。

3

羽山が帰宅を許されたのは夜になってからであった。ブルーバードＳＳＳを駆って下馬の自宅に戻った羽山は、万が一のことを考え、納戸に押しこんである中古の石油ストーブを取り出した。

その石油ストーブは旧式の国産品だ。取りえは、石油タンクの蓋が大きく、物を隠すことができることだ。だから、わざわざ質屋から買ってきたのだ。

止めネジを回してオイル・タンクを開くと、そのなかに、ブローニング〇・三八〇とワルサーＰＰＫの拳銃が見えた。羽山は北川名義の運転免許証もオイル・タンクに隠した。三千万の金は宮本武蔵という偽名で三軒茶屋の東洋銀行の貸しロッカーに預け、その印鑑とロッカーの鍵は、庭にある栗の木の割れ目にさしこんである。

近くのすし屋で軽くつまんでから、羽山は明大のほうに車首を向けた。水道道路からはずれ、田城洋子の家に車を近づける。

家のまわりに、張込みの刑事は見当たらなかった。羽山は塀に沿って車を駐め、門の脇のベルを押した。

だいぶ待たされてから、足音が近づいてきた。

「どなた？」

女中の信代の怯えたような声が聞こえた。

「僕だ。貴次だ」

羽山は囁いた。

返事もなしに潜り戸が開いた。それを潜った羽山が後ろ手に閉じると、信代がしがみついてきた。

「洋子は？」

「警察に呼ばれて連れていかれたわ。任意出頭ですって」

「そうか。ともかく、なかにはいろう」

羽山は言った。

「待って」

信代は潜り戸に閂（かんぬき）をかけた。羽山に抱きつき、唇を求める。泣いたらしく腫れぼったい瞼に色気が滲んでいた。羽山が軽く舌を使ってやると、それだけでも信代は呻き、腰が崩れそうになる。

「なかでゆっくり……」

唇を離した羽山は囁いた。蹲った信代を抱きあげて玄関に運ぶ。ガレージに洋子のポルシェ九一一があるところを見ると、洋子はパトカーか空色の警察軍で連れていかれたらしい。カーテンを閉じた応接室のソファにうっとりと瞼を閉じた信代を置くと、羽山は、

「車を動かしてくる。すぐに戻るよ」

と言って、部屋を出た。パトカーにでも送られて洋子が戻ってくるとすると、パトカーの警官に自分のブルーバードを見られるのはまずいような気がする。

歩いて二、三分の距離に車を動かしてから家のなかに戻ると、信代は紅茶にコニャックをたらしていた。欲情に燃える瞳を羽山に向ける。

「高子は死んだよ。田城の親父に射たれたんだ」

「奥さんを連れに来た警察の人が言ってたわ。盗み聞きしたの。あなたもいたの？」

「僕も射たれるとこだった」

「知らなかったわ！」

脳の弱い信代の目から、簡単に涙がこぼれ落ちた。

「君も田城にひどい目にあったんだって？」

紅茶をゆっくり飲みながら羽山は尋ねた。

信代の涙はとまった。立ちあがると、

「見てちょうだい！」

とセーターを脱いだ。豊饒(ほうじょう)な腋毛が見える。ブラジャーから乳房がはみ出しそうであった。

信代は羽山に背を向けた。革のベルトでなぐられたらしく、真っ白な背に痣(あざ)の筋が何本も走っている。

「殺されると思ったから、あなたに高子さんのことを教えたことをしゃべってしまったわ。奥さんも、奥さんのお父さんも、あなたは私を騙してる、って言うのよ。私を利用してるだけだって……、でも、違うわね。違うと言って！」

「当たり前だ。今だって、君に会いたい一心でやって来たじゃないか」

「うれしいわ」

「それで、奴らに拷問されたことは警察に言った？」

「言わないわ。私は何も訊かれないから」

「そうか、まだ黙っていたほうがいい。そのことをしゃべると、僕と君の関係もしゃべらされる。もし警察が僕と君の関係を知っても、僕と知りあったのは、映画館で偶然に隣り合わせにすわったのが親しくなるキッカケだと言うんだよ」

「わかったわ。約束する……ねえ、本当に私を愛しているという証拠を見せて。早くしないと、奥さんが戻ってくるわ」

信代はブラジャーをはずし、羽山に倒れかかってきた。脳が弱いだけにブレーキが効かないらしい。

「君の部屋で……」

羽山は立ちあがった。セーターとブラジャーを摑んだ信代もあわてて立ち上がる。

信代の部屋は、台所に近い三畳であった。古いテレビと小さな机がある。机の上の本は、みんな映画や芸能雑誌であった。いそいで蒲団を引き出す押入れの下段には、エロ雑誌が積まれてあった。発情し濡れきっていた信代は、自分のほうから羽山を襲ってきた。羽山がげんなりするほど夢中になって声をたてる。

三十分後、羽山は軽い失神に落ちこんだ信代から離れ、浴室でシャワーを浴びた。火傷しそうな熱い湯と冷たい水を交互に浴びると疲れきった体が引きしまってきた。

服をつけた羽山は、思いついて、玄関の靴を台所のたたきに移した。応接室のカップを片づける。それから、各部屋を調べてまわる。

洋子の寝室は壁が分厚かった。応接室と同じように、金のかかった調度が揃っている。ダブルのベッドはフランス王朝時代のものを模した豪華なものであった。天蓋からカーテンが垂れている。絨毯は本物のペルシャ、壁掛けは古代スカンジナビアのものだ。

兄貴を殺しておいて贅沢三昧に暮らしてきた洋子に対する怒りがふたたび強く羽山の心に燃えあがる。とくにこの寝室で、洋子が親子ドンブリの愛欲に狂っていたと思うと、絞め殺してもあきたらない。

化粧台の引出しには、避妊具や薬のほか、愛撫の感度を高めるさまざまの器具がはいっていた。洋服簞笥にはミンクのコートが三枚もある。

金庫はなかなか見つからなかった。壁掛けや壁にかかった絵の裏にも見当たらない。羽山は日本間になっている居間に移った。こたつを切ったその居間で、洋子と田城健作は祝杯をあげたのかもしれない。

書斎は長く使ってなかったらしくてかび臭かった。兄貴が息を引きとった部屋だ。書棚には工学関係の本が残っていた。

書斎にも金庫はなかった。やはり寝室にあるのだろう。羽山は寝室に戻り、もう一度調べだした。

隠し金庫は、羽目板の壁の裏にあった。それに羽山が気づいたのは、そのあたりの羽目板が手の脂でかすかに変色しているためだ。

羽目板を横にずらすと、金庫の扉とダイアル錠が見える。羽山は勘を頼りにいろいろな組合わせでダイアルを回してみたが、錠はそんなことでは開かなかった。羽山はまだ、耳で歯車の音を聞きわけてダイアルを合わせるほどの名人芸を持っていない。

諦めて羽山は、羽目板をもとどおりにした。廊下に出ると、ネグリジェを身につけた信代が、

「どうしたの？」

と、声をかけてきた。

「なんでもない。腹がへってたまらん」

羽山は言った。また信代に挑まれたのではかなわない。

「腕によりをかけるわ」

信代はいそいそと台所に向かった。羽山は、

「洋子が戻ってきても、僕が来てることを言うなよ。驚かしてやるんだ」

と言い、女中部屋に寝っころがって、煙草を深く吸う。台所から香ばしい匂いが漂ってきた。

いつの間にか眠りこんだらしい。信代が呼ぶ声で目を覚ました。

台所にはいると、隅のテーブルに、ベーコンやソーセージを使った料理が並べられていた。

「うまそうだな。君はいい女房になれるよ」

羽山はお世辞を言い、料理を平らげていった。信代はテーブルの反対側で頬杖をつき、いとしげにその羽山を見つめる。蜜柑ジュースの大コップを飲み干して羽山は食事を終えた。

煙草に火をつける羽山に、信代は、

「毎晩こうやっていたいわ」

と言う。

「今にできるようになるさ。僕の言うことをよく聞いてくれたらね」

羽山は言った。そのとき、門の外に車が停まる音がかすかに聞こえた。羽山は反射的に時計を覗く。午後九時近くだ。

続いてブザーが鳴った。

「奥さんが帰ってきたのよ。きっと」

信代はふたたび怯えた表情になった。

「よし、出ろ。僕はあいつの寝室で待伏せする。泥を吐かさないとならないことが一杯あるからな」

羽山は煙草を揉み消した。

ネグリジェの上にガウンを羽織った信代が玄関へ出ていくと、羽山は洋子の寝室に移った。

ドアの近くの椅子の一つを寄せ、それに腰をおろしてドアに耳をつける。

少しして、洋子の声が聞こえてきた。居間からだ。

「あれから、誰か来た？」

「い、いいえ」

信代のしどろもどろの声が答えた。

「嘘をついてもだめよ。刑事が聞きこみに来たんでしょう」

「い、いいえ」

「それで、あんたしゃべったの？　うちのパパに痛い目に遭わされたこと？」

「そんな……奥さま」

「そうでしょうね。この家にお世話になっていながら、わたしやパパの悪口を言ったのでは犬畜生にも劣ることになるからね——」

洋子は高飛車に言い、急に猫撫で声になって、

「あんた、いい娘ね。そろそろボーナスをあげようと思ってたところよ。はい、これ」

と言う。

「こんなに！　五万円も……こんなにいただくわけにはいきませんわ」

「いいのよ。取ってて」

「すみません」

「そのかわり、今日の昼間のこと、誰にも言わないでね」

「……」

「それから、羽山にも会ったらだめよ。あいつは悪い奴。この家の財産を狙っているひどい男ですからね。あんたみたいな純情な娘が、あんな悪魔のような男に騙されるの、かわいそうで見ていられないわ」

「……」

「わかったわね。それから、もしかしてわたし、明日からしばらく家を空けるかもしれないわ。……大丈夫、あなたのお給料や生活費は送ってあげるから。それで、もしわたしの姿が

見えなくなっても、ご近所のかたに訊かれたら、外国旅行に出た、と言うのよ」

「アメリカですか、フランスですか?」

「馬鹿ね。どっちでもいいわ。ともかく、お酒持ってきて。コニャックがいいわ」

洋子は言った。

4

洋子が居間を離れたのは、それから一時間ほどたってからであった。信代は女中部屋に退(さが)っている。

羽山は立ちあがっていた。椅子をもとの位置に戻し、ベッドに腰をおろす。ベッドの脇のカーテンを閉じ、カーテンの合わせ目の隙間に目を寄せる。

ドアが開き、紫ずくめの和装をした洋子がはいってきた。蒼ざめた顔に、目の縁だけが桃色をしている。酔っているらしかった。指輪も紫がかったルビーだ。

洋子は羽山にまだ気づかない。手にしたハンドバッグをテーブルに置くと、隠し金庫がある壁の羽目板のところに行った。首の上のほつれ毛にすごいほどの色気がある。

洋子は、羽目板をずらした。出てきた金庫の扉のダイアル錠を回す。うまい具合に、羽山がベッドに腰をおろした位置から、ダイアルの動きが見えた。右に七、左に三、ふたたび右に七だ。

乾いた音をたててロックが解けた。洋子は金庫の扉を開く。三段に仕切られた金庫のなかには、札束や証券などが見える。

洋子は宝石箱を取り出してテーブルに置いた。宝石箱を開くと、五彩の虹が光るようであった。なかのダイヤやエメラルドだけで三千万はくだらないだろう。

洋子は指からルビーの指輪をはずし、電灯にかざしてみて溜息をついた。ルビーに軽く唇を当て宝石箱に仕舞う。

そのとき、羽山はベッドのカーテンを開いた。洋子の体が化石のように硬直した。

しばらくして、ゆっくりと顔だけをベッドのほうに回す。眼球が眼窩からとびだしそうになり、口は痴呆のように開かれている。血の気が失せた顔色は蠟紙のようだ。

「久しぶりだな。会いたかったぜ」

にやりと笑った羽山は声をかけ、煙草をくわえた。

洋子は怪鳥(けちよう)のような悲鳴をあげると、ばね仕掛けの人形のように椅子から跳びあがった。

羽山は洋子がドアのほうに走ったら足払いをかけるつもりで立ちあがった。

しかし、洋子は財産を放りだして逃げるような女ではなかった。宝石箱を摑むと金庫に突っこみ、金庫の扉を閉じる。夢中でダイアルを回すと、金庫を背にして羽山を睨みつけた。夜叉(やしや)のような表情であった。呼吸が荒い。

「落ち着けよ。あんたらしくないぜ」

羽山は冷笑した。

「で、出て行って！　泥棒」

洋子は喘いだ。

「泥棒はどっちだ？　あんたが親父の健作と共謀して兄貴を殺したことは、健作の口から聞いた。もう、あんたは終わりだぜ」

「何いうのよ！　証拠がないわ。だから、わたしは逮捕されなかったじゃないの」

洋子はわめいた。

「警察は様子を見てるんだ。健作は死んだか？」

「死ぬもんですか！　そんな意気地なしじゃないわ」

「生きているのか？　じゃあ、奴は警察に、兄貴殺しを告白したな？」

羽山は煙草に火をつけた。

「しゃべるもんですか」

「どうしてだ？　あんたを愛してるからかい？」

羽山は鼻で笑った。

「それもあると思うわ。首を絞められた後遺症で、健忘症と肺炎を併発してるわ。警察はパパが告白したなんてハッタリをかけてくるけど、そんな手に乗るもんですか！　健忘症でひとこともパパがしゃべれないことを弁護士から教えてもらったんだもの！――」

洋子はわめき、取ってつけたように、

「それに、もともと、変な言いがかりをつけられても、わたしには身に覚えのないことだわ。さあ、帰って一一〇番に電話するわよ」

と叫ぶ。

「やれるもんなら、やってみなよ。なんなら俺が電話してやろうか？」

「悪魔！」

「悪魔はあんただ。そうか。あの強欲親父は健忘症か。まあ、記憶が戻るまでには、あと二、三日はかかるだろう。そうすると、警察にとって俺の証言が重要になるわけだな。おそらく俺は、明日も警察に事情を訊かれるだろう。そして、あの強欲親父が、あんたと親子でありながら体の関係を重ね、そのうえに俺の兄貴をあんたと共謀して殺したことを得々としゃべってから発砲した、という俺の証言に間違いはないか、警察はもう一度確かめるだろう。そして、俺が間違いない、と言えば、あんたは逮捕される。いくら腕のいい弁護士をつけたところで二十年はくらいこむぜ、いや、情状酌量の余地はなしということで、終身刑かな？」

「………」

洋子は生唾を呑んだ。

「あんたの生んだ子が兄貴のタネではなくて、あんたの親父のタネだったことも聞いたぜ。

神崎病院のこともな。そのことは、まだ俺は警察にしゃべっていないが、そのことが明るみにでたら、詐欺横領の容疑だけでもあんたは逮捕される。神崎を殺さなかったのは失敗だったようだな」

羽山は唇を歪め、煙草をサイド・テーブルで揉み消した。

洋子の表情が変わった。夜叉のような表情が消えていき、愁いに沈んだという表情になっていく。羽山は思わず女の凄まじさに身震いした。

愁いを帯びてきた洋子の美貌に、今度は色気が滲みでた。

「好きだわ！　あなたをお慕いしてました。あんまり愛しているので……それに、とうてい許されないことと思って、かえってあなたに冷たい態度しかとれなかったの。わたしって、そんな馬鹿な女。許して……」

と、咽び泣きながら、ひざまずいて羽山の腰に腕を回す。入神の演技であろう。大量にあふれ出る涙を羽山の下腹にこすりつけ、その涙の熱さで羽山の男性を刺激させる。

「あんた、新派の女優になったほうがよかったんじゃないか？」

羽山は冷笑した。

「嘘じゃないわ！　わたしの愛しているのはあなただけ。それなのに、あなたは、いつもわたしにつれない仕打ちばかし……女のわたしから、あなたを愛していると言えなかったの。あなたが欲しかったわ。あなたは強くて冷酷で、わたしにぴったりだわ。本当は、あなたの兄さんとでなく、あなたと結婚したかったの。今からでも遅くないわ。わたしと結婚して」

囁きながら、洋子は羽山のズボンのチャックをおろした。

「結婚？」

「そうなの。結婚してくださったら、あなたの欲しがってる兄さんの遺産はあなたとわたしの共同のものになるわ。あなたは、一生働かなくても暮らしていける。二人で外国を回りましょう。楽しく暮らすのよ。好きだわ……あなたを食べてしまいたいほど好き」

呻くようにしゃべると、洋子は積極的に挑んできた。テクニックはすばらしい。意思と無関係に羽山は感じてきた。

「結婚して、あんたはなんの得があるんだ？　なるほど、俺に、あんたにとっての不利な証言をさせないためか？」

「それもあるわ――」

洋子は愛撫を続けながら、籠った聞きとれないほどの声で言った。

「法律でも、夫婦は互いに不利な証言はできないことになっているのよ。あなたの兄さんが殺されたとおっしゃるけど、証拠はないんだわ。あなたさえ、今日警察におっしゃったことを取り消してくださったら、万事うまくいくわ」

「なるほど……しかし、あんたの親父が高子を射殺し、俺も射殺されそうになった、という事実は動かせない。高子の亭主という生き証人がいるからな」

「高子とパパとあなたが三角関係になった、と言えばいいわ。あなたが高子と寝室にいるのを見て、パパがカッとしてピストルを射ったのよ。弁護士から聞いたところでは、平川は暴れまわるので警察に保護されてるそうよ。そして、あなたが高子と関係していたにちがいないとわめいているそうよ。好都合だわ。パパには弁護士を通じて、口裏を合わさせるわ」

洋子は必死であった。

「しかし、高子の死体は五十万の札束を身につけてるぜ。俺があんたたちの秘密をしゃべらすために高子に払った金だ」

羽山は、鼠をいたぶる猫のようであった。

「パパと別れさすために、あなたが高子に払ったのよ。そうよ。そうだわ——」

洋子は顔をあおむけた。涙に濡れた瞳を光らせ、

「高子の家は、パパが買ったのよ。世間体があるので、平川と表向きは結婚させて、平川が会社に出ているあいだは、いつでも会えるように……だけど、高子はあなたと知りあってから、若いあなたの体に夢中になった。あなたも高子に夢中になった。だけど、高子は今までの義理からパパと別れない。パパも高子に夢中なので……」

そこであなたは、高子にお金を出して、パパにお金を返させるようにした。ところが、

洋子は憑かれたようにしゃべった。

「よせよ。高子がそんなに魅力のある女かよ」

「女は顔やスタイルだけではわからないわ。何万人に一人っていう名器のこと知ってるでしょう。わたしもその一人だと言われたわ。この前のときは、あなたが好きになったらたいへんと思って必死に自分を殺したの。それでも、あんなにあなたは感じてくれたわ。今夜はわたし本気になるわ。あなたが好きだと口に出して言うことができたんですもの。結婚する前に、わたしの言うことが嘘でないか試してみて」

洋子は帯を解きはじめた。

第6章　法廷で会おう

1

帯を解いた洋子は、立ち上がって紫の和服を脱いだ。スリップも紫色であった。透けて見えるそのスリップの下のブラジャーやパンティも紫色をしているのかもしれない。

洋子は、羽山に色気の滲んだ流し目をくれながら、両腕を背中に回してブラジャーをはずす。やはり、淡いラベンダー色であった。

羽山は、その洋子の媚態を冷ややかに眺めながら煙草をくわえた。ズボンのチャックは上げているが、羽山の意思と関係なく、洋子の口で愛撫されたあたりが疼いているのも事実だ。

洋子はベッドにもぐりこんだ。カバーを体にかけたまま、その下でスリップとパンティを脱ぎ、ベッドの外に放りだす。

羽山を見つめる洋子の瞳には星が宿り、淫蕩な唇は誘うように微笑を浮かべている。カバーを胸に巻きつけて身をくねらす。

もう羽山を自由に操ることができる、と思っているらしい洋子の自信たっぷりな姿を見て、羽山の欲望は急激に冷えていった。

「花嫁を待たすなんて悪い花婿ね」

洋子は蜜のように甘い声を出した。

「なんの真似だ。一人芝居は、いい加減にしてもらおう」

羽山は暗い声で言った。煙草の煙を吐き出す。

洋子は敏感に羽山の体の変化を感じたらしかった。ベッドから滑りおりると、羽山の首に腕を巻きつける。

先が尖って上向きに反った乳房とくびれた腰は、ぬめるような光沢を持っていた。熟した女の匂いが香水とミックスされて羽山の鼻をくすぐる。

しかし羽山は、その洋子を突きとばした。全裸の洋子は尻もちをつき、両足を跳ねあげた。腿が割れる。

洋子の表情が歪んだ。しかし、素早く仮面を取り戻すと羽山の前にひざまずき、

「許して……あなたの気にいらないことなら、なんでも直していくわ。なんでもあなたに言われたとおりにするわ。犬になれと言えば犬になるわ。猫の真似をしろとおっしゃったら、そのとおりにするわ」

と、涙を浮かべて哀願する。

「それじゃあ、犬になるんだ」

羽山は言った。

洋子は四つん這いになり、寝室じゅうを這いまわりながら、犬の吠え声をたてた。

高慢ちきな洋子をひざまずかせて許しを乞わせてみせるのが、羽山の心の誓いであった。しかし、いま現実にひざまずかせながら、羽山の心はなぜか虚しかった。途方もなく虚しかった。

「もういい」

「許してくださるのね……」

洋子は立ち上がり、ふたたび羽山に倒れかかってきた。息が荒い。接吻を求める格好に唇を開く。

羽山は根負けした。それに、今は洋子に騙された振りをしておいたほうが都合がいいかもしれない。洋子を抱きあげてベッドに運んだ。

羽山は服を脱いでベッドにもぐりこんだ。羽山が手で触れただけで、洋子は呻く。内腿がバターを溶かしたようになっているところを見ると、演技だけのようにも思えない。それとも洋子は、自己催眠にかかることができる女かもしれない。

そして、洋子は、自分で言ったとおり、何万人に一人という名器を持っていた。それにものすごいテクニシャンだ。羽山は信代と済ませたあとであったからなんとか持ちこたえることができたが、そうでなければ五分ともたなかったことであろう。

半時間後、汗にまみれた二人は動かなくなった。羽山のほうも、持続し続けた甘美な官能のために、軽い脳貧血を起こしていた。

「いかが、花嫁試験の結果は？」

しばらくして、洋子は、ハスキーな声で唱いた。

「君は一つだけ本当のことを言ったよ」

「ひどいわ、そんなおっしゃりかた……」

「君は自分の親父と共謀して俺の兄貴を殺したことを認めるな？」

羽山は静かに言った。

「………」

洋子は瞼を閉じた。返事はしない。

「俺と結婚したい、とか言ってたな？　ほとぼりが冷めたら、俺も兄貴のように、自殺に見せかけて殺される、って筋書きか？」

羽山は呟いた。

「違うわ！――」

洋子は叫ぶように言った。

「あなたは違うわ。あなたは強い。心だけでなく、体も強い。わたしにぴったりだわ。わたし今夜のようになったことなかった。パパだってあなたほどのものを与えてくれなかったわ。それに、悪いけど、あなたの兄さんなんか、一分も保ったことがなかったわ」

「……」

羽山は唇を歪めた。

「わたしを助けて……明日にでも結婚してちょうだい。考えてみたら、わたし、あなたの兄さんでは満足できなかったので、パパの体に言うなりにされていたのね。でもあなたのほうがパパなんかよりも何倍もすばらしいわ。あんな年寄り、今になったらけがらわしいだけだわ」

洋子はふたたび羽山の唇を求めようとした。

「売女(ばいた)」

羽山は静かに呟き、開いた洋子の唇を軽く平手で打った。

洋子の唇の端から血が滲んだ。

「なんと言われてもいいわ。あなたが、死にたいほど好き……」

と、喘ぐように囁き、尖った乳房を押しつけてくる。

羽山の復讐の究極は、洋子とその父田城健作を破滅させ、奪われた兄誠一の遺産を奪い返すだけのことではない。誠一を人身御供にして平然と発展を続けているマンモス企業東和コンツェルンの、心臓を刺し貫くことだ。そのためには洋子を利用できないこともない、と羽山は計算した。それに、今夜だけでなく、長いあいだ洋子を辱しめてやりたい。

「よし、わかった。結婚してやろう」

羽山は口に出した。

「本当！　夢のようだわ」

洋子はしがみついてきた。

「待て、その前にはっきりさせておく」

羽山はベッドから滑りおりた。素っ裸のままでも暖房がはいっているから寒くはないが、洋服簞笥に歩いてその戸を開く。

洋服簞笥のなかに男物のガウンが吊られてあった。羽山の兄も長身であったし、田城健作も背が高かったからどちらの物かは知らない。ともかく、そのガウンを素っ裸の上からまとい、飾り帯を結ぶ。ベッドの上で横向きになった洋子は、羽山の行動が測りがたいらしく、ペルシャ猫のように瞳を光らせている。

羽山は、壁の羽目板のあいだに見える隠し金庫の前に立った。洋子がダイアル錠を解くところを見ていたから、ダイアルを洋子が動かしたとおりに回す。右に七、左に三、そしてふたたび右に七だ。

乾いた金属音を立てて、金庫のダイアル錠が解けた。

そのとき洋子は猫のように身軽にベッドから跳びおりた。髪を振り乱し、

「何をなさるの？」

と、金切り声をあげて羽山に突進してくる。

羽山はそれを無視して金庫の扉を開いた。摑みかかってくる洋子を突き倒し、金庫の引出しをつぎつぎに抜いてペルシャ絨毯の上にその中身をぶちまける。ダイヤやエメラルドが虹を放つ。

洋子は、獣のような呻きを漏らし、ぶちまけられた宝石や札束の上に、全裸の体を投げた。体からはみ出したものを、夢中で体の下に押しこもうとする。

「よせよ、みっともない。結婚すれば、俺たち二人のものになるんじゃないか。だから、結婚する前に、どれだけあるか、確かめておかないとな」

洋子を冷たく見おろしながら羽山は言った。

「………」

洋子は、絶望的な身振りをした。

「それとも、俺と結婚すると言ったのは嘘だったのか？　俺をまた騙そうという気だったんだな？――」

羽山は暗い声で言い、

「じゃあ、元気でな。今度は法廷で会おう。君が殺人犯として裁かれる法廷には、必ず傍聴

に行くよ。いや、わざわざ傍聴券を手に入れなくとも、俺は検事側の証人として呼ばれるだろうが」

と言い捨てて、ズボンを取りあげた。

2

「待って！」

洋子は跳ね起きた。

「今さらなんの用だ？」

羽山は唇を歪めて見せた。

「ご免なさい。女って、宝石に弱いのよ。ついはしたないところを見せてしまって……」

洋子は媚びの表情で羽山にすがりついた。

宝石類時価三千万円、定期預金と普通銀行預金が一千万ずつ、証券が千五百万円ほど。それに、この家を売れば二千万にはなる。羽山は勘定しながら体が熱くなってきた。

「じゃあ、ここにあるものは、俺の承諾がないかぎり、絶対に君一人で勝手に処分するなよ」

数え終わった羽山は念を押した。

「わかったわ。そのかわり、あなたも約束して。明日、弁護士が来たときに、あなたが今日警察に言った証言は間違いだ、と言って。頭が混乱してた、と言えばいいわ」

「ああ、わかったよ」

羽山は金庫から出したものを金庫のなかに戻して扉を閉じる。洋子がダイアル錠を混乱させ、羽目板をずらして金庫を隠した。

羽山は寝室を出てトイレに向かった。トイレから出ると、瞼を泣き腫らした女中の信代が羽山の前に立ちふさがった。右手を背中に回している。瞳は発狂したような光を帯びていた。

「どうした、怖い顔して？　せっかくのかわいい顔が台なしだよ」

羽山はわざと柔らかく笑って見せた。

「嘘つき！　わたしをおもちゃにしたのね！」

信代は背中に回していた右手を前に出した。その手には出刃包丁が握られている。

「死んで、わたしと一緒に！」

信代は叫び、体ごと包丁を羽山に突きだしてきた。

羽山は、斜めに体を開いて信代を泳がせた。信代はトイレの柱にぶつかっていった。握っていた出刃包丁が切っ先から三分の一ほど柱にめりこむ。

羽山は信代の右手首を手刀で一撃して痺れさせた。信代を背後から羽交いじめにして、その耳の裏から首筋を唇で愛撫してやる。

「嫌らしい……けがらわしい……寄らないで……」

と、わめきながら抵抗していた信代も、羽山の唇がその耳に熱い息を吹きかけると、戦慄にも似た興奮に身を震わせておとなしくなった。

羽山はその耳に熱っぽく囁いた。

「何を怒っているんだ？　洋子とのことか？　馬鹿だな。俺が好きなのは君だけだ。洋子とのことは、復讐のための計算ずくでやってるんだ。わかってくれよ」

囁きながら、羽山の頭に悪霊の囁きが聞こえてきた。洋子が不要になったときは、信代の嫉妬を煽って洋子を片づけさせればいい。

「もう、騙されないわ」

信代は喘ぐように呟いた。しかしその声には甘えが混じっている。

「信じてくれ。これからも、洋子と俺のあいだに何があろうと、君と一緒になるための準備なんだ」

「本当？」

「当たり前だ。さあ、機嫌を直してくれ。俺の言うことが信じられないなら、一思いに刺し殺してくれ」

羽山はハッタリをかませ、柱から出刃包丁を抜いた。刃のほうを持ち、柄を向こうにして信代に差しだす。

「ご免なさい。カッとなってしまって。本当にわたしって馬鹿だわ」

信代は両手で顔を覆った。

「じゃあ、またあとでかわいがってやるからな。いまのところは我慢してくれ。二人の将来のために」

羽山は包丁を廊下に置き、信代の額に軽く唇を当ててから寝室に戻った。

洋子はベッドのなかでホールダーにさした煙草をふかしていた。

「見たわよ。あの馬鹿をどうするおつもり?」

「いま放りだしたら大騒ぎになる。クビにするのは、警察の調べが終わってからのほうがいいだろう。今のところはおだてとくんだな」

羽山は言った。それから、もう一度洋子と交わった。さすがの羽山も、疲労のせいで泥のように眠りこける。

コーヒーの芳香で目を覚ました。十時近い。ベッドに洋子はいない。羽山はベッドから滑りおり、洋子の隠し金庫を開いてみた。中身で消えているものがないのを確かめてから服をつける。

廊下に出ると、信代が洗面所に案内してくれた。もともと頭の弱い女だから昨夜の羽山のせりふをまともに信じたらしく上機嫌だ。

洗面所の奥の浴室でシャワーを浴び、棚にあったウイルキンソン・ステンレスのかみそりで髭を当たると爽快な気分となった。

食堂にはいってみると、洋子は優雅な手つきで果物を剝いていた。整った顔に、薄化粧している。

「おはようございます」

と、なんのわだかまりもないかのような声を羽山にかけ、トーストしたパンにバターを塗っている信代に、席をはずせ、というように目で合図する。

信代は一瞬ふてくさった表情になったが、思い直したらしく台所に去った。洋子は自分の向かいの椅子を羽山に勧めた。

羽山は腰をおろし、用意されてあったベーコン・エッグスを平らげた。朝刊をみながら、トーストとパイン・ジュースを交互に口に運ぶ。田城健作の殺人事件のことは五段抜きででていた。

「十二時に弁護士が来るわ。パパの弁護士をしていただいているの。十二時までに、もう一度くわしく打合わせをしておいたほうがいいのではないかと思って……」

羽山のためにコーヒーをポットから注ぎながら洋子は言った。

「いいとも」

「まだ、あなたが今どこに住んでいらっしゃるのか、お聞きしてなかったわね」

「住所か……?」

羽山は素早く頭を回転させた。駒場の安アパートを教えるわけにいかない。そうすれば、自分が北川という偽名を使っていたことがバレてしまうかもしれない。それかと言って、下馬に借りているアジトを教えるのも危険なような気がする。

「ねえ。夫婦になるんですもの、それぐらいのこと、わたしも知っていていいでしょう?」

洋子は上目遣いに羽山を見た。

「世田谷下馬に家を借りている」

羽山はしゃべった。どうせ、昨日警察に言ってしまったことだ。洋子がその気になれば、弁護士を通じて調べることができる。

それから洋子は、弁護士にしゃべる作り話の打合わせをした。十二時までに羽山は三杯のコーヒーを空にし、十本の煙草を灰にした。

弁護士が運転手付きのタウナス二〇Mに乗ってやってきたのは十二時半近かった。羽山と洋子は応接室でその弁護士を迎えた。

弁護士の名前は浜田英作といった。五十に近い痩身の男だ。検事あがりらしく冷たい目をしていた。

「わざわざこっちに来ていただいてすみません。こちらは、羽山貴次さん。誠一の実の弟さんなの」

洋子は浜田に羽山を紹介した。

「それでは……」

浜田の表情が硬くなった。

「ご心配なく。貴次さんは、わたしの味方なの。わたしたち、結婚することになりましたから」

「なんですって？」

「いろいろと複雑な事情があったんです。ですから貴次さんは、昨日警察にあんなことを供述してしまったんですけど、今は全面的にあの供述を取り消す、と言ってますわ」

洋子は言った。

「本当ですか？」

浜田は狐につままれたような表情になった。

「ええ。それで、パパの容体は？」

「楽観は許せません。何しろ肺炎を併発していますからね。これは、窒息によって肺神経の麻痺で、肺が鬱血（うっけつ）したままになったときよく起こることです。残念ながら、助かる見込みは五分と五分です」

浜田は、あまり残念でもなさそうな表情で言った。

「かわいそうなパパ――」

洋子も微笑しながら呟いた。そして、

「パパの逆行性健忘症のほうは？」

「まだ回復していません。なんの記憶もないようです。ということは、どんな記憶でも植えつけることができるわけです」

浜田はにやりと笑った。洋子の顔が輝いた。

3

「それで警察は、昨日貴次さんが言ったことを、本気になって取りあげているんでしょうか？」

洋子は言った。

「本気ですね。そうでないと、昨日あんなに遅くまで、奥さんを調べたりしない。しかし、どうやら、いま聞いてみると、羽山君の話が違ってきたようだ。どんな筋書きになっているのか、くわしくお聞きしたいもんですな」

浜田は細巻きの葉巻きにデュポンのライターの火を移しながら言った。

「ともかく、あの時は、僕も頭が混乱していたので、警察に何をしゃべったかわからないが、田城健作が洋子と共謀してうちの兄貴を殺した、と言ったとしたら、それは僕が口から出まかせを言ったことです。田城健作は、自分一人でうちの兄貴を殺したと言ってましたから」

羽山は言った。

「なるほど？　なぜ、田城氏が自分の口から言いもしないことを警察に言ったんです？」

「僕は田城健作が憎かった。だから、奴の鼻もちならない人格を警察に印象づけようとして、奴が洋子と親子ドンブリの関係を持っている、と口走ってしまったんです。そうすると、奴がうちの兄貴を自殺に見せかけて殺したとき、一人だけでやったんでは不自然だ。そこで、洋子との共謀説を考えついたんです」

羽山は言った。洋子は安堵の溜息を漏らして羽山の手を握りしめる。

「もっともらしく聞こえますな。しかし、それでは、君は奥さん――洋子さん――と結婚するほどの関係にありながら、どうして奥さんを罪におとしいれるようなことを警察にしゃべったのかという疑問が残る」

「じゃあ、僕は洋子に惚れているのに、洋子が冷たいので、かわいさあまって憎さ百倍ということでは？」

羽山は言った。

「それでは、君と奥さんが結婚したら、君が奥さんの弱味を握って無理に行なった脅迫行為と受けとられるかもしれない」

「じゃあ、どう言ったら警察は納得してくれるでしょう？」

「それは私の口からは言えない。裁判のときになって、偽証を教唆(きょうさ)したなどと言われては困るからな」

「お願いしますわ」

洋子が口をはさんだ。

「君たちの場合についてはなんとも言えないね。しかし、昔扱った事件で似たようなことがあった。そのとき男はこう言ったと思うな……」

浜田は言い、洋子の表情を窺って口をつぐんだ。

「ねえ、先生……」

洋子は鼻を鳴らして催促した。

「忘れてしまったよ」

浜田は狡猾(こうかつ)な笑いを見せた。

「失礼……」

洋子は呟き、羽山の袖を引いて立ちあがった。羽山は洋子について応接室を出る。隣りの部屋にはいると洋子は、

「あと五十万ほどあの嫌らしい弁護士に包まないといけないんだけど、許してくださる?」

と囁いた。

「仕方ないな。とんでもない悪徳弁護士だ」

「でも、腕のほうは確かなのよ。お金次第で、黒を白と言いくるめてくれるの。それに、あ

いつの下で働いてた検事たちが、いま第一線のパリパリだし」

「わかったよ。それでは俺は戻っておく」

羽山は応接室に戻った。浜田は悠然とゴルフの自慢をはじめる。

しばらくして、分厚い封筒を持った洋子がはいってきた。黙ってそれを浜田の前に置いた。

浜田は無言でそれを内ポケットに捩じこみ、

「さっきの事件のことだが、やっと思い出しましたよ。あの事件では、男と女は猛烈に好きあっていた。しかし、男は女の死んだ夫の弟だった。だから、体の関係を持ったことに対しても女はひどく罪悪感を持って悩んだ。そして、男を好きでたまらない気持ちを断ち切ろうとした。そして男にわざと冷たく当たったんだ。

男のほうは、恋に夢中になっていて、女の悩みが理解できなかった。女に好きな男ができたから冷たくなったのだ、と邪推し、こっちも別の女を作って見返してやろうとした。心の隅には冷たくされた女を忘れたい、という気持ちもあったろう。

ところが、女のほうは女のほうで勝手なもので、男が別の女を作ったことを知って嫉妬に燃えた。だが、誇り高い女は、嫉妬の感情は少しも表面に出さずに、ますます男に辛く当たるようになった」

「………」

「そうやって、男と女のあいだの確執は救いようがないものになっていった。お互いに、心の底では相手の愛に飢えていながら、相手への憎しみに燃えるようになっていたのだ。だから、男はある殺人事件——そう、新しく作った別の女が殺されたとしてもいい——に巻きこまれたとき、やけくそになって女が実際にやったことのない犯罪行為について、警察官にまくしたてたんだ」

「そうなんです」

洋子が感嘆の声をあげた。

「しかし、男は、冷たくなった女に復讐する一心でありもしないことを警察にしゃべったが、しゃべったあと後悔した。そして、女のところに最後の話合いをするために行った。女の本当の気持ちを聞きたいと思い、そのために男は馬鹿げた誇りを捨てて、隠していた本心を打ちあけた。感動した女も、本心を隠し切れなくなった。二人のあいだの確執は氷解したのだ。二人は憎みあっているよりも、堂々と結婚したほうが亡くなった者の霊が浮かばれる、と考えて、結婚することに踏み切った」

浜田はにやりと笑い、長くたまった葉巻きの灰を叩き落としだ。

「すばらしいわ、先生！　わたしたちの場合とそっくり。貴次さんがわたしを忘れようとして作った女は、パパに殺された平川高子……」

洋子は叫ぶように言った。

「ほう、写真で見たところ高子という女は、君の替わりになるような女には見えないが」

浜田は眉を軽くつり上げた。

洋子が羽山を突っついた。羽山は洋子に頼まれたとおりに、

「あの女の真価は顔や姿ではわからない。しかし、あの体は何万人に一人という名器で……」

としゃべる。

「なるほど、なるほど。それで、君は高子といつごろから知りあった、ということにする？　場所は、動機は？　はっきりさせておかないと、あとでたいへんなことになりますよ」

浜田は言った。冷たい目の光が強まっている。

「知りあったのは、彼女の自宅です。僕のほうから訪ねていきました。多摩湖にドライブに行った帰りに寄ってみたんです。僕は兄貴の自殺をいつも不審に思っていた。偽装自殺じゃないかと疑っていた。それで、兄貴が死んだ当時、女中としてこの家に住み込んでいた高子に会って、兄貴が死んだときの様子を訊きたい、と前々から思ってたんですが、そのときやっと決心がついた。それに、先生も言われたように、僕は洋子に振られたものとばかり思いこんで寂しかった」

「そうすると、君は以前に高子と体の関係があって、彼女の体の内部のすばらしさについてすでに知っていた、ということも言わないと不自然になる。いくら君が寂しくても、君ぐらいの男前が、顔だけ見て高子に惚れた、とは信じられないからな」

「そのとおりです。僕は昔、高子と体の関係があった。だからこそ、兄貴の死に疑惑を持っても、嫁いだ高子のところに気軽に顔が出せなかった」

羽山はにやにや笑いながら言った。

「その調子だ。それで、平川の女房になっている高子を訪ねたのはいつのことだね」

「そうですね。去年十月中ごろのことです。日曜ではありませんでした。ウイーク・デーの午後です」

「そうだ、十月中ごろのことだ。中ごろであって、十五日とか十六とかいうはっきりした日付けは覚えてない。そうでないと裏付け調査をされたときに、困ることになる」

「わかりました」

「それで、君から訪ねて行くと、高子は自分から身を投げだして来たんだね？」

浜田は言った。

「そ、そうなんです。高子は兄貴のことなどちっともしゃべってくれないで、僕をベッドに引きずりこんだのです。僕は洋子とのいさかいもあってむしゃくしゃしていたし、高子の体の記憶が甦ったので逆らいませんでした。やはり昔のとおり、僕を失望させませんでした」

「平川にも、高子の体がすばらしかったことを信じこませよう。少々金が要るがね」

「お願いします。請求していただいたら、すぐにお払いしますから」

洋子が口をはさんだ。

浜田は頷いた。羽山のほうに向き直り、

「それで、君は、それからあとも何度か亭主の目をかすめて高子と関係を持ったんだね？」

と、自分に言いきかせるように呟く。

「ええ。そうしながら、僕は、兄貴の死について高子から何か訊きだそうとあせりました。しかし、高子は口が堅かった。それも道理、高子は洋子の親父健作と昔から体の関係があったんです。そして、高子が平川と結婚したのも健作の世話だし、高子たちの新婚の家を買ってやったのも健作でした。健作は高子に結婚させてからも高子を忘れることができずに、高子のところに、ときどきひそかに通ってきていたんです。高子は平川と僕と健作の三人の男を手玉にとっていたんです」

羽山は頭を絞って答えた。

「なるほど、なるほど。どうして田城健作氏と高子が関係を持っている、と、君は知ったんだね？」

「高子の口から聞いたんです。高子が口を滑らせたんです」

「時間は？」

「一か月ほど前ということにしておいていいでしょうか？」

「それは私が答える問題でない。それで、高子が殺されたときの状況は？」

浜田は二本めのシガレロに火をつけた。

「高子が兄貴の死についてなかなかしゃべってくれないので、僕は金を用意して高子のところに行きました。五十万です」

羽山は言った。

「高子の射殺死体の帯の下にはいっていた札束だな？」

「そうです。高子は、男と同じぐらいに金のほうも好きな女でした。だから僕は、高子に札束を差しだして頭をさげました」

「それで、高子はしゃべってくれたんだな？　どういうことだ？」

浜田は呟いた。

「兄貴が死ぬ前、健作が兄貴の筆跡をマスターしようと練習を続けていたこと。それから、兄貴が死んだあと健作と一緒に寝たら、健作が悪夢にうなされて兄貴に許しを願っていたこと、などですが……」

「それだけでは、ちょっと弱いな」

「でも、高子がしゃべっているとき、いつの間にか高子の家に忍びこんで立ち聞きしてた健作が寝室にはいってきて、自分が兄貴を自殺に見せかけて殺したことを告白したんですよ。

4

右手に拳銃を構えてね」

　羽山は唇を歪めた。

「なるほど、それなら辻褄が合う。ともかく、君の兄さんを殺したのは、田城健作氏の単独犯であって――奥さん――洋子さんには関係がない、ということを強調することを忘れないでもらいたい」

「ええ、まあ」

「まあ、では困るよ。奥さんは、あの晩、過労でぐっすり眠ってたんだ。君の兄さん――誠一くん――は、表沙汰になった東和ポピュラーのエンジン積替え問題で頭を抱えて眠れなかった。書斎で唸ってたんだ。そこに健作氏が窓の外から声をかけた。義父だから、誠一君は疑わずに窓を開いた。そしてあの犯行が行なわれた……と、健作氏は君に告白したと想像するがね」

「そういうことです」

　羽山は煙草に火をつけた。苦い味がする。

「健作氏は告白してから引金を絞ったわけだ。だが、君よりも先に、高子を射っている。なぜだ？　そこのところを警察にうまく納得させないと、君が高子の体を楯にして自分の身をかばった、と勘ぐられても仕方なくなるよ。ただ楯にした、というだけならともかく、君が高子の体を健作氏のほうに突きとばしたとなると、ちょっとばかり面倒になる。未必の故意というのを適用してくるかもしれない」

「おどかさないでください、証拠は何もない」

羽山の声が動揺した。

「しかし、健作氏が記憶を取り戻して、そうしゃべったら？」

「否認しますよ。高子は僕の体をかばってくれたんだ」

「そうかな？　高子はそんな女か？」

「……」

羽山には、浜田が嚇しをかけてきていることはよくわかっていた。自分の教えたとおりにしなければ、羽山も逮捕される、と匂わせているのだ。また、浜田の力からして、彼を敵に回したら、警察に羽山を逮捕させることさえできそうだ。

「逮捕されたら、君の過去は、徹底的に洗われる。たとえ裁判で無罪になったところで、君には一文の得にもならない話だ」

浜田は冷たく言った。

羽山はかすかに身震いした。浜田は俺の過去を洗ったのであろうか？　まさか俺が北川名で服役していたことまで知ってるわけはない、と思いながら、浜田がとてつもない怪物に見えてきて無気味だ。

「どう言ったらいいんです？　なんでも、おっしゃるとおりにしますから」

屈辱感をこらえながら羽山は頭をさげた。ほとぼりが冷めたら、なんとしてでも浜田を片づけないとならない。

「これは奥さんの弁護人として訊くが、君は六年ほど前から去年の後半までどこで何をしてたんだね？　六年間のブランクだ」

「そんなこと答える必要はないでしょう」

かみそりのような浜田の視線を感じながら羽山は肩をすくめた。背中に冷たい汗が流れる。

「私はもう検事ではないからな。無理に言わせるわけにはいかない。しかし、検事は今の私のようにおとなしくないよ。ともかく、君は洋子さんと結婚するんだ。大事にしてあげてくれたまえよ」

「………」

「さっきの話だが、健作氏は記憶を取り戻したらきっとこう供述すると思うんだ。高子を先に射ったのは、まず高子を片づけておいてから、ゆっくり君をなぶり殺しにしようと思ったからだと……」

浜田は言った。

「そうです。あいつはそう言ってから僕に銃口を向けました。そのとき平川が跳びこんで来たんです」

羽山は調子を合わせた。

「そういうところかな。そうだ、重要なことを言い忘れていた。田城健作氏の告白の件りだが、健作氏が誠一君を殺した動機は、洋子さんや誠一君の財産目当てではないはずだ」

「……………」

「健作氏が誠一君を殺したのは、あくまでも東和ポピュラーのエンジン積替えの責任を誠一君一人にかぶせようとしてだ……と、健作氏は言うだろう」

「わかりました」

「そして、誠一君にポピュラー三六〇のボディに、ひそかに四五〇のエンジンを積み替えて売りまくるように指令したのは、あくまでも健作氏一人の独断で、東和自動車工業や東和自販の社長や他の重役たちは何も知らなかったのだ。健作氏は功をあせり、重役会にも計らずに独断で指令した、ということを忘れないように」

浜田は強い眼つきであった。

「先生、東和自工に抱きこまれたのね！」

洋子が叫んだ。

「失敬なことを言わないでもらいたい。あなたがそんなにも美しくなかったら、いまの暴言は許せないところだ。私は国家的見地から物を言っている」

「東和自工は何してるの！　パパが捕まってから、何してくれたと言うの？」

「お静かに、私は自工や自販の弁護人と話しあって、向こうの腹を訊いたのだ。どっちも、殺人犯である健作氏とは関係を断ちたい、と言っている。法律的には健作氏はまだ容疑者だが」

「ひどいわ。パパを利用するときだけ利用しつくしておいて！」

「だから、私は自工から二千万出させることに決めて来た。株主の意向があるだろうから、表向きの金にはならない。損金として自工が落とすわけだ。自販にも半分ぐらい負担させるのかもしれない。いずれにしても、一週間内にその金をあなたに届ける。二割の手数料は引かせてもらってな……」

浜田は言い、

「さて、それでは健作氏にまた会ってくるとしよう。いろいろと覚えてもらわないとならないことがあるからな。あんまり暴れるんで拘留された平川の弁護士とも、連絡をとらなければならない。なあに、平川の弁護士は私の弟子だから話は早いがね。ともかく、健作氏と話がついたら君は私と一緒に署に来てもらおう。そして、昨日しゃべったことを取り消すんだ」

と、立ち上がった。

「パパは、先生の言うなりになるかしら？」

「健作氏だって死刑になるより無期になるほうを喜ぶだろう。私の言うことを聞けば死刑にはさせない」

浜田は言い捨て、応接室から出ていった。

浜田を乗せたタウナスを門外まで見送った洋子は、門を閉じると長い溜息をついた。羽山に向かい、

「ときどき、あいつに塩をまいてやりたくなるの。でも、お金次第で、あんなに頼りがいがある先生もいないわ」

と呟いた。

「たいした男らしいな。君も安心して、俺と一緒になるのが馬鹿らしくなったんじゃないか？」

羽山は唇を歪めた。

「そんなことないわ！　わたしはあなたのもの。あなたの心次第でどうにでもなるの」

洋子は爪先立つようにして羽山に接吻した。

羽山はそれに応えた。しばらくして、唇を離し、

「ちょっと出かけてくる」

と呟いた。

「どこに？　浜田先生からいつ電話があるかわからないのよ」

「家に戻るだけだ。すぐ帰ってくる。印鑑を取ってくるんだ。君との婚姻届けを出すためにね」

「本当？」

「送らないほうがいい。刑事が見張っているかもしれないから」

羽山は潜り戸から外に出た。

あまり遠くないところに駐めてあったブルーバードSSSは一発でエンジンがかかった。チョークを引いたまま少し走り、チョークを戻して空ぶかしする。すぐにエンジンは上機嫌になった。

水道道路から青梅街道に抜けた。高円寺の商店街で電気器具屋にはいり、煙草箱ぐらいしか大きさがない超小型録音機ミニフォーンを買った。ドイツ製だ。ワイヤー・テープなので長時間録音がきく。羽山はそれを上着の内ポケットに入れ、小さなマイクをポケットから外に垂らした。

洋子に誘惑されて誠一の無精子症の検査書を書き変えた神崎医師のやっている病院は、高円寺一丁目の蚕糸試験所の近くにあった。個人病院としては、かなり大きな構えだ。五階建てのビルであった。

受付に立った羽山は、神崎に会いたいと、言った。

「先生は、予約されているかた以外にはお会いいたしません」

受付の女は言った。

「東和自工の秘書課から来たんだ。ぜひ先生に内密で耳に入れておきたいことがある、とお伝え願いたい」

羽山は声をひそめた。

受付の女は受話器を取りあげた。少しのあいだ通話をしていたが、

「どうぞ、第二応接室にお通りください。案内させますから」

と言った。事務員が、羽山を二階に案内した。

その応接室は明るい感じの部屋であった。ソファにすわっていた縁無し眼鏡の男が立ち上がる。のっぺりした四十男だ。ジャーから出した紅茶を羽山に勧め、

「神崎です。何か内密の話とは？」

と、愛想笑いする。羽山は内ポケットのミニフォーンのスイッチを入れ、

「失礼します。実は私、東和自工の者でないんです」

と言った。

「君は誰だ！」

ソファから跳びあがった神崎はドアのほうに走った。羽山は素早くその襟を摑み、宙吊りにした。

第7章　初　夜

1

「な、何をする！」

宙吊りになった神崎医師は、かろうじて声を絞りだした。縁無し眼鏡の下で、充血した眼球が眼窩からとびだしそうだ。足は虚しく空を蹴る。

「いいか？　おとなしくするんだ。私はただ、あんたの話を訊きに来ただけだ。だけど、あんたが私と話をしたくない、と言うのなら、あんたの首をへし折ってやってもいい」

羽山は圧し殺したような声で言った。

「わ、わかった……放してくれ」

神崎の目から涙がこぼれた。唇から突きだした舌が紫色を帯びて腫れてきた。

羽山はその神崎の襟を摑んで宙吊りにしたまま、ソファの前に戻った。手を放すと、神崎は落下し、ソファのクッションに尻もちをついて二、三度跳ねた。

　それから神崎は、喉を撫でながら、喘息患者のような呼吸を続けていた。やっと息の音が静まってくると、

「乱暴はしないでくれ。知っていることなら、なんでもしゃべるから」

と、弱々しく言った。

　羽山は、いきなりテーブルに両手をついて頭をさげた。

「失礼しました。つい夢中になって、とんでもないことをしてしまいまして。実は私、警視庁の者なんです」

「………」

　神崎の充血が去らぬ瞳に、怯えと疑惑の表情がひろがっていった。

「田城誠一氏の件なんです。いちおうあの事件は自殺として処理されました。むろん、捜査は打切りです。しかしうちの課長は他殺説を捨ててない。私もそうです。そこで、私一人が任命されて証拠捜しに毎日歩いている、というわけです」

　羽山は言った。

「知らん！　私は知らない。私はなんの関係もない！」

　神崎は腰を浮かした。文字どおり口から泡を吹き、ふたたび呼吸が荒くなった。

「先生が殺した、とは言ってませんよ。しかし、先生に不利な証拠はあります」

羽山は静かに言った。

「何を言う！　誣告罪で訴えてやる」

「おもしろい。やってごらんなさい」

「何が証拠だと言うんだ」

神崎は震えはじめた。

「失礼ですが、先生は誠一氏の妻の洋子と体の関係がありましたね」

「嘘だ！」

「あなたは、田城健作が逮捕されたことを新聞でお読みになったことと思います。その田城健作が自白したんですよ。洋子も認めました。先生と肉体の関係を続けていることをね」

「嘘だ……あの女と関係を持ったのは一度きりだ。それも、ひどい罠だった」

神崎は引っかかってきた。

「はじめて関係を持たれたのは、誠一氏が亡くなるどれぐらい前でしたかね？」

「本当に一度きりだ。罠と知らずに誘惑に引っかかった私が馬鹿だった」

神崎は髪の毛を掻きむしりながら呻いた。

「罠とおっしゃると？」

「言えない。そんな個人的なことまで言う必要はない」

「あなたが洋子と甘い夢を結んでいたとき、田城健作が踏みこんできたんですね？　そうでしょう、先生？」

羽山は神崎に視線を据えた。

「畜生、そこまでわかっているのか……」

「さあ、先生。勇気を出して打ち明けてください。いま先生が田城健作に脅迫された事実とその内容を認めてくださったら、先生の名声がけがされずに済みます。われわれだって人間だ。罠にかかり、脅迫されてご自分の意思にそむいたことをやらなければならなかった先生を医師法違反などで追及したりは絶対にしないと誓います。信用してください。むろん記者たちにも内緒にします」

「すみませんでした――」

神崎は頭をさげた。そして涙に汚れた顔をあげて、

「仕方がなかったんです。たしかに私は医師にあるまじきことをしました。しかし、それというのも、医師としての生命が断たれることを怖れてのあまりです」

「言ってごらん。さっぱりしますから」

羽山は本物の刑事そっくりに言った。

「田城誠一夫妻に子どもはありませんでした。心配になった誠一君は、主治医の私のところに相談に来た。私はまず、いやがる誠一君の精液を採取して検査してみたんです。無精子症とわかったとき、私は睾丸の傷跡から予想はしていたんですが、誠一君のショックは大変な

ものでした」

「………」

「しかし私は、無精子症と言っても一時的なもので、生殖能力が甦えることもあるから、と気安めを言って、誠一君を元気づけたつもりでした。それっきり、あわただしさにまぎれて誠一君と会うこともできずに何か月かが過ぎていきました」

「それで？」

「あれは、誠一君が亡くなられる二週間ほど前でした。奥さん——洋子さんから電話があって、誠一君が久しぶりに一緒に一杯やりたいから向島の待合に来てくれないか、と言っているのだが、と言うのです」

「待合の名は？」

「〝胡蝶(こちょう)〟でした。時刻になって待合に行ってみると、誠一君は来てなく、洋子さん一人がブランデーを手酌でやってました。そして、誠一君は仕事の都合で少し遅れるから先にやっていてくれ、という電話があった、と洋子さんが言うので、私も飲みはじめました。

白状しますが、私は洋子さんを嫌いではありませんでした。いや、嫌いでない、なんてものではない……私はあまり若い娘より、熟れきった女性に魅力を感じるほうなんです。その洋子さんと二人っきりで飲んでいると、妖しい気持ちになってきたことは否定しません。

そのうちに、とつぜん洋子さんが真剣な表情になりました。そして、誠一君が来るというのは嘘で、あの女自身が私に会いたくて私を呼んだ、と言うんです。誠一君の陰気な性格に耐えられそうもない、とも言いました。

私は有頂天になって触れなば落ちんという風情のあの女を抱き寄せました。ところが、いざとなると、猛烈に抵抗するんです。しかし私は、女が嫌だということは好きなことだ、とうぬぼれてましたから、とうとう目的をとげることができたんです。ですが、揉みあっているうちにテーブルは引っくり返り、あの女の着物の袖はちぎれる始末です。ともかく、あんなに味わいの深い女は、私の体験ではじめてでした。私は夢中になり、耐えていたものの引金を絞ったとき、襖が開かれて写真機のフラッシュが閃きました」

「お気の毒に」

「私は仰天しましたが、不随意筋は自分でコントロールできません。私が放出を続けているうちにも、フラッシュは何度も閃きました」

「そのとき、洋子が妊娠しているのを知ってたのですか？」

「あの女は、それまで私に体を見せたことがありませんでした。あとで知ったことですが、あの女は大学病院で妊娠の確認を受けてました。私のほうは、お恥ずかしい話ながら、危うく門前で失礼しそうになるほど興奮してましたから、とてもそんなことまで気づきませんでした。うちの病院は産婦人科もやってはいますが、私は癌専門の外科医なんです」

「写真を撮ったのは田城健作だったんだね？」

「そうです。あの狸親父、田城健作でした。そして、私が医師の職権を利用して、人妻を強姦した、と訴えてやる、と騒ぎたてました。証人として、待合の女将を呼ぶとまで言うんです。その間にも、あの女はパンティを引き裂いたり、髪を自分で乱したりして、強姦の信憑性を強める細工をしてるんです」

「たしかに、先生は罠にかかったんだ」

「信じていただけますか？」

「もちろんですよ。それから、田城健作は？」

「私は狼狽しました。訴えられたところで、裁判になっても、最後には必ず勝つということぐらいはわかっています。しかし、何年か先に裁判に勝ったところで、その間に私の信用は患者たちのあいだでまる潰れになります。私はただあの男に頭をさげて、表沙汰にしてくれないように頼むほかありませんでした」

「その弱味に健作はつけこんだんだな？」

「そうなんです。訴えないかわりに、誠一君に電話して、このあいだの診断は間違いだ、と言え、と嚇かすんです。言うことを聞かないと、患者たちや医師会にさっき写した写真を配る、とも言いました。私は窮地に立ちました。しかし、文書で誤診ということを誠一君に通知することはできませんが、電話だけなら、と思って……」

神崎は狡猾な薄笑いを浮かべた。

「だが、今度は先生が罠にかかって、誠一君に偽りの電話を掛けた顚末をのべた供述書をいただきますよ。もちろん、その供述書は先生の名誉をおもんぱかって、田城健作の殺人事件の法廷には一度も出されることなく、ただの参考物件として、闇から闇に処分してさしあげますが……」

羽山はサイド・テーブルに乗っていたカルテの用紙とペンを神崎に差しだした。

「いや、供述書は困る。それだけは勘弁してください」

神崎は腰を浮かせた。

「仕方ありません。それでは、こいつを検事さんに出すことになりますか」

羽山は内ポケットから、超小型の録音機ミニフォーンを取り出した。

2

三十分後、羽山はブルーバードSSSを世田谷区下馬のアジトの庭に突っこませた。内ポケットには、ミニフォーンとともに神崎の供述書がはいっている。これさえあれば、洋子が寝返ったときの切札になる。

台所の米櫃のなかから印鑑と、すでに取り寄せてあった戸籍謄本を取り出した。庭の栗の木の割れ目から、東洋銀行三軒茶屋支店の貸しロッカーの鍵の宮本武蔵名義の印鑑をドライバーでほじくり出す。ミニフォーンのワイヤー・テープから、神崎の告白がはいった部分を切りとった。

三軒茶屋までは、車で五分ほどしかかからなかった。羽山は貸しロッカー係に、宮本武蔵名義の印鑑を差しだした。

係りの男は、へりくだった笑いを浮かべながら、印鑑を照合した。印鑑が合うと、支店長室の横にある小部屋に羽山を案内した。

羽山はその銀行と五年契約を結んでいた。女の行員がお茶を運んできて立ち去ると入れ替わりに貸しロッカー係が金属製の箱を持ってきた。ロッカーから、その箱を抜くには銀行側の鍵、箱の蓋を開くには利用者の鍵が要る。

係りの行員が席をはずすと、羽山は持ってきた鍵でロッカー箱の蓋を開いた。はいっている大型の書類封筒を開くと、三千万の札束が見える。

羽山はにやりとして封筒を閉じ、その横にワイヤー・テープと神崎の供述書をしまった。ロッカー箱の蓋を閉じて鍵をかけ、行員を呼んだ。

行員は宮本武蔵名義の羽山の印鑑をロッカー使用用紙に押した。銀行を出た羽山は下馬に戻り、印鑑と鍵を栗の木の裂け目に戻した。裂け目の上から泥を詰めこんでおく。

着替えの下着や服を車に積んで明大に近い洋子の家に戻ったのが午後四時近かった。乗ってきたSSSは、洋子の家から少し離れたところに駐めておく。

「遅かったのね、何か事故でもあったのかと思ったわ」

洋子は羽山の胸に頬を寄せた。

「事故にあったところで、俺はそう簡単にはくたばらないさ」

羽山は唇を歪めて笑い、

「これが婚姻届けに必要な印鑑と謄本だ」

と、現物を見せた。

「うれしいわ。やっぱり、本気で結婚を考えていてくださったのね？」

「当たり前だ。役所で用紙をもらってくれたら、いつでも判を押すぜ」

「今日はもう無理だわ。それについさっき、浜田先生から電話があって、七時にまたここに来てくださるそうよ」

洋子は呟いた。

「あの三百代言か。あんたの親父が記憶を取り戻したのかな？」

「さあ、むこうは警察病院から電話してきたので、くわしいことはおっしゃってくださらなかった……でも、平川さん――亡くなった高子の旦那さん――の弁護士を連れてくるそうよ」

洋子は羽山から離れた。

洋子が女中の信代を手伝って夕食の用意をしているあいだ、羽山は寝室のベッドに横になって体を休めた。一時間ほどして急に思いつき、壁の隠し金庫を開いてみた。

洋子は金庫の内容をほかに移してなかった。貯金も証券も宝石もはいっている。羽山は小さく口笛を吹き、隠し金庫にロックした。

さらに一時間ほどして、玄関のブザーが鳴った。洋子の客を迎える声がかすかに聞こえてくる。

羽山は起きあがり、ネクタイを結び直した。ドアが開き、寝室に女中の信代がはいってきた。エプロン姿だ。

眼が吊りあがってきた。

「やあ」

羽山は爽やかな笑顔を信代に向けた。

「嘘つき！　うまいことばかり言っておきながら、もうわたしのことなど眼中にないのね」

信代はヒステリックに叫んだ。

「馬鹿な。もう少しの辛抱だと言ってるだろう」

羽山は信代の肩に手を置いた。

「今度という今度は騙されないわ」

信代は羽山の手を払いのけた。

「じゃあ、僕たちの仲はおしまい、と言うわけだ。きれいに別れてやろう。君が警察に駆けこんだところで、こっちは痛くも痒くもない。僕が警官の振りをして君に近づいたことを警察にしゃべったら僕が捕まる、とでも君は思っているのか？　もし、そうなら、そいつはとんでもない考え違いだよ。君は浜田弁護士がどんな人間か、ちっとはわかってきたはずだ。現役の検事たちは、みんな奴の部下だった連中だ。君が警察に僕を訴えたところで、捕まるのは僕ではなくて、君のほうだよ。それだけは覚えといてもらいたいな」

「くやしい！」

信代は体を震わせた。

「じゃあ、お別れだ。僕は君との美しい思い出を心に抱いて生きていくよ」

羽山は憂愁とすごみを混じえた表情で言い、信代に背を向けて背広を着けた。

「ご免なさい。あなたを脅かす気はなかったの。あやまるわ。許して……」

信代は羽山の前に回り、ひざまずいてズボンに取りすがった。

「許すも許さないもない。僕たちはもう他人だ」

羽山は静かに言った。

「お願い！　もうわがままは言わないわ。愛していただけたら、それだけでいいの。奥さんばっかりかわいがらないで、わたしのほうも愛して。あなたが欲しくてたまらないの。残酷だわ。女の喜びを教えておいて、あとは放ったらかしにするなんて」

信代は涙でぐしゃぐしゃになった顔を羽山の腰部に押しつけた。

「わかった。僕も悪かった。しかし、今はだめだ。弁護士に会わないとならない。夜明けごろにでも君の部屋に行くよ」

「待ってるわ！　きっとよ」

「ああ。だけど、弁護士との話合いで、僕は今夜にでも警察に行かなくてはならなくなるかもしれない。そのときは勘弁してくれるね」

「もちろんだわ」

「さあ、立って涙を拭きなさい。せっかくのきれいな顔が台なしだ」

羽山は優しく信代を抱きあげた。そうしながら、この調子では、今に信代を殺さぬときまりがつかなくなる、と思った。

抱きあげられた信代は、激しく羽山の唇を貪った。羽山はそれに応えてやりながら、苦悶に似た信代の愛の表情をうとましく感じる。

廊下のほうから、洋子が信代を呼んだ。

羽山は唇を離し、優しく信代を押し戻した。

「さあ、楽しみはあとにとっておこう」

「待ってるわ」

信代は羽山を見つめてから、走るように寝室を出ていった。

羽山は洗面台で顔を洗った。渋い暗色の服をつけているので、信代の涙が濡らした部分は目立たないから、ズボンは取り替えない。

応接室に出てみると、洋子と弁護士の浜田が向かいあっていた。

「失礼します……もう一人の先生は？」

羽山は洋子の横に腰をおろしながら言った。

「あとで来る。まず私たちだけで話をしておかないとならないことがあるんでな」

浜田は革の葉巻きケースを取り出しながら言った。

「洋子の父親の容体は？」

「いま洋子さんに言ったところだ。健作氏の肺炎は快方に向かっている」

「逆行性健忘症のほうは？」

「そいつはまだだ。だから、私が記憶を甦らせてやった。だから健作氏は、さっき私たちが打ち合わせたとおりのことを、捜査の連中にしゃべるはずだ」

浜田はにやりと笑った。

「それで、僕は？」

「明日の朝十時、私と一緒に捜査本部に行ってもらう。健作氏は明日の三時過ぎに送検されるから、その前に君の前言を取り消してもらわないとな」

「わかりました」

「九時までに私の事務所に来てくれればいい。場所は洋子さんが知っている」

「はあ」

「洋子さんにも一緒に来てもらう。むろん、健作氏については弁護人以外は接見禁止になっているし、身柄は警察病院のなかだが、いくら許可がおりそうになくても、子である洋子さんが、父親の健作氏に面会させてくれ、と押しかけないのは、不自然だからね」

「ごもっとも」

羽山は軽く頭をさげた。

「それから、高子の亭主だった平川の弁護人には、三十万ほど払ってやってくれないか？　どうせ平川は明日釈放されるが、平川自身はそんなことを知らない。だから平川の弁護人を頼りきっている」

「わかりました。金を用意させましょう」

「これで話は決まった。一杯いくとするか？」

浜田は唇を舐めた。

3

浜田と羽山がオールド・パーの水割りを二杯ほど空けたとき平川の弁護士池口（いけぐち）がやって来た。

池口は、酒焼けで鼻の頭が赤くなっている貧相な小男であった。揉み手しながら浜田を、先生、とおだてるところをみると、やはり浜田の弟子らしい。

池口はスコッチのストレートを水のように飲みながら、平川の供述を変更させる点については自分に任せておいてくれ、と繰り返しながら薄い胸を叩いた。

だいぶアルコールが回ってから一同は食堂に移ったが、池口は料理にはほとんど手をつけずに飲んでばかりいた。

二人の弁護士が帰っていくと、洋子は大きく溜息をついた。

「疲れたわ。もう、体も心もくたくた。悪いけど、先に寝させてもらうわ」

と羽山に言う。

「いいとも。ゆっくり眠りたまえ」

羽山は言った。皿を片づけていた女中の信代が瞳を輝かせ、小鼻をふくらませた。

洋子が寝室に退ると、羽山は書斎にはいった。ガス・ストーブに火をつけると、ソファに転がって夕刊に目を通した。朝刊には大きく出ていた健作のことは、もう一行も載ってない。東和自販が、新聞社に営業部長を通じて圧力をかけたのか、それともニュース・バリューが失われたのかはわからない。

羽山も疲れきっていた。いつしか瞼は閉じられ、手から夕刊が落ちる。しかし、睡魔に身を任せたのも束の間、胸の上にのしかかってきた重量で目を覚まされた。

信代であった。スリップ一枚になっている。いつの間にか羽山のズボンは脱がされている。そして信代は、羽山の腹部に顔を伏せ、すすり泣くような声を漏らして舌を使っていた。疲れのために羽山の体は敏感になっていた。羽山の反応を知った信代は顔を輝かせ羽山にまたがってくる……。

三十分後、信代は鉛のように重くなって動かなくなった。羽山は信代の体を押しのけ、浴室にはいってシャワーを浴びる。

服を手にし、素っ裸のまま寝室に戻った。鏡台の灯に淡く照らされたベッドで、ネグリジエでなくパジャマに身を固めた洋子が眠りこけていた。

化粧を落としたその顔は、眼窩と開いた口が死のような影を作っていた。コケティッシュな装いの顔は完全に消え、幽鬼のようでさえあった。

羽山は人生の深淵を覗きこんだ気持ちで軽く身震いした。そっとベッドにもぐりこみ、洋子に背を向けて瞼を閉じる。

泥のように眠った。翌朝七時半に目を覚ましたときには、疲労は完全に取れていた。洋子はすでに起きていてベッドにいない。

羽山は素っ裸のまま浴室に向かった。廊下で信代とすれちがう。信代は昨夜のことを思い出したらしく、頰を染めて身をくねらせた。

湯あがりのさっぱりした体に服をつけて食堂にはいると、華やかに装った洋子が食後の果物の皮を剝いていた。

「もう、そろそろ、起こしに行こうと思っていたのよ」

と、微笑する。

「そう言えば、弁護士のところに行かなければならなかったんだな」

羽山は煙草に火をつけながら言った。

信代が朝食を運んできた。ミルクに漬けてからカリカリに揚げた白ベーコンがとくにうまかった。

羽山が朝食をとっているあいだに、洋子は外出用の和服に着替えていた。

「あなた、運転してくださる？」

と、ポルシェ九一一のキーを食卓に置いた。セーブル・ミンクの肩掛を羽織った優雅な容姿と臈たけた雰囲気からは、昨夜の幽鬼のような姿は想像もつかない。

ロイアル・ドルトンのティー・カップからミルクを混ぜた英国風の紅茶を飲み干した羽山は、ポルシェのキーを持って立ち上がった。

芝生の庭の隅のガレージで銀色の肌を光らせているポルシェ九一一は空冷二リッター六気筒、一三〇馬力だ。ドイツ式のＤＩＮ規格で一三〇だから、アメリカ式のＳＡＥなら一五〇馬力を越える。

助手席に洋子を乗せ、羽山はチョークを引いてエンジン・キーをひねった。寒い朝ではあったが一発でエンジンはかかり、空冷エンジンの特有のディーゼルに似たアイドル音をたてた。

しかし、チョークを戻し、オイルに活を入れるためにアクセルを空ぶかしさせると、鈍いエンジン音は消え、腹にしみ入るような太い排気音が響きわたる。

信代が門の扉を開いた。羽山はゆっくりとポルシェを発車させる。

「浜田先生の事務所は四谷なの」

洋子が言った。

水道道路に出ると、羽山は思いきりエンジンをぶん回し、目にもとまらぬ早さでシフト・レバーを操作しながら、先行車を右から左から抜いていく。甲州街道と環状七号の交差点で五分ほど待たされたにもかかわらず、四谷と市ヶ谷のあいだにある浜田弁護士の事務所の前に着いたのは、出発してから二十分ほどしかたっていなかった。

浜田の事務所は、外堀を見おろすシルバー・マンションの十階にあった。二人はマンションの地下の駐車場にポルシェを預け、エレベーターで十階に昇る。

事務所は三部屋続きであった。浜田は若く美しい女秘書と三人の事務員、それにイソ弁(居候弁護士)と称される弁護士の卵を三人抱えていた。

先客があって二十分ほど待たされた。客が帰っていくのを見ると、襟に国会議員のバッジをつけている。その男とカバン持ちを見送ってから、秘書が羽山たちを、いちばん奥にある浜田の事務室に通した。

浜田は朝から精気をみなぎらせていた。窓を背にして大きなデスクを前に傲然と構えているところは、どう見ても弁護士というより検事だ。

「やあ、昨晩はどうも。池口君も喜んでおったよ」

「なんの用意もできませんで……」

洋子はつつましげに視線を伏せた。

「さてと、今日の話だが、予定が変更になった」

「え？」

「そんな心配そうな顔をしないでいい。捜査本部は記者諸君の目がうるさいんで、府中の警察寮で羽山君にしゃべってもらうことになった。ほら、新聞などで、都内某所で事情聴取した、などと書いてあるあれだよ」

「びっくりしましたわ。で、わたしのほうは？」

「奥さんのほうも、捜査本部に顔を出すのはまずい。警察寮に一緒に来てもらう。どうせ、羽山君が事情を聴かれているあいだ、奥さんも別室で聴かれる。そのとき、健作氏に面会させてくれるように頼んでみるんだな」

浜田は立ち上がった。浜田と秘書、イソ弁の一人福永を乗せた浜田のタウナス二〇Mのあとを、羽山の運転するポルシェがついていった。

その寮は、東府中で甲州街道から左に折れ、競馬場と厩舎(きゅうしゃ)のあいだの道を抜けて、多摩川堤にぶつかるあたりにあった。

ブロック塀とそのなかに広がる武蔵野の自然を残した雑木林、それに清流荘と書かれた小さな表札を見ただけでは、気の早い者は国民宿舎かユースホステルと勘違いしそうだ。

しかし、その寮は、全国から中野の警察大学に研修を受けに上京してくる第一線警官たちの宿泊設備の一つだ。雑木林を抜けた玄関前には、〝た〟の官庁ナンバーの警察車が三、四台駐まっていた。タウナスとポルシェが駐まると、玄関から私服の中年男が出て来て会釈(えしゃく)する。平川の家で羽山から事情を聴いた村山署の川島(かわしま)警部であった。

川島警部は一行を案内した。洋子とイソ弁の福永、それに浜田の秘書は池に面した座敷、羽山と浜田は、多摩川を見渡せる二階の応接室に通される。茶菓の用意された二階の応接室では、本庁の捜査一課員二人と村山署の捜査一係長が待っていた。

雑談が終わってから、村山署の捜査一係長が羽山の調書を取りはじめた。本庁の捜査官たちも鋭い質問をはさむ。

しかし、浜田の助けもあって、羽山はなんとか追及をかわすことができた。顔は笑っていても、脇の下と下腹は冷や汗でびっしょりになった。

事情聴取が終わったのは午後一時ごろであった。

「困りましたな。こう話が違ってきては。一昨日のあなたの話でわれわれが軽々しく動いていたら大恥をかくところでした」

捜査一係長が苦笑いしながら言った。

「まあ、若い人の色恋沙汰のあげくのことだから勘弁してもらいたい。羽山君、もうこれからは、警察のかたにご迷惑をかけない、と誓えるね」

浜田は羽山を睨んだ。

「すみませんでした。お許しください。でも、これでさっぱりしました」

羽山は頭をさげた。

4

甲州街道の明大のあたりで、羽山と洋子は、浜田の車と別れた。午後二時であった。二人だけになると、さすがの洋子も心の疲れが一度に出たらしい。軽い脳貧血を起こし、ハンドルを握っている羽山に上体を倒してくる。

羽山は咄嗟に歩道にポルシェを寄せてブレーキを踏んだ。気絶した洋子の上体を抱き起こしてやりながら、一瞬羽山は洋子に憐憫の感情を覚える。洋子の心は俺と同じように、いや俺以上に荒廃しているのだ。誰もその心を救うことはできないであろう……。

そんな羽山の苦悶も知らずに、通りがかりのタクシーやトラックの運転手たちが、野卑な野次を浴びせて去っていった。羽山は血の気を失った洋子を抱き、額に垂れた髪を掻きあげてやっているうちに、傷ついた二人が傷口を舐めあって生きていくのも悪くない、という感傷にとらわれる。

しかし、羽山は、すぐにその感傷を心から追い払った。洋子は兄貴を殺し、遺産を一人占めにした女なのだ。うっかり心を許したら寝首を掻かれる。

洋子に意識が戻ってきたのは七、八分たってからであった。薄く唇を開き、

「あなた、居てくださったのね?」

と呟く。

「ああ、いつも一緒だよ」

羽山は洋子の額に唇を当てた。

「このまま、じっとしていたいわ」

「家は近くだ。帰ってから、ゆっくり休みなさい」

羽山はギアを入れ、ゆっくりポルシェをスタートさせた。

家に着いたときには、洋子はふだんの洋子に戻っていた。寝室で、羽山に見せつけるようなポーズで外出着を脱ぎ、スリップ姿のまま化粧を直す。

羽山は上着を脱ぎ、ベッドに横になって煙草をふかしながら、

「どうだった? 俺のほうはうまくいったようだが」

と、尋ねてみた。

「筋書きどおりに運んだわ」

洋子は鏡のなかでウインクした。

「あとは、俺たちが正式に結婚するだけか」

「いいえ、それだけではないわ。まだ、パパの問題が残っているわ。パパが失くした記憶を甦らせたらたいへんなことになるのよ」

「だから、どうしろって言うんだ」

羽山は煙草を揉み消しながら言った。

洋子は立ち上がった。整った彫りの深い顔と、ラベンダー色のネグリジェから透けて見える官能の権化のような体が妖しい雰囲気を作りあげている。

ベッドに歩み寄った洋子は、羽山の横に体を横たえた。

羽山に脚と唇をからませながら洋子は囁く。

「殺して……」

「………」

「殺して、パパを。殺されたとわからないように殺すのよ。パパは肺炎で体が弱りきっているのよ。直接手をくださなくても、食べ物のなかにごく少しの毒さえ入れたら一コロだわ」

洋子は囁き続けた。

「なんという女だ——亭主を殺しただけで足りなくて父親まで殺すのか」

　羽山は洋子から身を引こうとした。

　しかし洋子は、羽山に体をからませていた。

「パパはわたしと血のつながりはないわ。わたしが本当にパパを愛したことがあると思って？　わたし、二十歳の誕生日の晩のことを一生忘れないわ。あの時が来るまで、わたしパパの本当の子だと思っていたのよ」

「やめろ！」

「蠟燭の灯のなかでハッピー・バースデーの歌をうたいながら、パパはケーキにナイフを入れたわ。そして、次の瞬間、ナイフをわたしの喉に突きつけた。悲鳴をあげたママを殴り倒して——この娘は、きさまが生んだ不義の子だ。俺は復讐のチャンスを、この瞬間まで待っていた。俺の復讐をよく見ていろ——と、ママに叫ぶと、まだセックスがどんなものかも知らなかったわたしを、ママの目の前で犯したのよ」

　洋子はぎらぎら瞳を光らせていた。

「お前の親父自身の口からその話は聞いた。もう聞きたくない」

「驚きと恥ずかしさと苦痛でわたしは失神したわ。そのわたしに、シャンペン用の氷を浴びせて意識を取り戻させ、パパは三べんもわたしを犯したわ。犯されながら、わたしは舌を噛み切って死ぬことばかり考えていた。でも、できなかったのよ」

「………」

「それからママは廃人になったわ。ただ息をしているだけの生ける屍になった。わたしも変わったわ。お嬢さん育ちで人生の醜さを何一つ見ないで育ってきたわたしが、とつぜん深淵の縁から地獄を見たのよ。変わらなかったらどうかしてるわね」

「そんな憎い親父と関係を続けて、金だけのために俺の兄貴を殺したんだからな」

羽山は唇を歪めた。

「違うわ。たしかにわたしは、パパは嫌いでもパパの体は拒めない女になってたわ。でもあなたの兄さんを殺したのはパパよ。わたしは手伝わされただけ」

「もう、いい、気分が悪くなる。今度は俺にきさまの親父を殺させる、というわけか。そして最後には、きさまが俺を始末する。そううまくいくもんか」

「違うわ。あなたとわたしは永遠のもの」

「ふざけるな。どうして俺がきさまの親父を殺さなければならない？　親父が意識を取り戻して本当のことをしゃべったところで、捕まるのは俺のほうでない。きさまのほうなんだ」

「わかったわ。わたしが殺るわ。あなたは手伝ってくださるだけでいい」

洋子は喘ぐように言った。

「一人で殺るんだな。見て見ない振りをすることぐらいならやってやる」

羽山は冷たく言った。

「パパが死んだら、パパの遺産は大半がわたしのものになるわ。そのことは、パパの遺言状に書いてあるから確実だわ。遺言状は浜田先生が預かっているわ」

「………」

「わたしが遺産を受け取ったら、あなたが受け取ったことにもなるのよ。わたしたち、夫婦でしょう？　妻のものは夫のものだわ」

「まだ俺たちは正式に結婚してない。よしわかった。きさまの親父を片づける話は、俺たちが法的に正式の夫婦として認められてからにしよう。さあ、服をつけるんだ。区役所にきさまの戸籍謄本を取りに行かなければならない」

羽山は起きあがった。

「わたしのほうは用意してるわ。でも保証人が要るわ。二十歳以上の者なら誰でもいいけど」

「信代はまだ二十歳になっていない。君の実家の誰かは？」

「そうね。家政婦の君枝さんがいいわ。ママの看病をやってもらっている人よ」

「じゃあ、すぐに、この家を管轄している出張所に来てもらうんだ。ハンコを持ってくるように言ってな」

羽山は電話の切替えスイッチを入れた。

三十分後、羽山と洋子は、杉並区役所方南和泉出張所で、家政婦の君枝の到着を待っていた。

タクシーが急停車し、転がるようにして、眼鏡をかけた中年女がおりてきたのは、それから十二、三分後であった。

「久しぶりね」

と、洋子が声をかけた。

「おかげさまで。ところで、いったいどうなすったんです？」

「くわしい説明はあとでするわ。わたし、この人と結婚するの。亡くなった誠一の弟さんよ」

洋子は保証人の用紙を差しだしながら言った。

「それは、それは……」

君枝はなんと言っていいかわからぬままに印鑑を押した。

三人は受付の窓口に立った。羽山が苛々してくるほど待たされてから、係りの女事務員が受理印を押した。

羽山は大きく溜息をついた。これで、たとえ洋子が死刑になったところで洋子の金はこちに渡ってくるのだ。

「お父さまがあんなことになられてお気の毒です」

スーツをきちんと着けた君枝は、やっと洋子に話しかけることができた。

と、首筋に跳びついてくる。強烈な牝(めす)の匂いがした。

部屋のなかには、原色があふれていた。乳房がはみだしそうなブラウスと真紅のスカートをつけたリタは五十ドルを受け取ると、

「一杯どう?」

と、テキーラの壜(びん)を取りあげる。

「もらおうか」

「レモンと塩を取ってくるわ」

歯でテキーラの栓を抜いたリタは、台所に消えた。

すばらしい脚をしている。

塩を舐め、レモンをかじりながら二人は焼酎に竜舌蘭(りゅぜつらん)の香りをつけたようなテキーラを代わり番こにラッパ飲みした。

たちまちリタの頬が輝き、瞳は火のように燃えた。メキシコ放送にダイアルを合わせたラジオから流れるフラメンコに合わせて踊りだす。

スカートが傘のようにひろがり、絹のように光る太腿が閃いた。踊りながらリタは、燃えるような流し目を羽山にくれる。

服を脱いだ羽山は、そのリタに跳びかかっていった。リタは踊りながら逃げ、ブラウスから順に羽山をじらすようにして脱いでいった。

リタの体はすばらしかった。毎晩のように違った女と遊んできた羽山ではあったが、一時間にもわたってリタを愛し続けることができた。

はじめは演技であったのであろうが、リタは羽山のスタミナに夢中にさせられてしまった。スペイン語でわめきながら狂っていく。

羽山も耐えきれなくなった。目くるめく行為のあと、リタの黒髪に顔を埋めて、しばらく動けない。

そのとき羽山は、ドアの錠が外から解かれるかすかな音を聞いた。ドアのノブが回り、ドアが静かに開かれる。

羽山の心臓は凍りついていたが、ベッドの壁がわに体をずらし、いつでもリタを楯にする体勢をととのえた。

一人の男がドアの隙間から体を滑りこませ、後ろ手にドアを閉じた。運転手のジョー・ロドリゲスであった。

ジョーは、羽山がはじめて見る奇妙な眼つきをしていた。そして、その右手には細く長いナイフがあった。

「ロドリゲス、用はなんだ?」

羽山は静かに言った。リタがベッドから滑りおりようとする。羽山はその髪を摑んだ。

リタは悲鳴をあげ、振り向いて羽山の顔を引っ搔こうとした。ジョーはボリュームを絞ってあったラジオのツマミを回す。サンバのリズムが響いた。

「俺はあんたに恨みはない――」

ジョーは呟くように言い、

「しかし、あんたを殺すことをある人間と約束した。金をもらった。もう引っこみはつかない」

と、ナイフの刃に目を落とす。

羽山はリタの両腕を背後で捩じあげて半身を起こしていた。

「誰に頼まれた？」

「それは言えない。死んでもらおう」

ジョーは豹のような足さばきで近づいてきた。

「俺が死ぬ前に、きさまはリタを刺すことになるぜ」

羽山は言った。

「かまわない。二人が死ねば、リタの情夫が嫉妬に駆られて殺ったのだと思われるだろう」

「ジョー、やめて！　約束が違うわ」

リタは震えだした。

「情夫のゴンザレスには気の毒だが、奴は女で食っているケチな野郎だ。死刑になったところで惜しまれるような人間でない。リタ、お前だって、生きる価値のない淫売なんだ」

ジョー・ロドリゲスの瞳に殺気が閃いた。

その瞬間、羽山はリタを抱えてベッドの上に立ち上がった。

殺しを依頼した人間が誰であれ、野獣のような羽山の体力を見くびっていたにちがいない。

毎夜の放蕩(ほうとう)にもかかわらず、羽山の筋肉はほとんど衰えを見せてなかったのだ。

羽山は悲鳴を絞りだすリタの右腕を摑むと、その体をハンマー投げのように振りまわした。

泡をくって跳び下がろうとするジョーの首筋に猛烈な勢いでリタの膝頭が叩きつけられた。

ナイフを放りだしたジョーは、はじかれたように横転した。リタを放し、ベッドから跳びおりた羽山は、ジョーの胃を鋭く蹴った。

ジョーは失神した。羽山は素早く服をつけた。ジョーの体をさぐる。財布からゴム・バンドでくくられた真新しい百ドル札が五十枚出てきた。羽山は小金を残して札束を自分のポケットに仕舞う。ハンカチでくるむようにしてナイフを拾いあげた。

4

リタがのろのろと立ち上がった。化粧鏡の前に歩くとその下の引出しを開いた。振り返ったとき、裸のリタの右手には、飾りのついた二十二口径ハイ・スタンダードの小さな輪胴式拳銃(リボルバー)が握られていた。

羽山は咄嗟にベッドの陰に躍った。

しかしリタは羽山を狙ったわけではなかった。昏倒しているロドリゲスの頭の前に立った。

「待て、射つな」

羽山は声をかけた。

「とめたら、あんたを射つわよ。この畜生はあたいだけでなく、あたいのかわいい男まで侮辱しやがったんだ」

リタは、ロドリゲスを足蹴にしはじめた。

「奴を殺したら、捕まるのは君だ」

羽山は言った。ロドリゲスが口を割る前に死体になってしまっては困る。

「あたいの相手よ。引っこんでて」

リタは羽山のほうに銃口を向けた。

「聞いてくれ。俺はそいつの口を割らして、誰が俺を殺すように命令したかを訊きださないとならん。殺すのはそのあとにしてくれ」

「わかったわ。射たないから、出てらっしゃい」

リタは気を変えたらしかった。

リタは近づいてくる羽山に銃口を向けた。

羽山は体を沈めた。リタは哄笑し、拳銃を回して銃把を羽山のほうに向けた。

「ハジキを貸してあげるわ。思いきりこの薄汚ない色男気取りの畜生を痛めつけてやって」

「びっくりさせるじゃないか」

羽山は拳銃を受け取った。

ロドリゲスの背骨を蹴とばした。ロドリゲスは低く呻いて目を覚ます。

小さな悲鳴を漏らし、這って逃げだそうとした。

「動くな。これが目にはいらないか？」

羽山はハイ・スタンダード・センチネル・スナップ・ノーズの撃鉄を起こした。

「射つな！　やめてくれ。金を出す」

ロドリゲスは痙攣するような手つきで財布を引っぱりだした。財布から札束がなくなっているのを知って愕然とする。

「その金は俺が預かった。金は誰から貰った？」

「しゃべったら、射たないでくれるか」

「ああ」

「あんたの奥さんからだ」

「やっぱりそうか。くわしく話してみろ」

羽山の額に血管がふくれあがっていたが、口調は静かであった。

「俺はある組織に属している。その組織の名だけは、口が腐ってもしゃべるわけにいかん。

イタリア人のマフィアのようなものだ」

「俺はF・B・Iじゃないから、べつにその名を知りたくはない」

「本部からの指令で、あんたの奥さんがシスコに着いたら連絡をしてくる、と言われた。今朝、奥さんから、俺のガレージに電話がかかってきた。俺はすぐに駆けつけた。一万ドルであんたの殺しを引き受けたんだ。五千ドルは手付けだ」

「よし、わかった。警察に行こう」

「待ってくれ」

ロドリゲスはわめいた。

「待ってよ。どうしてここで殺さないのさ！」

リタは叫んだ。

「リタはあんたを殺したがっている。俺がとめなかったら、このハジキであんたを射つところだった」

羽山は言った。

「助けてくれ！　なんでもするから」

ロドリゲスは手を組み合わせた。

羽山はにやりと笑い、ロドリゲスから奪った金から千ドルを抜いてリタに差しだした。

「これ……くれるの！」

リタは狂喜の表情を見せた。

「ああ。そのかわり、ロドリゲスの身柄は俺に預けてくれ。それから、このハジキも貰っておいていいだろう?」

「いいわ。千ドル! 生まれてはじめてこんな大金を手にしたわ」

「じゃあ、達者でな。ゴンザレスとかいう色男によろしく」

羽山はリタの頰に唇を当て、

「立て。立って車に戻るんだ」

と、ロドリゲスの尻を蹴とばした。ハンカチで包んだナイフはそのままベルトに差しこむ。

ロドリゲスは呻きながら立ち上がった。羽山はその背に拳銃の銃口を突きつけて歩かす。

廊下でもエレベーターでも、ほかの人間と顔を合わさずに済んだ。表にも人影は少なくなっている。

リンカーンは、一ブロックほど離れたところに駐めてあった。運転席にすわったロドリゲスの首に銃口をおしつけ、羽山は海岸通りに行くように命じた。

アンチック公園の前の臨海通りにくると、左手の海には囚人島アルカトラス、そのもっと向こうにはゴールデン・ブリッジの灯が見えた。右手の海にかかった高速道路の向こうの灯の海はバークレーからアラメダにかけてのビルの窓だ。

「覚悟はできてるだろうな」

車を停めさすと羽山は言った。

「助けてくれ！　なんでもする！　奥さんを殺してもいい」

ロドリゲスは哀願した。

「俺の口からはどうしろとは言えない。女房はどこであんたの知らせを待っている？」

「ホテルのロビー……」

「ロビーから外に連れだせるか？」

「電話でおびき出せると思う」

ロドリゲスは脂汗を垂らしていた。

「俺はそのバーで待っている。あんたが責任を果たしてバーにやってきたら、五千ドルを返してやろう」

羽山はシーサイド・クラブというネオンが輝いているバーを示し、ハンカチからナイフを助手席に転がした。

「わかった」

ロドリゲスはナイフをケースに仕舞った。

シーサイド・クラブには、荒っぽい船員客が多かった。拳銃をベルトに差し、上着の裾で隠した羽山は、カウンターでバーテンを相手に飲む。

アリバイをはっきりさせるために、バーテンの名前を訊き、旅行客だが時差がよくわからない、と言って、わざと狂わせてあった腕時計の針をバーテンの時計と合わした。酔っぱらった振りをしてグラスを倒し、チップに十ドル札をバーテンにはずんだ。これでバーテンは羽山の顔を二、三日は忘れないだろう。飲んでいるあいだにも、娼婦が次々にすり寄ってきた。羽山は一ドルずつ与えて引きさがらす。

一時間半がたった。そのときブースで電話が鳴り、受話器を取った別のバーテンが、

「ミスター・ハヤマ?」

と、羽山に尋ねた。

「ありがとう」

羽山はそのバーテンに一ドル札を与え、ブースに歩いた。

「仕事は済ました。約束のものを返してくれ。俺はメキシコに逃げる」

電話はロドリゲスからであった。

「さっきの公園に車を駐めて、車から離れてろ。シートの下に突っこんでおく」

羽山は言った。

「わかった。二十分後には公園に着ける」

ロドリゲスは答え、電話を切った。

三十分待って羽山は店を出た。リンカーンはさっきと同じところに駐まっている。車内に人影はなかった。羽山はフロント・シートのクッションの下にロドトリゲスの四千ドルと自

分の千ドルを突っこんだ。リンカーンを離れて明るい店の並びに歩きながらいきなり振り返ると、公園の植込みの陰から跳びだしたロドリゲスがリンカーンのなかに走りこむのが見えた。

リタの拳銃を海に捨てた羽山はホンダ通りにあるホテル・コロネットに戻った。十五階の続き部屋に洋子の姿は見当たらない。

羽山はダブル・ベッドに服をつけたまま寝転がった。九分九厘まで洋子はもうこの世にいないのだ、と思うと、好敵手を失ったときのような奇妙な寂しさを感じる。

サイド・テーブルの電話が鳴ったのはそれから一時間後であった。

「サン・フランシスコ警察のエンドー警部です、殺人課の……。お気の毒なお知らせをしなければなりません。パスポートから、あなたの奥さんと推定される日本婦人の死体が、そちらのホテルに近いセント・デイビッド公園の林のなかで発見されました。すみませんが身柄確認にご足労願えませんでしょうか」

と、達者な日本語で言う。二世らしい。

「馬鹿な！　殺されたなんて」

羽山はわめいてみせた。

「われわれも人違いであることを祈っています」

電話は切れた。

二十分後、警官に付き添われた羽山は、野次馬をかき分け、投光器の光のなかに浮かぶ洋子の死体に対面した。洋子の心臓にはロドリゲスのナイフが柄のあたりまで突きささっていた。

羽山は死体に体を投げつけるようにして慟哭(どうこく)した。演技もあったが、真実の気分もなくはなかった。洋子という悪霊を失い、自分が幼い迷子になったような不安感にとらえられた。

第9章　拷問

1

サン・フランシスコ・シーサイド・クラブのバーテンは、チップをはずんでくれた羽山を覚えていた。

そして、洋子が殺されたと推定される時間に、羽山がカウンターで飲んでいたことを証言した。

羽山に電話を取りついだほうのバーテンも、同じ証言をした。

羽山と洋子が泊まっていたホテル・コロネットのボーイやクラークは、洋子が殺害推定時間の十四、五分前に一人で外出したことを証言した。

ホテルの電話交換嬢は、洋子は外出する少し前に、ジョーと名乗るメキシコ訛りの男から電話を受けたことを覚えていた。

警察は洋子と羽山がチャーターしたハイヤーの運転手ジョー・ロドリゲスを殺人容疑者として追ったが、ジョーはすでにメキシコに逃げたらしく、姿をくらましていた。

アリバイの成立した羽山は、一週間後、夏も終わりに近い羽田に降り立った。洋子という好敵手を失って虚脱感にとらえられた羽山は、いまは気力も充実し、勝ち誇っている東和コンツェルンに災いをもたらす悪霊としての使命を再認識するようになっていた。

胸に白木(しらき)の箱を抱えている。そのなかにはむろん、洋子の遺骨がはいっている。サン・フランシスコの日本人街の葬儀屋に頼んで、火葬許可証をとってもらったのだ。

洋子がヨーロッパで買いあさった宝石類を羽山は遺骨の箱の二重底のなかに隠していた。洋子の死は日本の新聞にも載ったのか、税関吏は羽山に悔やみの言葉をのべてくれた。遺骨の箱の中身を調べるような無礼な真似はしない。

通関を終わった羽山は、安堵のあまり尿意をもよおしたほどであった。

空港ビルを出た羽山は、タクシーの乗り場に歩こうとして、近づいてきた男を認めて足をとめた。

麻の背広をつけたその男は弁護士の浜田であった。

愛想笑いを浮かべていたが、その瞳は氷よりも冷たい。

「久しぶりだな、羽山君。迎えにきた」

浜田は、羽山の手からスーツ・ケースを取り上げた。

「どうして、いまの便で帰ることがわかったんです？」

羽山は眩(まぶ)しい陽光に瞳を細めるようにして呟いた。

善福寺の屋敷の留守を守る家政婦たちには、今日帰国するが迎えに来る必要はないから、と言ってある。

「なあに、検察庁で聞いたのさ」

「検察庁？」

「ああ、日本の法律は属人主義だからね。日本人なら、外国で行なった犯罪でも日本の国法で裁かれる。だから、検察官の判断次第では、ふたたび日本で調べ直される、ということもあるわけだ」

浜田は鼠(ねずみ)をいたぶる猫のような表情で羽山を眺めた。

「冗談じゃない――」

羽山は狼のように犬歯を剝きだした。

「と、言うと、まるで僕が洋子を殺したように聞こえますな？」

「まあ、まあ。そうは言ってないよ」

「しかし、そう受け取れますよ」

「私がついていれば、君はふたたび調べられるようなことはないだろう。……立ち話ではなんだから、私の車に移ろう。送ってあげるよ」

浜田は左手の親指を立てた。

浜田のタウナス二〇Mが近づいてきて、停まった。

白麻の制服をつけた運転手が二人のために後部座席のドアを開いた。車のなかは冷房が効いていた。

「日本の検察庁が僕を調べたいなら、いくらでも調べたらいい。僕にはしっかりしたアリバイがあるし、だいたい、僕は洋子を殺さなかったんだ」

羽山は言った。

「じゃあ、誰かに殺させたのか？　……いや、これは私でなく、検察官がそこを突いてくると思うんだが」

「馬鹿な。僕は洋子の体に満足してましたよ」

「だが、君は女の体より金のほうが好きでないのかね？」

「どっちも好きですよ」

羽山はふてぶてしい笑いを見せた。

「考えてみてくれ。日本は別件逮捕が得意なんだよ」

浜田は羽山に向き直った。

「おもしろい。僕を逮捕できるもんなら、やってみてもらいましょう。もし別件逮捕のタネがあるんならね。僕はたとえ逮捕されたところで、少しも怖くない。逮捕され、社会と隔離されたら、みんな家族のことや自分の商売のことを考えて、早く出たい一心でべらべらしゃべってしまったり、犯してない罪まで認めてしまう。だけど、僕は違う。僕には金がある。何も働かなくても遊んでいられるだけの金ができたんだ。逮捕されたら、銀行に預けてある金の利子の計算でもしますよ。証拠もない者を二十一日以上勾留ができるわけはないしね」

羽山は昂然と眉をあげた。

浜田はわざとらしい溜息をついた。

「羽山君、その金だが、検察側が無理やりにでも君を奥さん殺しの犯人に仕立てたら、君には遺産は一円も渡らなくなるんだよ」

「………」

羽山は唇を噛んだ。

「それに、田城健作氏の件や女中の信代の件でも、私が押えているが、私の押えが効かなくなったら、君はそのことについても調べられるだろう」

浜田は追打ちをかけるように言った。

「べつに僕は怖いことはありませんがね。しかしあなたと喧嘩するつもりはない。条件を聞かしてもらいたい」

羽山は言った。言いながら、浜田を殺す決意を再確認する。浜田を生かしておくということは、いつも自分の首にかけられたロープの端を握られているようなものだ。

「まあ、まあ。そんな話は君の家に着いてからだ。どうだったね、向こうの女は？」

浜田はにやりと笑った。爬虫類のような笑いだ。

「もう女を見ただけでゲップが出そうですよ」

羽山は肩をすくめた。

タウナスは陽炎（かげろう）で逃げ水が発生した高速道路を新宿のほうに向かっていた。曲がりくねった狭い高速道路だ。

人口過剰と貧しさの日本の象徴のような低速道路だ。

一時間後、タウナスは杉並善福寺公園と隣接した大邸宅に着いた。

田城健作から娘の洋子が受けつぎ、そして今度は羽山のものになる屋敷だ。

車が玄関の前に停まると、洋子が遺した赤ん坊の健一を抱いた家政婦の貞子と君枝が出迎えた。

羽山が胸に吊った白木の箱を見て二人は視線を伏せた。

「洋子はこのとおりの姿になった。しかし、君たちは、従来どおりにこの家にいてもらう。よろしく頼むよ」

羽山は二人の家政婦に声をかけた。

二人の顔に、隠しきれぬよろこびの表情が滲みでた。口々に洋子の死に対する悔やみの言葉をのべる。

「運転手さんに冷たいものを差しあげて」

羽山は健一のあどけない髪を撫でながら命じ、

「それから浜田先生を応接室にお通しして」

と言う。

羽山は寝室にはいると内側から鍵をかけ、遺骨箱の白布をはぐった。箱の二重底をドライバーでこじあける。

洋子がヨーロッパで買いあさったダイヤやサファイアなど、日本で買えば千五百万はするであろう金目のものが転がり出た。

羽山はそれを銀行の印鑑や貸し金庫のキーなどと一緒に壁の裏の隠し金庫に仕舞う。

遺骨箱をもとどおりにして仏壇の間にはいる。仏壇に遺骨箱を置き、羽山は悪霊の神に祈りをささげた。

簡単にシャワーを浴びて応接室に移る。

浜田は家政婦たちが羽山の帰宅にそなえて用意したらしい鮑や雲丹(うに)などの氷盛りを食い散らかしながら、銀のバケツで冷やしたシャンペンを啜っていた。

羽山は君枝にローガンのスコッチを持ってこさせた。そして呼ぶまで応接室にはいらないように命じる。

「さてと、さっきの話に戻りましょうか」

スコッチの壜を四分の一ほど空けたとき、羽山は口を切った。

「奥さんの遺産の相続手続きは私に任せるだろうな？」

浜田は葉巻きに火をつけながら言った。

「手数料は？」

「五パーセントでいい。今後も長く付き合ってもらわないとならないから」

浜田は笑った。

……長くは付き合いませんよ、浜田さん。あんたはいくらガメつく金を貯めたところで地獄まで持っていけるわけではない……。

と羽山は言いたかったが、口から出た言葉は、

「相続税でごっそり取られるから、税金を払った残りのうちの五パーセントでいいでしょう」

「むろん、そのつもりだ。もっとも私に任せておいてくれれば、相続税なんかほんのちょっぴり払えばいいだけで済む。ただし、工作の費用はかかるがね」

「どのくらい？」

「三百万でいい。そうすれば、現金や証券などは相続税を払わずに済むし、この家だって時価二億のところを二千万ぐらいに査定させてみせる」

浜田はきっぱりと言った。

2

それから半年以上が過ぎた。

三月の納税期も過ぎた。羽山が失ったのは相続税と浜田への手数料、それに税務署への工作費など合わせて二千万そこそこであった。

浜田には知られてない洋子の現金や宝石などを合わせると、羽山は約五億の金を握ったことになる。むろん、株券の大半は名義上健一のものとなったが、羽山は自由に処分できる。

この半年間を羽山は休養と次の仕事への準備に当てていた。

次々に死人が出たのでは羽山への疑いの視線を集めることになる。

五月のある夜、弁護士浜田は、麻布霞町（あざぶかすみちょう）にあるマンション〝ブルー・ミスト〟から出てきた。

駐車場にはタウナス二〇Mが駐まっているが、運転手の姿はない。

帰らせたのだ。マンションには浜田の情婦の亜也子（あやこ）を住まわせていた。

けだるい浜田の体に夜風が気持ちよかった。浜田は薄ら笑いを唇に浮かべてタウナスに赴（おもむ）きながら、亜也子の痴態を思い出してみる。

もう、かつての首相の娘である、年上の妻とは三、四年間も交渉がないが、若い亜也子に対しては、自分でも驚くほど雄々しくなることができるのだ。

亜也子には週に二度のペースを保ってこられたのだから、俺の体もそう衰えてはいない
……と、浜田は心のなかで呟いた。

亜也子は、銀座のクラブに出ていた女であった。今年で二十三歳になったはずだ。

一昨年、亜也子の働いていたクラブの経営者が三千万の手形をパクられたのをサルベージしてやった礼に、クラブのナンバー・ワンであった亜也子をプレゼントされたのだ。むろん、亜也子にはクラブの経営者から一千万の手当が出された。

いま浜田は、亜也子に毎月三十万ずつの手当を与えている。亜也子の体が与えてくれる快楽からみれば、月々の出費は安いものであった。

タウナスはマンションの前の駐車場の隅にひっそりと駐まっていた。

浜田はその運転席のドアを開き、七階の亜也子の部屋の窓を振り仰ぐ。窓のカーテンは開かれ、逆光のなかに亜也子の上半身が見えた。

浜田は亜也子の移り香が残る右手を唇に当てて投げキッスをし、車に乗りこんだ。エンジンをかけながらゆっくりと走らせる。運転には自信があるほうではない。

浜田の自宅は田園調布にある。浜田はつぎつぎにタクシーや白ナンバーの車に追い越されながら、四十キロでゆっくり駒沢通りに車を向けた。

浜田の父は検事であった。思想取締り関係の鬼検事として戦前戦中は大臣並みの権勢を振

るった。

東大法科を優秀な成績で出た浜田はすでに在学中から司法試験をパスし、父のあとを追って検察庁入りをした。

弱いものを激しく憎み軽蔑し、権力者の命令には番犬のように盲従する浜田は、検事になるために生まれてきたような人間であった。

敗戦によって父は追放された。若かった浜田はパージに引っかからずに済み、そのうえ、戦時中の一時期首相をつとめた政治家の娘と結婚できた。

敗戦後何年もたたぬうちにふたたび日本は右傾化していき、浜田の父は弁護士としてカム・バックした。浜田の妻の父の政治家もカム・バックし、大物代議士としていつも何かの大臣の席についた。

浜田の出世はトントン拍子であった。朝鮮戦争が終わってからは、これまでの刑事担当から公安関係を担当して、サディズムを満足させながら検事長にまでのしあがった。

浜田が民事担当になったのは、弁護士の父が耄碌(もうろく)しはじめた七年前からであった。浜田は民事の裁判を扱っている間に、大会社のあいだに名を売った。

五年前に父が死に、浜田は退職して父の法律事務所を受けついだ。退職時の浜田の肩書きは検事総長につぐ次長検事であった。

したがって、浜田が弁護士に転身すると、十指にあまる超一流の会社から顧問弁護士になってくれという依頼が殺到したのは無理なかった。

その顧問料や父の代からの会社の顧問料だけで浜田には黙っていても月に七百万がはいってくる。事件報酬を入れると月に軽く一千万を越えた。税務署への申告は、弁護士という職業上、実際の収入の何十分の一でこと足りた。

駒沢通りをオリンピック公園の手前で左に折れた浜田は、やがて深夜の田園調布の住宅街にはいった。

そして、自宅に近い十字路の一時停止の標識のところで停止し、左右に視線を配る。

そのとき、後ろのトランク室の蓋が開きバック・ミラーの視界をふさいだ。浜田は軽く舌打ちして車から降り、車のうしろに回った。

そこに羽山が立っていた。

車のトランクのなかに隠れていたのだ。バック・スキンのジャンバーにジーパンという身軽な格好であった。

浜田は驚きの声をあげようとした。そのとたん、羽山の右手が鋭く動き、浜田は首の付け根にブラック・ジャックの一撃をくらって意識を失った。

羽山は昏倒した浜田の体を軽々と持ちあげて、タウナスのトランク室に放りこんだ。

用意してあったロープで手足を縛り、口には革製の猿ぐつわをかませた。

トランクの蓋を閉じ、運転席にはいる。羽山がハンドルを握ると、タウナスは生まれ変わったように敏捷な動きで丸子橋のほうに向かった。
丸子橋の手前で右に折れて多摩川堤を走り、二子橋から新装なった厚木街道をくだってい
く。
ヘッド・ライトの光芒に浮きあがるアスファルトの流れを見つめる羽山の顔は木彫りの面
のように無表情であった。
二十分後、羽山は有馬から左に折れた丘陵地帯にある掘建て小屋のようなもののなかにタ
ウナスを突っこませた。
小屋のなかはガレージのようになっていた。羽山のブルーバードSSSも駐まっている。
ホンダ小型発電機が置かれているのも見える。車のライトをつけたまま羽山は小屋のドアを
閉じた。
厚木街道の右側は東急の田園都市線とニュー・タウンなどで開発が進んでいるが、左側は
まだ遅れている。この小屋も一番近い農家と一キロは離れていた。この小屋の敷地はまわり
五百坪（一六五〇平方メーター）ほどとともに坪二千円で羽山が四か月ほど前に買ったのだ。
そこに羽山は外に物音が漏れないための地下室を作った。
車を降りた羽山は発電機のスターター・ボタンを押した。エンジンが掛かり、小屋の電灯
がつく。
車のライトを消した羽山は、トランク室を開いた。浜田は意識を取り戻していた。恐怖に

瞳を見開き、猿ぐつわは唾で濡れている。

羽山はその浜田の瞳を覗きこんでにやりと笑った。

浜田は痙攣するように身震いする。失禁の小水がズボンを黒く濡らしていた。

羽山は浜田の襟首を摑んでコンクリートの床に引きずり降ろした。車の前の床にある鉄製の蓋を持ちあげる。

四角なマンホールのようなものの下に地下室が見えた。発電機から電流がつながった電灯がついている。

羽山は壁に立てかけてあった梯子を地下室に垂らした。

浜田のベルトを右手で摑んでぶらさげ、地下室に降りていった。降りたところは四畳半ぐらいの小部屋だ。ダブル・ベッドが置かれてあった。

羽山はその小部屋の奥のドアを開いた。十畳ほどの広さの部屋があり、その突き当たりには鉄製の椅子があった。

その鉄椅子の背もたれと脚には錠のついた鎖がついている。尻が当たる位置には穴があけられ、椅子の下には便器があった。

部屋の中央の天井には滑車が据えつけられ、ロープが垂れていた。部屋の隅にはガラスの破片を植えた鞭やバーナーなどが転がっている。

羽山はナイフを抜き、浜田を縛ったロープを切断した。猿ぐつわも切る。

体の自由がきくようになっても浜田は動けなかった。恐怖で体が痺れたらしい。

ふたたび羽山がナイフを一閃させると浜田は悲鳴を絞りだした。その体から着けているものが落ちる。ナイフの刃はワイシャツから、ズボンにかけて引き裂いたのだ。

素っ裸になった浜田の体は、醜悪であった。肋骨が浮きでているくせに腹だけはせり出している。

羽山はその体を鉄の椅子にすわらせ、両手首と両足首を鎖で縛った。

「き、君！　私をこんな目に会わせて罰が怖くないのか？　日本は法治国だ。私は君を死刑にだってさせることができるんだ」

浜田は震えながらもわめいた。

「うるさい。ここはジャングルだ。そして俺がジャングルの死刑執行人だ。きさまが虐(しいた)げられた人たちを恐れさすための切札に使ってきた国家権力は、ここでは通用しない。ついでに言っておくが、どんなに大きな悲鳴をあげてもいいぜ。この地下室の音は外には漏れないし、たとえ漏れたところで、一キロ四方には人家はないんだ」

羽山は笑いながら言った。

「助けてくれ！　私が君にどんな悪いことをした？　君が逮捕されないようにしてやったのはこの私だ。私は君に感謝されたい……」

浜田はわめいた。

「あんたは俺の弱味を握っている。だから殺すのだ。それに俺は、国家権力の番犬だったきさまを見るたびにむしずが走る」

羽山は無表情に言った。

「殺す？　やめろ。やめてくれ！」

「殺す、と言った以上は殺す」

「やめてくれ！　そんなことをしたら、君は必ず捕まる。死刑だ」

浜田は心臓が喉からせり出してきそうな表情で叫んだ。

「どうして俺が捕まるんだ？　あんたの二号の亜也子と一緒に死なせてやる。心中に見せかけてな」

羽山は冷たく言った。

3

「やめてくれ！　そんなことをしたら、君は捕まるだけだ。私は君がやってきたことの真相を書いた書類を残してある。私が死んだら、その書類は検察庁に渡ることになっている」

浜田はわめいた。

羽山は笑った。すごみのある笑いであった。

「うまく罠にかかったな。やっぱりそうだったのか。俺が知りたかったことはそのことだったんだ。その書類はどこに置いてある」

「……………」

「言うんだ！」

羽山は鞭を取りあげた。

「言えない！　しゃべったら、君は私を殺す」

浜田は発狂した者のような表情で叫んだ。

「じゃあ、しゃべりたい気分にさせてやる」

羽山は鞭で浜田の体を一撃した。

鞭に植えたガラスの破片で浜田の左腕の皮膚はギザギザに切れた。皮膚だけでなく、肉も切れた。

しかし、浜田は悲鳴をあげなかった。凶暴な怒りに駆られた羽山はふたたび鞭を振りあげたが、そのときになって、浜田が失神していることに気づく。

羽山は苦笑いして鞭をおろした。しばらく浜田を見つめていたが、鞭を捨て、梯子を伝って上にあがった。

ＳＳＳのマークをはずし、マフラー・カット・アウトの装置をつけて排気音を調節できるようにしたブルーバードに乗りこんだ。二つのＳＵキャブのかわりにダブル・チョーク・ソレックスのキャブが二つ付けられているからエンジンの掛かりはよかった。

そのブルーバードを運転して、羽山は東京に向かった。多摩川の手前にあるドライブ・インの駐車場に車を突っこませる。

羽山が煙草を三本ほど灰にしたとき、タクシーが駐車場にはいってきた。タクシーから、パール色のレイン・コートの襟を立て、頭をネッカチーフで覆った若い女が降りた。コートの裾からはみだした脚はみごとであった。

女はドライブ・インのなかにはいり、タクシーは去った。女は五分もたたないうちに、まつわりつくモヤシのような若い男を追い払いながら、スポーツ・カーやGTカーが並ぶ駐車場に出てきた。

羽山はブルーバードSSSのライトを点滅させた。女は羽山の車に近づく。スペインの血が混じったような、彫りの深い美貌だ。

三沢(みさわ)亜也子であった。羽山は助手席のドアを開く。亜也子は助手席に倒れるようにすわると、羽山の肩に頰を押しつけた。

「怖いわ、わたし……」

「賽(さい)は投げられたんだ。もう、引っこみはつかない」

羽山は言った。

「………」

「弱気を出すんなら、はじめから俺に惚れなかったらよかったんだ」

「わかったわ。二人でなら地獄に落ちても後悔しない」

亜也子は囁いた。

「馬鹿な。地獄になど行くわけはない。今度の仕事が終わったら、俺たちは二人っきりでこの世の楽しみを味わいつくせる」

ギアをバックに入れながら羽山は強い口調で言った。

有馬の奥の小屋に戻る車内で、羽山は横にすわる亜也子との出会いを思い出していた。亜也子は気持ちを静めようとするのか、たて続けに煙草をふかしていた。


羽山が亜也子のことを知ったのは、浜田を慎重に尾行したことによってであった。

亜也子は浜田が来ない日はボウリングや乗馬、六本木や原宿での夜遊び、それに日産フェアレディーを駆ってのドライブやレース見物などで暇を潰していた。

その亜也子が熱をあげているのが、美男のレーシング・ドライバーとして有名な伊島明(いじまあきら)であった。

伊島がシーズン最後のビッグ・エベントである全日本ドライバース選手権最終戦に三位に終わった十一月のある日の夜、伊島は箱根の別荘で、はじめて亜也子を抱いた。二十一歳の伊島は、ある有名な洋画家の御曹子(おんぞうし)であった。

レースの興奮の余燼(よじん)のくすぶりもあってか、伊島はあっけなく終わった。不満の表情を見せた亜也子に伊島がふたたび挑もうとしたとき、羽山が踏みこんだのだ。そしてカメラのフラッシュを閃かす。

「私は浜田先生に頼まれて、あなたの素行を調査している者です」

羽山は亜也子に向かって言った。むろん、嘘だ。

亜也子は半身を起こした。

「帰って！　出ていってよ、失礼な。浜田の持ち物じゃないわ」

「なるほど。しかし、浜田先生は、いま撮影した写真に必ず興味を持たれるでしょうな」

「勝手にして！」

「わかりました。じゃあ、写真を焼増しして三流雑誌社や赤新聞社に配りましょうか。伊島君のロマンスにも商品価値があるでしょう」

羽山はにやりと笑って煙草に火をつける。

「待ってくれ！　それだけはやめてくれ」

伊島は泡をくらって立ち上がった。

「ほう、この女のかたは、あなたのフィアンセじゃないんですか？」

「冗談はよしてくれ。僕は被害者だ」

伊島はわめいた。

「じゃあ、ちっとも好きではないっていうわけで？」

「当たり前だ。あんまりしつっこく僕を追っかけるんで、付き合ってやっただけなんだ。この女とはきっぱり手を切る。見のがしてくれ」

伊島はベッドから滑りおり、絨毯の上にひざまずいて手を合わせた。

「見そこなったわ――」

亜也子は伊島に怒りと軽蔑の瞳を向けた。

「こんな男とは知らなかった。なにがレーサー界のプリンスよ。なにが御曹子よ。あんたなんか男のうちにはいらないわ。にわとり野郎！」

と、伊島に唾を吐く。

「亜也子さん、ところで今夜のことが浜田先生に知られたら、いったいどういうことになると思います？」

羽山は言った。

「あの蛇みたいな男と別れるだけの話だわ。脅しになんか乗らないわ」

亜也子は叫んだ。

「どうやら、あなたは先生のことをよくはご存知ないようだ。もっとも、先生が蛇のように執念深いことはわかっていらっしゃるようだが……」

「わたしを殺すとでも言うの？」

「ご自分では手をくださないでしょうな」

「……」

「しかも先生は、どんなことでもやってのける男をいろいろとご存知だ。たとえば私のように」

「あんたは殺し屋？」

亜也子は痴呆のように口を開いた。

伊島が小さな悲鳴を漏らしてドアのほうに走る。羽山は足払いをかけて伊島を床に転がし、

「いや、私は殺しは専門じゃない」

と呟いた。

「お金を出すわ！　浜田にはしゃべらないで」

亜也子はベッドから滑りおり、羽山の脚に取りすがった。熟しきったみごとな体だ。

「あんたの持っている金なんか欲しくない」

「じゃあ、何が……？」

「君の体だ。つまり俺も一種の共犯者になるんだ。君と俺が寝たことを先生に知られたら、俺も先生に狙われる。だから俺がしゃべるわけはなくなる。君も安心だろう」

「わかったわ。あんたの言うとおりだわ」

亜也子は羽山のズボンを脱がしにかかった。

暖かく湿った亜也子の唇で羽山のものは脈打ってきた。亜也子は安堵のあまり啜り泣きながら、さらに羽山の腰に顔を深く埋める。

気絶していた伊島が酔っぱらったように体を泳がせて立ちあがろうとした。

「動くな。きさまは見物してるんだ。大人の遊びはどんなものか見せてやる」

羽山は鋭く伊島に命じ、亜也子をベッドに抱えあげた。

一時間もすると、亜也子は狂い死にしそうになっていた。

「いつまで続くの？　……いや、やめないで……あたし、もう何十回も死んだわ。でも、何百回でも……」

と、痙攣しながら呻く。伊島は催眠術にかかったようにその二人を見つめながら自分のものを汚していた……。

ともかく亜也子は羽山に夢中になった。浜田がいかに自分だけで雄々しいと思っているかしらないが、羽山の逞しさとテクニックからくらべれば比較にもならないのだ。

4

ブルーバードＳＳＳは山小屋のなかにはいった。エンジンを切った羽山は、

「じゃあ、打ち合わせたとおりに、うまくやるんだぜ」

と、亜也子に囁く。

「抱いて。そして、わたしを力づけて」

亜也子は羽山にしがみついた。羽山の手をとって誘導する。どうしようもないほど濡れきっていた。

「あとでだ。我慢するんだ。楽しみはあとにとっておこう」

羽山は車から降りた。

少し間を置いて亜也子も車から降りた。自分のラヴ・ジュースでレイン・コートにまでしみができている。

「しばらくの辛抱だぜ」

羽山はロープで亜也子の手足を縛った。亜也子は瞼を閉じて動かない。

その亜也子を背負って梯子を降りた。

浜田は意識を回復していた。

「亜也子！」

乾きに腫れあがったその唇から悲痛な声がほとばしった。

「きさまが強情だからだ。女まで痛い目にあわさなければならん」

羽山は冷たく言い、天井の滑車から垂れたロープに亜也子の両手首を結びつけた。ロープの他端を引っぱる。

亜也子は宙吊りになった。羽山はロープが動かないようにし、ふたたびナイフを抜いた。亜也子の足首のロープを断ち、次いで亜也子のコートと服を脱がしてから下着を切り裂く。濡れた下着は床に落ちたが、浜田はそれが失禁のせいだと思ったにちがいなかった。生まれたままの姿になった亜也子は、いま気絶から目覚めたというふうに瞳を開き、両足で宙を蹴りながら悲鳴をあげる。

「女をこんな目にあわせて平気なのか？　さあ、書類はどこだ？　しゃべるんだ」

羽山は低く圧し殺したような声で言った。

浜田は堅く目をつぶり、羽山の言葉が耳にはいらないような振りをした。羽山は部屋の隅のバーナーを手にとり、ノズルに点火した。無気味な音をたてて舌なめずりする炎を、調節リングを回してさらに大きくのばした。

「目を開けるんだ、浜田。いや、失礼、浜田先生」

羽山はふてぶてしく笑った。

浜田は瞼を開かなかった。

羽山はバーナーの炎を浜田の下腹に近づけた。毛と肉の焦げる火葬場のような悪臭が漂い、浜田は絶叫をあげて瞼を開いた。苦悶にもがく。鎖で椅子に縛りつけられてなかったら、天井まで跳びあがっていたかもしれない。

しばらく待ってから、羽山は亜也子の下腹にバーナーの炎をむけた。

「待って！」

亜也子は真に迫った悲鳴をあげた。

「わたしたちを、しばらくのあいだ二人きりにさせて。なんのことかわからないけど相談してみるわ」

「逃げようとしてもむだだぜ」

羽山はせせら笑ってみせた。

「これでは逃げられるわけがないわ」

「よし、わかった」

「手が肩から抜けそうだわ。お願い、ここから降ろして」

亜也子は哀願した。じっさい、吊鐘（つりがね）のような胸の谷間には脂汗が流れている。

「よかろう。だけど、暴れるんじゃないぜ」

羽山は亜也子を縛っているロープを緩めて亜也子の足がコンクリートの床にとどくようにしてやった。

「じゃあ、三十分待ってやる。そのあいだに話を済ますんだ」

羽山は言い捨て、梯子を伝って地上にあがった。発電機の排気ガスを追いだすために小窓を開き、煙草を深く吸いこむ。

きっかり三十分間待ってから羽山はふたたび地下室に降りた。

「どうだ、話は決まったか？」

「その前に訊いておく。書類さえ手に入れたら、君は私たち二人を殺す気だろう？」

浜田は震え声で尋ねた。

「いや、殺しはしない」

「なぜだ？　信用できない」

「あんたの質問に答える義務はないが、おもしろいだろうから教えてやる。俺は国外に逃げる。あんたの知らないうちに、善福寺の家も金に替えた。証券も売った。みんなドルに替えてある。他人の名のパスポートも手に入れた」

羽山はハッタリをかませた。

「国外に逃げる人間がどうして私の書いたものを気にする？」

「さっぱりした気分で逃げたいからだ。それに、俺の狙いは書類だけではない。あんたが稼いだ金も頂戴したいんだ。何億ぐらい貯めた？」

「畜生……」

「下品な言葉はよせよ。俺を逮捕させるようなことを書いた書類はどこにあるんだ？　女の口から聞こう」

羽山は言った。

「もとの部下だった日下(くさか)検事、いまは東京地検の特捜部にいる日下三郎検事に預けてあるそうよ。自分が死んだら開封してくれと言って……」

亜也子は羽山のほうに顔を回して言った。しかし、言いながら、顔の表情で、実際は違うということを羽山に教える。

「じゃあ、あんたが貯めこんだ現ナマは？」

羽山は浜田に向き直った。ふたたびバーナーに点火すると、今度は浜田の腹部に炎を浴びせた。

「しゃべる！　やめてくれ。現金四億は、軽井沢別荘の台所の床下に埋めたアルミ箱のなかだ」

浜田はわめいた。

「銀行に預けたのじゃないのか？」

「銀行は信用できん。国税庁に弱いからだ」

浜田は言った。本当かもしれない。

「よし、それではこの女といっしょに取って来る」

羽山は亜也子を縛ったロープを全部切断し、

「さあ、服をつけるんだ。下着をつけないほうがスマートだぜ」

と、肩を叩いた。

亜也子は、素っ裸の上にドレスをまとい、レイン・コートを着けた。

「あんたは、話が本当かどうか確かめて帰るまでここで辛抱していてもらう」

羽山は浜田に言い、

「さあ、歩くんだ」

と、わざと邪険に亜也子を突きとばした。

上にあがると羽山は発電機をとめた。亜也子はもう助手席にすわりこんでいる。羽山が運転席におさまるとシートの背を倒し、

「約束よ。早く愛して」

と、鼻を鳴らす。

「わかってる。だが、その前に答えてくれ。浜田の言ったことは本当じゃないんだろうな？」

「お金のことは知らないわ。あんたに不利な書類の預け場所は嘘。罠よ。日下検事のところにあなたが出かけて行ったりしたら、すぐに検事は一一〇番を呼んで、あなたは捕まるわ」

「…………」

「書類は、浜田の自宅の書斎にあるわ。たしか机の下の畳の下だと言っていたわ」

「ありがとう。君がいなかったら、俺は危ないところだった」

「じゃあ、ご褒美（ほうび）……」

「好きなんだな、君は」

羽山は自分のバケット・シートの背を倒した。

それから約半時間、二人はダッシュ・ボードやチェンジ・レバーに身体をぶつけながら狭い車内で互いを貪りあった。亜也子の声が万が一、浜田に届いたりしないように、しばしば羽山は亜也子の口を掌で押える。

ブルーバードSSSが田園調布の浜田の自宅に着いたときは午前三時近かった。途中、羽山は世田谷下馬にまだ借りているアジトに亜也子を降ろし、冷蔵庫から取り出したソーセージと青酸カリの小瓶をポケットに移してきている。

亜也子には、自分は実は、浜田の奸計によって経営していた小さな会社を乗っ取られ、その上に背任罪という身に覚えのない罪状で二年間刑務所にブチこまれ、浜田への復讐を誓った男、ということに羽山はなっている。

そして、浜田に握られている書類というのは、自分が一年ほど前浜田に暴力で復讐を果たそうとして失敗したときのことの顚末が書かれてあるものだ、と説明してある。浜田の金を奪い、二人で国外に逃げようという羽山の提案に亜也子は疑いを持っていないようであった。

浜田の自宅の塀に寄せて羽山が車を停めると二頭の犬が塀の内側で走り寄って吠え狂う。

羽山はソーセージにナイフで刻み目をつけ、そのなかに青酸カリの粉末をつめこんで、それを塀の内側に投げこんだ。少しのあいだだけ犬たちは警戒の唸りをあげたが、すぐガツガツとソーセージを呑みこむ音がする。

犬たちが低い異様な声を喉から漏らして倒れる物音がしたのはその直後であった。羽山は薄い手袋をつけると車の屋根に身を移した。羽山は物音もたてずに庭のなかに跳びおりた。

二十分後、羽山はブルーバードのなかに戻っていた。ポケットには薄い書類綴りがはいっている。羽山はルーム・ライトをつけて書類をめくってみる。

浜田は、高子も信代も洋子も、みんな羽山が殺したものと邪推していた。こんな書類が検察側の手にはいったら、羽山はひどい目にあう。

羽山はその書類を空地の一隅のごみ捨て場で入念に灰にした。安堵のあまり、額から垂れる汗で目が開けていられないほどであった。

第10章　偽　装

1

しばらくして、羽山はハンカチで顔の汗を拭った。

よろめくように、駐めてあるブルーバードSSSのほうに戻っていく。

しかし、車に戻ったときは、羽山はもう平静になっていた。まだ、まだ、仕事は終わってないのだ。

こんなとき、パトカーに交通違反で挙げられたりしたら、万が一のときのアリバイがたたないから、羽山はゆっくり車を走らせる。

田園調布から世田谷下馬のアジトに戻ったときには三十分ほどたっていた。

庭のなかに車を突っこませた羽山は、玄関のドアを自分の鍵で開けた。

亜也子は、ドレスの上に羽山の丹前(たんぜん)を羽織り、茶の間の食卓で、冷蔵庫から出したウイスキーを飲んでいた。

「寂しかったわ……怖かった……」

亜也子は水割りにしたウイスキーを喉に放りこんだ。かなり酔っている。

「……」

羽山は不機嫌な表情で立っていた。

「どうしたの、怖い顔して……」

「君と俺との関係が、浜田にわかってしまうじゃないか?」

「ご免なさい……一人で待っているのに耐えられなくて……」

「まあ、いい。すぐに醒めるだろう」

「機嫌を直してくれたのね……」

「じゃあ、軽井沢に向かおうか?」

羽山は言った。

「わかったわ」

亜也子はよろよろと立ち上がり、羽山に抱きついた。

羽山は強く亜也子を抱きしめ、アルコール臭い唇を避けて、首筋に唇を這わせる。

頭をのけぞらせ瞼を閉じた亜也子は呻くように言った。

「もう離れないでね……一生、一緒にいて……」

「ああ。死ぬときまで君を放さないよ」

羽山は呟いた。瞳は暗い。

「死が二人を分かつまで……結婚式のときの誓いの言葉だわ。結婚してくださるの？」

「ああ、ほとぼりが冷めたらな」

「幸福(しあわせ)だわ」

亜也子の頰に涙が流れた。

「さあ、時間がない。先に車にはいっていてくれ。鍵は掛けてないから」

羽山は抱擁を解いた。

亜也子は丹前の袖で涙を拭った。薄化粧しかしてなかったので、目のまわりが狸のように黒くなることはない。

丹前を脱いだ亜也子が庭に出ると、羽山は冷蔵庫からジュースの缶を五つほどと、ボウルを用意した。

亜也子は酔い醒めの水を欲しがるであろうし、ドライブ・インかガソリン・スタンドのトイレに寄りたがるであろう。しかし、二人が一緒のところを誰にも見られたくない理由が羽山にはあった。

それらを持ち、さらに戸棚にはいっていた大きな麻袋をバック・スキンのジャンパーの下で体に巻きつける。

室内の電灯を消して、庭に出る。亜也子は、羽山がシートに置いた煙草を吸っていた。闇のなかに、火口がオレンジ色に光る。

羽山は裏口に立てかけてあったスコップを車のトランクに積んだ。ボウルとジュースを後ろのシートの床に置く。

羽山が運転席に乗りこむと、亜也子は軽く身震いした。

羽山は無言のままエンジンを掛けて、バックで庭から車を出した。環七通りに向けて静かに走らせる。

もう午前四時を回っていた。

いちばん、道が空いている時間だ。たまに通るタクシーは、みんな八十キロ以上出している。羽山も、車の流れに逆らわないように八十までスピードを出した。

あんまりゆっくり制限速度を守っていると、かえって無免許運転か酒気帯び運転と勘ぐられる。板橋大和町(いたばしやまとちょう)で立体交差する中仙道(なかせんどう)までは、たちまちのうちであった。中仙道も空いている。

戸田橋(とだばし)を渡らないうちに、亜也子は喉の渇きを訴えた。羽山は車を走らせ続けながら、後ろに手をのばして、ジュースの缶を取りあげた。

だいぶ我慢していたのか、亜也子は喉を鳴らして、続けざまに二本飲んだ。そして、羽山が案じていたとおり、

「お願い、どこかでちょっと停めて……おトイレ……我慢できないの……」

と言う。

顔が引きつっていた。

「時間がないんだ。それに、都内をはずれたら、夜通しやっているドライブ・インがあるかしれないが……後ろの床にボウルがある。そいつを使えばいい」

羽山は言った。

「でも……」

「恥ずかしがっている場合じゃない。誰からも見えないよ。さあ、シートのバック・レストを倒して、後ろのシートに移るんだ」

「ひどい人ね……」

亜也子は言ったが、いかに銀座のクラブでナンバー・ワンを誇った女とは言え、生理的要求には勝てない。リクライニング式のバック・レストを後ろに倒して後ろのシートに移る。

すこしの間を置いて、後ろのシートの床に蹲った亜也子の足もと近くから、はげしい物音が起こった。

膀胱が空になると、亜也子は急に酔いが回ったらしい。

後ろのシートで体をまげて横になっていたが、やがて寝息が聞こえてくる。

ブルーバードは戸田橋を越えた。蕨を過ぎ、街道のまわりに人家が途切れたところで羽山は一度車を停め、ボウルに半分ほどたまった小水を捨てた。

それからは、マフラーのカット・アウトをはずし、飛ばしに飛ばした。

ダブル・チョーク・ソレックスのキャブ二個で武装した一・六リッターのエンジンを咆哮させ、百二十から百五十を保って走らせる。沃素（イオデーン）入りの強烈なマルシャルのドライビング・ランプのスイッチを入れてあるから、視界に不安はない。

碓氷峠（うすいとうげ）には、めずらしく霧がかかっていなかった。

カーブで外側にながれる後輪を、逆ハンドルにした前輪とアクセルの微妙な操作で押え、羽山はジェット・コースターのように峠を登っていく。

タイヤを鳴かせながら激しくロールする車体が亜也子の目を覚まさせた。今にも谷底に突っこもうとするような車のなかで、起こした助手席のバック・レストにしがみつき、恐怖の瞳を見開いている。

峠を越えると、もう軽井沢はすぐ先だ。坦々（たんたん）とした道路がひろがっている。軽井沢の駅前の屋台のラーメン屋は、いまの時刻でもまだ開いていた。

羽山は強い食欲を感じたが、屋台の親父に顔を見られるのはまずかった。そのまま通りすぎる。

スピードは落としていた。

亜也子は助手席に移ってきた。

「長いこと眠ってた？」

と、甘えた声を出した。

「そんなでもないさ——」

羽山は亜也子に笑顔を向け、

「浜田の別荘は、星野温泉のほうだったな」

と言った。

「ええ。何回か連れてきてもらったわ」

亜也子は呟いた。

中軽井沢でブルーバードは右折した。すぐに商店街を抜ける。新緑が濃い高原の空気は甘かった。

ロマンチックなドライブ・ウェイだ。亜也子は羽山の左肩に頬を寄せる。

右手に星野温泉のホテル、左手に大きなガソリン・スタンドが見えた。

スタンドの少し先を左に登るとプリンス・ホテルだ。

「もう少し先に行って」

亜也子が囁くように言った。

「わかった」

羽山はアクセルを踏んだ。

道のまわりに白樺（しらかば）が目立ちはじめた。五百メーターほど登ったところで亜也子は、

「あの煙草屋の角を右に曲がって」

と、指さした。

羽山は、言われたとおりにした。

林のなかの砂利道にはいる。少し行くと林が切れ、早い流れの小川を五百坪（一六五〇平方メーター）ほどの庭のなかに取り入れた煉瓦造りの平屋がライトのなかに見えた。

その建物と離れて、小さなプレハブ・ハウスがある。

「あれなの」

「よし、わかった」

羽山はライトを消し、エンジンを切って、ギアをニュートラルに入れた。瞳はすぐに未明の薄闇に慣れる。

車は浜田の別荘の門前百メーターのあたりで停まった。

「気をつけてね。さっき言ったかしらないけど、あの小屋に留守番の爺（じい）さんが住んでいるのよ」

亜也子は圧し殺した声で言った。

「年寄りは早起きだからな」

羽山は腕時計を覗いた。六時だ。

「あの爺さん、耳は遠いけど、体のほうはまだ元気なの。毎晩、焼酎三合の晩酌は欠かさないんですって」

「ともかく、やってみる。君はここから動くな」

羽山はグローブ・ボックスから薄い手袋を出して着けた。

同じところから出した懐中電灯をポケットに突っこむ。

車から降りかけ、

「そうだ……」

と呟くと、いきなり上体をかがめて、亜也子の脚を掴んだ。

「どうしたの？」

亜也子は一瞬、身を引いた。

「ストッキングを借りる。覆面用にな」

「びっくりしたわ」

亜也子は整った脚を見せびらかすようにして、ナイロン・ストッキングを脱いだ。

ストッキングはもうとっくに乾いていたが、亜也子の女の匂いは残っていた。

それを頭からかぶった羽山は、車のうしろに回ってトランク室を開く。

スコップを取り出し、白樺の丸太でつくった柵に沿って、建物の横、プレハブ小屋の反対側に回っていく。

夜霧を受けた雑草が羽山のズボンの裾を濡らした。

羽山は、幅二メーターほどの小川を軽々と跳び越える。

鶏のように餌を漁っていた雉の番いが、激しい羽音をたてて跳びあがった。このあたりは、長年のあいだ禁猟区――現在でも鳥獣保護区と言うが――になっているのだ。

2

羽山は柵を乗り越えた。東の空は明るさを増している。

庭のなかにも木は多かった。小川の水を引いて作った庭では鯉が跳ねていた。羽山は木陰から木陰をえらんで身を隠しながら、母屋に近づいていく。

裏の台所のドアに忍び寄ると、ズボンの裾の折返しから二本の針金を取り出した。手さぐりで鍵孔(かぎあな)に針金を差しこむと、指先に神経を集中させて、タンブラー・ピンをさぐる。

三十秒もかからないうちにロックは解けた。台所のなかに身を滑りこませた羽山は、ドアを静かに閉じ、ロックのボタンを押した。

台所にカーテンはついてないが、油煙で煤けたブラインドが降りていた。長く使ってないらしく台所はかび臭い。

羽山は懐中電灯をつけた。スコップを壁に立てかけ、床を点検して回る。床はぶなの板張りであった。

その板のなかで、中央の一枚に節孔があいていた。

そして、節孔のまわりに手の脂らしいものがしみている。

ストッキングの覆面の下で、羽山はにやりと笑った。節孔に人差し指を突っこみ、持ちあげようとした。

板は動かなかった。

羽山は舌打ちし、今度は持ちあげ気味にして横にずらせてみた。

板は動いた。左側の壁の下に滑りこんでいく。懐中電灯で床の下を照らすと、奥のほうで土の色が変わっているところがあった。隣りの板の下に手を差し入れ、持ちあげるようにしながら、その板も左側にずらす。

何故か板をずらすと、下の地面に降りてスコップを振るえるだけの隙間ができた。羽山が壁に立てかけたスコップを手にしたとき、裏口のドアに足音が近づいてきた。

羽山の鋭い耳はそれを捕えた。懐中電灯を消すと息をひそめる。右手のスコップの柄を握りしめた。

足音は裏口のところでとまった。

「誰だ?」

という、嗄(しゃが)れ声が飛んできた。老いてはいるが、気迫のある声だ。留守番の爺(じじ)いらしい。

むろん、羽山は返事をしない。爺いは、

「出てこい！」

と、言いながら、ドアのノブを回す。

しかし、ドアは羽山が内側からロックしてあった。

鍵がかかっていることを知った爺いは、

「なんだ、気のせいだったのかな……」

と呟きながら、遠ざかっていく。

羽山は、ゆっくり筋肉をゆるめた。少し待ってからふたたび懐中電灯のスイッチを入れ、床の下の地面に降りた。

懐中電灯を口にくわえ、スコップで色が変わっている地面を掘る。すぐに、スコップの刃は堅いものに突き当たった。

羽山はそっと土を掻きわける。白っぽいアルミが光った。やがてそれは、縦横五十センチに一メーターほどのアルミ製の箱の蓋とわかった。

蓋を開こうとしたとき、ふたたび老人の足音が近づいてきた。

羽山は蹲り、頭の上に板をかぶせてもとどおりにしようとしたが、夜露に濡れた足跡が床に残っているのを思いだして考えを変えた。

素早くドアの横の壁に身を寄せる。爺いは、今度は鍵を持っていた。ロックが解かれドアが開く。

外はもうかなりの明るさであった。鉄の石突をつけた太いステッキを手にした六十二、三の骨太な老人が、不用意に台所に足を踏み入れる。

次の瞬間、羽山はスコップの刃を思いきり老人の頭に振りおろした。強烈な一撃であった。スコップの刃は、蕃刀のように老人の頭を叩き割り、前頭部まで頭蓋骨が切れた。羽山は、血しぶきを避けて、後ろに跳びじさる。

老人は声をあげることもできなかった。脳も断ち切られたのだ。

うつぶせに倒れる。頭蓋の切断面から脳がはみだしている。血は滝のように流れた。

羽山は断末魔の痙攣を続けている老人に目もくれず、ふたたび床の下の地面に跳び降りた。

アルミの箱とその蓋は、簡単なダイアル式の合わせ錠でとめてあった。

羽山は、スコップの刃先を錠のU字型の棒に差しこみ、全身の力をこめてねじった。スコップの刃先もひん曲がったが、錠もねじ切れた。

蓋を開いてみると、一万円札の束がアルミの箱のなかに詰まっていた。札束の一つを取りあげ、羽山はざっと数えてみる。一束が千枚ずつであった。

羽山は札束を、腹に巻いていた大きな麻の袋に移していく。札束は四十個あった。浜田が言っていたとおりに四億円だ。

羽山は、老人が絶命していることを、脈をとってみて確かめた。床の下にその死体を放りこみ、上に板をもとどおりにして隠す。

重くふくれた麻の袋とスコップを取りあげて歩きだそうとしたが、床に自分の足跡がいくつも残っているのを見て立ちどまる。

流しの水道の栓を手袋をつけた手でひねってみる。うまい具合に水が出た。羽山は、バケツに水を受け、床の下の泥でついた足跡を洗いはじめる。

十分後、やっと作業は終わった。羽山は、両手に麻袋とスコップをさげて裏庭に出る。裏口のドアは、ノブのエール錠のポッチを内側から押してロックしておいた。

夜はすっかり明けきっていた。朝霧が流れ、小鳥がさえずっている。亜也子はブルーバードのなかで、脂汗を流して待っている。

トランクにスコップと麻袋を仕舞った羽山が運転席に戻ると、亜也子は大きな溜息をついた。

「うまくいったのね？」

「まあ、まあ、というところだ」

羽山はエンジンを掛けた。

「爺やが小屋から出るところをチラッと見たんで、あわててわたし、体を隠したんだけど、爺やに見つからなかった？」

「大丈夫さ」

羽山は言った。亜也子に何もかもしゃべる必要はない。

ギアをバックに入れ、国道に向けて後退していく。

国道に出た羽山は、軽井沢のほうに戻らずに、浅間高原に向かった。

峰の茶屋までは、カーブの連続だ。朝日のなかに、黒煙を吐く浅間の山が見えた。亜也子は放心したように、青いすすきがなびく高原の風景を眺めている。

峰の茶屋の少し先で、道は鬼押出のほうに向かうきれいな有料道路と、北軽井沢に向かう旧道に分かれる。羽山は、旧道のほうに右にハンドルを切った。

溶岩が剝きだしになった悪路だ。長野と群馬との県境に近づいたとき、亜也子はふたたび尿意を訴えた。

羽山は右にハンドルを切り、浅間モーターサイクル・レース場跡に続く赤土の道に車を突っこませた。いまはお粗末なテスト・コースだけの役しか果たしていないが、かつては日本のモーター・スポーツの夜明けの舞台を提供したこともあるのだ。

草むらのなかで二人は体を軽くした。車に戻ると亜也子は、

「お腹すいたわ」

と、頼りない声を出した。

「もう少しの辛抱だ。草津あたりで朝食にしよう。浅間牧場でもいいが――」

羽山は優しく言い、亜也子を見つめて、

「まだ、俺が好きかい？」

と尋ねる。

「なに言うの？　あなた以外は男でないわ」

亜也子は叫んだ。

「じゃあ、約束どおり、俺と一緒に北海道に逃げてくれるんだな？」

「もちろんよ」

「じゃあ、郷里(くに)のお母さんに手紙を書いておいたほうがいい。お母さんを騙して気の毒だが、君がどこかで死んでしまったと警察が思いこんだら、しつこく追いかけてこないはずだ」

羽山はダッシュ・ボードのグローブ・ボックスから、手袋をつけたままの手ではがきと万年筆を取り出した。それを亜也子に渡す。

「わたし、ものを書くのが苦手なのよ。何か文面を考えてくれない？」

亜也子は言った。

「じゃあ、こんな調子でどうだろう？　〝苦労ばかり掛けてすまなかった。だけど、もう生きていくことに疲れた。最後まで苦労をかけて申しわけない〟……てな調子では？」

「なんだか、母さんが気の毒すぎるみたい」

「なあに、ほとぼりが冷めたころ、ひょっこり顔を見せてやれば大喜びするさ」

「それも、そうね……」

いる。


亜也子は、小学生のような字で遺書を書いた。亜也子の母は、浜松で保険の勧誘員をして
亜也子が書き終わると、羽山はそのはがきをグローブ・ボックスに仕舞った。

「四億あるんだ。二人して一生遊んで食っていけるよ」

と、笑いながら言う。言いながら、そっとあたりを見回す。丈高い草むらにさえぎられ、
国道は見えなかった。テスト・コースも今はめったに使われることはない。

「四億……怖い目をしただけあったわね」

「でも、まだ仕事は終わっていない」

「浜田のこと……お願い、殺すのはやめて！　このまま北海道に逃げましょうよ。手をくださなくとも、あのまま放っておけば、浜田は自然に死ぬわ」

亜也子は身を震わせた。

3

「それもそうだな」

羽山は呟いた。

「じゃあ、これから逃げてくれるのね！　着替えの服なんか途中で買えるわ」

亜也子は叫び、羽山の首に腕をまわした。

「ああ。死が二人を引き裂くまで、俺たちは一緒さ」

羽山は亜也子の髪に顔を埋めながら呟いた。

そして、

「君にいいものをプレゼントしよう」

と囁く。

「なあに?」

亜也子は濡れたような瞳をあげた。

「いいから……向こうを向いて、目をつぶっていてごらん」

羽山の笑顔は優しかった。

「楽しみだわ」

亜也子は車窓のほうを向き、両手で目を押えた。

羽山はズボンのベルトに差したワルサーＰＰＫの自動拳銃を抜きだした。

口径〇・三八〇だ。

「もうちょっと待ってるんだよ」

と囁き、亜也子の首筋の後ろに銃口を近づけながら、ダブル・アクションの引金を絞る。

丸い撃鉄の尻が起きあがり、さらに引金を絞ると、激しく倒れて撃針を打つ。

銃声は小さかった。せいぜい、普通のボリュームにしたテレビの銃声ぐらいしかない。羽山は薬室につめたその実包の火薬を減量してあったのだ。

しかし亜也子は、電流が体に走ったように上体を直立させた。頸椎の上に黒い火薬滓がまわりについた弾痕が見える。

一瞬後、亜也子はシートのバック・レストに上体を倒した。火薬を減量してあるとはいえ、頸椎のなかを走る中枢神経を破壊されて、即死しているはずだ。

羽山は弱装弾のため、薬室と遊底のあいだにはさまった空薬莢に目を落とした。遊底を手で引いて空薬莢を取りのぞき、ポケットに仕舞う。薬室に弾倉の新しい実包を入れて安全装置をかける。

ワルサー独特の安全装置によって、発射のガス圧で起きていた撃鉄は自動的に倒れ、安全位置にとまった。

羽山はそのワルサーをズボンのベルトに戻し、亜也子の体を自分のほうに向けて抱きしめた。首筋の射入口からはほとんど出血してない。

亜也子の死顔は微笑を浮かべていた。

羽山を信じきっていた笑顔だ。羽山に射たれたことも知らずに死んでいったのであろう。

そのことが、羽山にとって、ただ一つの救いであった。

安らかに眠ってくれ、亜也子……俺はお前を憎んで殺したのでない。あとに待っている大きな目的のためには、こうするほかなかったのだ……羽山は冷たくなっていく亜也子を抱きしめながら涙で頬を濡らした。

感傷が去ると、羽山は素早く動いた。

四億の麻袋を助手席の床に移し、トランク室のなかで亜也子の死体をキャンバスに包んだ。トランクの蓋を閉じ、Uターンして国道に出る。

次に羽山が車を停めたのは、吾妻で右折した榛名山の原生林のなかであった。車一台がやっと通れる山道だ。

キャンバスに包んだ亜也子の死体とスコップをかかえ、羽山は原生林のなかに分け入っていく。

砂地のなかに巨岩が転がっているところがあった。

羽山はキャンバスをひろげ、すでに硬直した死体を横に移す。ナイフで頭骨にくいこんでいる弾頭を抉りだして遠くに投げ捨てる。

岩の下の砂を掘ってキャンバスの上に移す。死体を隠せるだけの穴が掘れると、蝦のように体を曲げた亜也子を埋め、キャンバスの上に移してあった砂で穴をふさいだ。砂が散らなかったので、穴のあとのまわりはあまり不自然ではない。

羽山は合掌して車に戻った。脇道に尻を突っこんでUターンできる場所までバックで退り続けたので、首が痛くなってくる。

沢田を素通りし、前橋のいちばん混んでいるガス・スタンドでガソリンを補充した。駅の立食いのソバで胃を静める。

昼間なので、夜のようには飛ばせなかった。羽山が厚木街道を奥にはいった丘陵地帯にある秘密の小屋に戻ってきたのは、十二時近かった。

小屋のなかの浜田のタウナス二〇Mは、誰にもいじられた形跡はなかった。羽山はその横にブルーバードを置き、小屋の扉を閉じる。その横のホンダのガソリン・エンジン式小型発電機のスイッチを入れ、麻袋を肩にした羽山は地下室に降りた。

拷問室は、脱糞の臭気に満ちていた。床に固定された鉄の椅子に鎖で縛られた浜田は、頭を深く垂れている。

羽山は、浜田が死んだのではないかと思った。

しかし、呼吸のたびに胸と腹が動いている。羽山は隣りの小部屋に麻袋を置くと、バケツに水を満たし、裸の浜田にブッかけた。

浜田は顔をあげた。渇きで唇は腫れあがっている。そして、熱に浮かされたような顔だ。一瞬、信じられない、という表情になったが、紫色にかわった唇で、頬についた水を舐めながら、

「水……水をくれ！　死にそうだ……」

と喘ぐ。

「気の毒にな。あんたは、肺炎にかかったらしい」

羽山は呟いた。バケツに残っている水をゆっくり浜田の顔にかけてやる。顔をあおむけた浜田は、舌を突きだして貪り飲んだ。

体から湯気がたっているのは発熱している証拠だ。

「帰らせてくれ！　こんな目にあったことは誰にもしゃべらない」

と呻いた。

「俺が無事に戻ってきたのでがっかりしただろう？　日下検事のところでなぜ逮捕されなかったのかと考えているんだな？」

羽山は笑った。

「なんのことだかわからん……亜也子は、亜也子はどうした？」

「あんたが書き遺したものは、あんたの書斎の畳の下にあった。おもしろく拝見したぜ」

「………」

浜田は熱と苦痛で焦点の合わぬ瞳を開いていたが、

「畜生、亜也子はきさまとグルだな？」

と、わめく。

「今ごろ気がついたのか？」

「畜生、殺せ！」

浜田は発狂したような表情になった。

「殺してやるさ。夜になったらな。いま殺したら、死体が硬くなって、捨てに行くのに面倒だ」

羽山は肩をすくめた。

「それでも人間か？」

「ああ、あんたよりかは暖かい血が流れてるよ」

「頼む、助けてくれ！　お願いだ……」

「まあ、ゆっくりしていてくれ。そのうちに夜が来る」

羽山は浜田に背を向けた。

「人殺し……きさまのような奴を刑務所に閉じこめなかったのが俺の失敗だ……」

「なあに、もうすぐあんたのほうを、冷たい土のなかに閉じこめてあげますよ」

羽山は嘲笑い、隣りの小部屋に移った。ベッドにジャンパーとジーパン姿のままもぐりこみ、疲れた瞼を閉じる。

復讐の誓いをたててから、これで何人めの人間が死んでいくことになったのだろう。浜田を片づけたあとは、いよいよ敵の本拠である東和自販と東和自工に戦いを挑んでいくのだ……と、考えながら羽山は眠りに落ちた。

目が覚めたときは真っ暗であった。ガソリンが切れて発電機がとまってしまったらしい。

わずかな光線でもあればローレックスの腕時計の蛍光が光るはずだが、真の闇だ。

羽山はライターをつけてみた。十一時であった。ゆっくりベッドから降り、隣りの拷問室に移る。

触ってみるまでもなく、浜田が死んでいることがわかった。目を見開き、顔をうしろにのけぞらせている。

醜悪なその姿を見ても羽山は無表情であった。

熱くなってきたライターを消し、手さぐりで一階に登る。

発電機に予備タンクからガソリンを入れてふたたび始動させた。手袋をつけ、浜田のタウナス二〇Mのエンジンを暖気運転する。

臭気に満ちた浜田の死体をつつむのにもキャンバスをつかった。硬直している裸の死体の手足をへし折って、タウナスのトランクに押しこむ。

羽山が運転するタウナスは、厚木街道を横切って、柿生寄りのほうに山道を走った。この時刻だと、すれ違う車とてない。

やがてタウナスは、菅生の山中に着いた。このあたりも丘陵地帯で、丘と谷戸が交錯している。

人家をはずれて一キロほど走ったところで、羽山はキャンバスに包んだ死体とスコップをかついでタウナスから降りた。

軽く汗をかきながら車道もない丘を一つ越えてくだっていくと、かねてから目をつけてあった場所に来た。戦時中、弾薬か毒ガスを格納してあったらしい洞窟が粘土の肌の丘の断面にいくつもあけられているところだ。

その洞窟は、今は崩れるにまかせられている。羽山はその一つに死体をかついでもぐりこんだ。湿気とカビの臭いで不快だ。

突き当たりの土は崩れていた。そこに羽山は浜田の墓穴を掘る。まわりの土が崩れてこないように、慎重に作業した。

浜田を埋めると簡単に土をかぶせ、羽山は外に出た。

ハンカチで遊底を覆って空薬莢が地面に落ちないようにし、ワルサーPPKから一発、洞窟のなかに射ちこんだ。

銃口がオレンジ色の炎を舌なめずりし、洞窟のなかに銃声の轟音が反響した。次の瞬間、洞窟は土煙をあげて崩れ、入口からも土があふれ出た。これで、浜田の死体が発見されるまでには長い年月がかかることであろう。

第11章　復讐への歩み

1

夏が去り、秋が来た。

東和自動車工業は、春に発表した一一〇〇CCファミリー・カーが大当たりし、その月産はコンスタントに一万台を保っている。

一五〇〇CC車と一六〇〇CCのスポーツ・セダン、二〇〇〇CCの高級車、それにトラックと、エンジンとスタイルを一新した軽四輪車を合わすと、全体の月産数は二万台を越すと豪語しているのも嘘ではなかった。

東和自動車工業のディーラーである東和自動車販売のビルも活気にあふれていた。

ベスト・セラー車になった一一〇〇CCの東和フローラの十倍大の模型が日本橋にある東和自販本社の屋上で回転している。

プラタナスの葉が黄ばんだころ、羽山はコートの襟を立てて歩道に立ち、東和自販本社の九階建てのビルを見つめていた。

羽山の瞳は暗く燃えている。兄を死に追いやった自販の最高幹部たちが、そのビルのなかでぬくぬくとおさまり返っているのだ。それとも、部下たちにハッパをかけたあと、クラブの女や芸者を連れて、温泉地のゴルフ場にでもしけ込んでいるのかもしれない。

弁護士の浜田とその情婦の亜也子を殺したあと、羽山は鳴りを静めていた。

二人の死体はまだ発見されていない。羽山はあのあと、浜田のタウナスを、深夜の横須賀のアジア系外国人が集まる街——それも、解体用のポンコツ自動車が並べられている空地に捨ててきたのだ。

むろん、ナンバー・プレートははずし、エンジンやシャーシーの刻印ナンバーはグラインダーで削り落としておいた。

浜田の失踪は新聞でも伝えられた。

しかし、浜田のタウナスが出てきたという記事はあとになっても見なかったから、解体業者が天からの授かりものとばかりにバラバラにして、パーツとして売ってしまったか、他車の廃車証明書を利用してナンバーをとり、故買専門のブローカーを通じて、何も知らないカモに売られてしまったのであろう。その場合は、廃車証明書に合わせたエンジン・ナンバーやシャーシー・ナンバーが打刻されるから、もとは浜田の車であったとは調べようがない。

羽山は、東和自販の株を買い占めて経営に参加し、内部から東和自販を崩壊さすことを考えていた。

しかし、東和自販の資本金は百二十億。羽山が摑んだ約九億では勝負にならない。それに自販の大株主は東和自工と東和銀行だから、羽山が買い占めをはじめたと知れば、一挙に倍額増資して、実弾が続かなくなった羽山の持株の比率を下げることだって平気でできるのだ。

羽山は、だから、復讐の手段として東和自販の経営陣にもぐりこむ計画を一時、放棄した。

それに敵は自販だけでなく、自工の最高幹部もなのだ。

奴らに、おもいきり残虐な復讐をしてやる。暴力の恐怖がどんなものかを味わわせてやる

……羽山は、東和自販のビルを睨みつけながら心に誓った。

それから一週間がたった。

東和自販の副社長であり、営業担当重役でもある殿岡次郎の末娘の絹子は、殿岡と女優あがりの後妻とのあいだにできた子であった。

まだ殿岡が東和銀行にいたころ、出世のためにもらった先妻は、東和財閥の一門であることを唯一の誇りとし、死ぬときまで殿岡を尻に敷いた醜女であった。

殿岡自身も、いまは金と地位のせいで貫禄ができているが、決してハンサムな顔ではない。したがって、先妻とのあいだに生まれた一人の息子と二人の娘は、せいぜいよく言って十人並みの容貌だ。しかし、絹子は違った。

母の血を引いて、大柄ではないが均整のとれた体と、その現代的な体と対照的な日本人形のような顔を持っている。アンバランスではなかった。父親は彼女を溺愛している。十八歳になった絹子は、戸山の学習院女子短大に通っている。その日は、授業は、午後二時で終わりであった。

絹子は、そのまま練馬の家に帰るのも味気ない、と思った。学友たち二人と明治通りに出ながら、

「今日は、時間があまっちゃったわね。これから、どうするの?」

と言う。

彼女たちは、みんな西武線に家があるのでグループを作っていた。

「映画もつまんないし」

「カッコいい坊やでもハントするか?」

クラス・メートたちは言った。

わざと乱暴な言葉使いをするのは学習院とて変わりない。

「ボウリングにでも行く? パパのツケでできるところがあるのよ」

絹子は言った。

「ケチ! 初耳よ。どうして、いままで黙ってたの?」

「だってさ、上品すぎて、あんまりおもしろくないのよ。それに、来ているのが、年寄りば

つかり……」

「タダなら、贅沢は言わないわ。行きましょう。年寄りをからかうのもおもしろいじゃない？　どこなの？」

「原宿のサウナの上なの。ボウリングのあとでサウナにはいってもいいのよ」

絹子は言った。

「男の人と一緒？」

一人が好奇心を剥きだしにして言った。

「まさか……お気の毒ね」

「言ったな！」

けたたましい嬌声と笑いが起こった。

三人の女子学生は、表通りでタクシーを拾った。

そのタクシーを、マスク付きのヘルメットとゴッグルで完全に顔を隠した革ジャンパー姿の男が単車で追跡する。

羽山であった。単車はヤマハの三五〇CC、短大の正門の近くで絹子を待ち伏せていたのだ。

ラッシュの街では、車を尾行するのにモーター・サイクルにまさるものはない。まして、スポーツ・タイプの二五〇CCを越える単車の加速性能は、発進してから二百メーターのあたりまでは、四輪ならジャガーEタイプを相手にしても、ひけをとるようなことはない。

羽山は、楽々とクラウンのタクシーを尾行した。

タクシーはやがて、表参道にある原宿クリニック・アンド・トレーニングという五階建ての前に停まった。

ビルの名前からは、ボウリング場も経営していることは少しもわからない。会員制にして、原宿族を締め出しているのであろう。

広い表参道の左右は駐車可になっている。駐まっている車には、親のすねをかじって買ってもらったらしいスポーツ・カーや、GTカーが多かった。

タクシーを降りた女子学生たちがビルのなかに消えると、羽山はビルから少し離れたところで、二、三分待っていた。彼女らがビルから出てこないのを確かめると、ヤマハを世田谷下馬のアジトに向ける。

五十分後、羽山が原宿のクリニックの前に戻ってきたとき、羽山はポルシェ九一一に乗っていた。洋子のものであった車だ。ナンバーは偽造のものにかえてある。

羽山は、渋い玉虫のジョン・テイラーの背広をつけていた。ワイシャツも輝くように白く、深味のあるグリーンのネクタイが苦み走った顔に映えている。ボウリング・バッグを提げていた。

歩道に沿って車を駐めた羽山は、勝手を知った様子でビルにはいると、エレベーターで四階のボウリング・クラブに昇った。

五階がレストラン、三階から下はサウナ風呂やチェス・クラブ、それに個室の休憩室などになっている。みんな会員制だ。

ボウリング・クラブは二十レーンあった。羽山は会員証を示してなかにはいった。これまでに二、三度絹子や殿岡を尾行して、彼女や父親がこのクラブの会員であることを確かめ、自分も入会したのだ。

ボウリング・クラブは空いていた。初老の男女に混じって絹子たちの姿はひどく目立った。羽山は躊躇なく、絹子たちのグループ横のリターン・ラックに自分の十六ポンドのボールを乗せた。

そのリターン・ラックは、絹子のグループのうちでいちばんまずい顔の女と共用のラックであった。いきなり絹子を狙ったりはしない。

上着を脱ぎ、ネクタイを少しゆるめて、ボウリング・シューズにはき替える。

上着に隠されていた強烈な筋肉が、下着をつけぬワイシャツを通じて絹子たちの目にはいる。

亜也子に近づくときにおおいに練習しただけあって、羽山のボウリングの腕は平均点百八十は軽かった。

ストライクを出すとまわりの者が拍手するのがエチケットだから、羽山と絹子たちが言葉を交わすようになるまでには、そんなに時間はかからなかった。

三時間後、羽山と絹子たちは、それぞれ男性用と女性用のサウナで汗を流し、マッサージを受けたうえで、五階のレストランで落ち合った。

汗を流したあとの体にカクテルが吸いこまれていき、絹子たちはひどく能弁になった。羽山は自分のことを、フリーのカメラマンだと自己紹介した。食事が終わると、礼儀正しく彼女たちを西武新宿駅まで送る。

2

羽山が、絹子たちのグループのなかでいちばんまずい顔の石田良子とホテルでベッドをともにするまでには、十日もあれば充分であった。

顔はまずかったが、良子の体――とくに括約筋に関係ある部分はすばらしかった。

それに、これまで男の学生二、三人との鶏のように早い情事に幻滅していた良子にとって、羽山のような男は驚異であった。

石田良子の父は、もと陸軍の中将であった。第二次大戦中、ソロモン群島に近いヘブリジース島の守備軍の最高指揮官として部下たちに玉砕（ぎょくさい）精神を叩きこんだ。そして自分は、連合軍の大反撃近しとの情報をキャッチすると、オーストラリアに飛行機で脱出、ただちに捕虜になった。

そして、捕虜になった事実の発表を伏せてもらうかわりに、連合軍に日本軍守備隊の装備と配置のくわしいレポートを提出し、連合軍に楽勝をもたらさせた。日本側としては、全軍の士気に大影響を与えるので、石田の脱走を発表できなかった。

大戦が終わると日本に送還されたが、自分は部下たちが玉砕したあとも洞窟にたてこもって戦った、と石田は宣伝した。

ヘブリジース島を襲った連合軍高官たちのほうも、自分たちの戦術がいかに秀れていたかを幕僚たちに認めてもらうためには、石田が身売りしてきたことを伏せておいたほうがいいと考えた。

石田は日本に帰ると、形だけ戦争裁判にかけられた。執行猶予で出てくると、駐留軍相手に骨董屋(こっとうや)を開いて大儲けした。

日本に軍隊が復活すると、石田は多額の恩給をもらうほか、防衛庁顧問として徴兵制度復活の音頭取りになっている。そして一方では、長男に防衛庁に東和自工のトラックを一手に納入する商売をやらせている。

良子と体を交えてからしばらくして石田がどのような男であるかを良子の口から知った羽山は、石田も生かしておくべき人間ではないと考えた。

兄の誠一からも、石田のことをよく聞かされたからだ。指揮官の石田に裏切られたヘブリジース守備軍の一兵卒であった誠一は、米軍の猛攻を受けて腿と下腹部に傷を受け、海に漂っているところを、現地民にカヌーで隣島に運ばれたおかげで、やっと一人だけ命が助かった。無精子症はそのときの傷痕だ。誠一は何度かヘブリジース遺族会に石田の裏切りを話そうとしたが、事前に察知した石田側が殺し屋のような男を使って、誠一にしゃべらせないように圧力をかけたのだ。

羽山に夢中になった良子は、一月もすると、なんでも羽山の命令どおりに動くようになった。

十一月のある日、良子は授業が終わると、殿岡絹子に言った。

「相談事があるんだけど、聞いてもらえるかしら」

「なにかしら？　わかったわ。あなた、恋人ができたんでしょう？　隠してもだめよ。このごろ、あなた、前とすっかり変わってしまったんだもの」

絹子は言った。

「隠しきれなくなったわ。それで、あなたに彼氏を鑑定してもらいたいの」

良子は笑いながら言った。ホルモンの関係で、顔はまずいなりに色気が滲んでいる。

「誰なの相手は？」

「内緒よ……会ってもらってのお楽しみ」

「意地悪……」

絹子は言った。軽い嫉妬心と、猛烈な好奇心が湧きあがってくる。

二人はタクシーを拾い、新宿西口に出た。タクシーに乗っているあいだじゅう、絹子は良子の恋人の名を訊きだそうとしたが、良子は笑って答えなかった。

新宿西口は、地下駐車場の完成によって様相を一変していた。浄水場跡にかけて、巨大なビルが並んでいる。工事中は駐車禁止であったビルの谷間も、今は車を駐めることができる。

土曜の午後なので、ビルの谷間はひっそりとしていた。

良子について絹子が浄水場跡に向かう通りをはいっていくと、道の左側に駐まっているブルーバードから、長身の男が降りた。羽山であった。

「あら、あのかたは……」

絹子は一瞬、くやしげな表情になった。絹子もボウリング・クラブではじめて会ったとき、羽山に好感を持ったのに……。

「そうなの。驚いた？」

良子の口調に、勝ち誇ったような響きが混じった。

絹子は、すぐに誇りを取り戻した。自分には、羽山のような男より何倍も素敵な相手がいくらでも寄ってくるはずだ。わたしはこのとおりの美貌だし、パパは東和自販の副社長なのだから……。

待っていた羽山は、二人に向けて優雅に一礼した。後ろのドアを開き、

「やあ、どうも……このあいだは失礼しました。どうぞお乗りください。ゆっくり、僕たちの相談に乗っていただきたいと思いまして」

と言う。

良子に背中を押されるようにして、絹子は後ろのシートに乗りこんだ。その横に良子がすわる。羽山はエンジンを掛けると、すぐにスタートさせた。

「おどろきましたわ。いつから良子とこんな仲に？」

絹子は羽山の背に言った。

「あんまり、いじめないでくださいよ」

羽山は車のスピードを増した。

車は甲州街道に出て新宿から遠ざかっていった。

「どちらに？」

かすかな不安を覚えて絹子は言った。

「北川さんのお家……」

良子が言った。羽山は彼女たちには、北川守のほうの名を名乗っている。良子だけには、下馬のアジトに連れこんだとき、表札を見て不審気な顔をしたので、羽山というのはカメラマンとしてのペンネームだと説明しておいた。用心のために、原宿クリニックの会員証も北川名でとってある。

環七で甲州街道をはずれたブルーバードSSSは、やがて下馬のアジトの庭に滑りこんだ。

「車をお替えになったの？」

庭にポルシェ九一一が見えないのを見て絹子が言った。

「修理中です。トラックに追突されましてね。さあ、どうぞ、汚ないところですが、おあがりください」

羽山は車から降りると、門の戸を閉じ、それから玄関のドアを開いた。

絹子はためらっていたが、良子が車から降りると、続いて降りた。二人が羽山にしたがって殺風景な応接室にはいったとき、羽山はいきなり、尻ポケットに突っこんでいた鉛の芯と砂をつめた革製の棍棒である殴打用の凶器ブラック・ジャックを抜いて、絹子の後頭部を一撃した。

鈍い音がし、絹子は崩れるように床に倒れた。鼻から薄く血が垂れ落ちる。

「何をなさるの！」

良子が恐怖の瞳を羽山に振り向けた。絹子をここに連れてくるように頼まれたとはいえ、こんな乱暴をするとは聞かされてなかった。

その良子も、耳の上にブラック・ジャックの一撃をくらって昏倒した。羽山はしばらくのあいだ、倒れた二人を冷たく見おろして煙草を深く吸いこんでいた。カーテンを閉じているから、もし外から覗きこもうとした者がいても不可能だ。

羽山は煙草を捨てると、納戸からロープを持ってきた。二人を別々に、手足を縛り猿ぐつわをかます。絹子の体も充分に発達していた。

二人を茶の間に運び、羽山は横になって夜になるのを待った。良子と絹子は意識を取り戻し、天井に暗い瞳を据えている羽山を、人食い虎を見るような視線で見た。

夕暮れがきた。羽山は冷蔵庫から出したフランクフルト・ソーセージを三本とオレンジで胃を静め、二人の体をブルーバードのそばに運んだ。車の後ろのシートをはずしてから、手足を縛った二人をさらに縛り合わせて身動きできないようにする。シートをはずした後席に乗せ、キャンバスで覆った。

夜になった玉川通りに車を乗りだすと、二子玉川から厚木街道にはいった。やがて車は、有馬から左に折れた丘陵地帯にある隠し小屋のなかにはいった。

浜田を閉じこめた地下室がある小屋だ。今は羽山が独力で地下室を三部屋にひろげてある。音をたてるガソリン発電機のかわりに水素電池から電源をとるようにしてあった。

ブルーバードを突っこんで小屋のドアを閉じた羽山は、壁のレバーを引いた。油圧で、一メーター半四方ほどの鉄蓋がコンクリートの床から立ち上がって開いた。以前は引上げ式の梯子であったが、今は地下室に降りる方法は、階段に替えてある。

絹子と良子は、車の震動の苦痛でふたたび気絶していた。二人は尿にまみれていたが、羽山は、そんなことを気にせずに、二人を一緒にかつぎあげる。電灯のスイッチを入れて、二人を地下室に降ろした。ダブル・ベッドがある四畳半ほどの小部屋は以前と変わらないが、その奥につけた十畳ぐらいの獄房のほかに、左手にも同じ広さの獄房を作ってあった。

そして、それぞれの獄房の、小部屋に面したところには、鉄格子がはめてあった。それと、獄房には粗末なベッドと便器がそなえつけてある。

羽山は、二人のロープと猿ぐつわを小部屋ではずした。絹子を奥の獄房、良子を左の獄房に放りこみ、鉄格子の戸を閉じて錠をおろした。自分は小部屋のベッドに腰を降ろし、煙草に火をつけた。

3

先に目覚めたのは、絹子のほうであった。瞳の焦点が定まってくると、ふらふらと立ち上がる。鉄格子に走り寄ると、

「何するのよ！　出して！　変態……悪魔……」

と、金切り声を出した。美しかった顔も醜く歪んでいる。

「あんまり大声を出すと喉が痛くなりますよ。ここは人家からひどく離れているんでね。お気の毒だが、あなたの声はどこにも届きませんよ、お嬢さん」

羽山は言った。

「なぜ、こんなことをするの？　あなた、それでも人間なの？」

「復讐を誓ったときから、私は人間であることを放棄したんだ」

「復讐？」

「そう、あなたのお父さんにね」

「なぜなの？」

「あなたは知る必要はない」

羽山は冷たく言った。

「お願い。うちに帰して……なんでも、あなたの言うとおりにするわ」

「じゃあ、喜んで体を私に投げだすかね？」

「わかったわ。わたしが欲しかったのね？　いいわ。助けてくれるんなら、目をつぶって体を投げだすわ」

絹子は必死に言った。

羽山は乾いた笑い声をあげた。

「冗談さ。女にはゲップが出る」

「畜生……」

絹子は歯ぎしりした。

「もっと上品な言葉は使えないかね？」

「殺してやりたい！」

「見かけによらず、なかなか元気なお嬢さんだな。まあ、ゆっくり寝ていたまえ。救いが来る日を夢見てね」

羽山は鼻で笑った。

そのとき、良子のほうも立ち上がってわめいた。

「よくも、だましたわね！」

「二人とも、あんまりわめくと体に悪い。少し頭を冷やしてろ」

羽山は立ち上がった。

ベッドの下の棚から乾パンの袋とプラスチックの水筒を二つずつ取り出す。それを、鉄格子の下隅の食器入れから二人の獄房に差し入れてやった。

バッテリーの電力を節約するために、豆ランプに切り替え、羽山は地下室を出た。蓋を閉じると、ブルーバードSSSに乗って小屋を去る。

下馬のアジトに戻った。応接室には、良子と絹子の教科書がはいっている、大学の名前が印刷された大型の紙袋が転がっていた。

車からそれを応接室に移すとき、羽山は薄い手袋をつけて運んだのだ。だから、自分の指紋はついていない。

羽山はふたたび薄い手袋をつけた。

車の後席にシートを戻し、そのシートの上に二つの紙袋を置いて、ふたたびブルーバードSSSを発車させた。

良子の家は、練馬の上石神井の近く、絹子の家は武蔵関に近かった。いずれも、急激にふえてきた建売り住宅や分譲地から身を守るように高い大谷石の塀を張りめぐらした、千坪(三三〇〇平方メーター)を越す敷地を持っている。

羽山は、その二軒の家の裏を車で回りながら、それぞれの家の娘の教科書を塀のなかに放りこんだ。

青梅街道に出た羽山の車は、新宿のほうに戻っていった。

高円寺で公衆電話のボックスを見つけると、脇道にそれて停まった。

車から降りた羽山は、公衆電話のボックスにはいった。

絹子の家にダイアルを回す。むろん、手袋はつけたままであった。

「もし、もし、殿岡でございますが……」

女中のらしい声が受話器から聞こえた。羽山はハンカチを丸めて口にくわえた。

「ご主人はいるかね?」

ハンカチで変形された声は羽山のものとは思えないほどであった。

「どなたでしょう?」

「絹子さんの親しい友だちだと伝えてもらいたい。絹子さんのフィアンセだとな」

「え？」

「絹子さんと結婚しようと思ってる者だ」

「お待ちください」

女中は言った。

しばらくして、怒気を含んだ初老の男の声が聞こえた。

「誰だ、君は？　冗談はよしなさい」

「冗談で悪かったな。あんたの娘を預かっているものだ」

「何！」

「身代金をいただきたい」

「何を言う。馬鹿なことを言うと、警察に訴えるぞ！」

「警察を呼んだら、絹子さんは死ぬ。裏庭の欅の大木のあたりを捜してみるんだな。娘さんの教科書を返しておいたから。じゃあ、あとでまた連絡する」

羽山は冷たく言った。

「待て――」

殿岡の声が真剣なものに変わった。

「いくら欲しいのだ！　娘を返してくれ」

「三億円用意しておけ。三日の猶予を与えてやる」

「馬鹿な！　そんな大金を僕が作れるわけはない！」

「手持ちの株を売るんだな。それで足らなかったら、会社の金庫から持ち出すんだ」

「できない！」

「じゃあ、自分の娘より、金や地位がかわいい、というわけか？　わかった。それじゃ、交渉は打切りだ。あんたの娘は殺す。ほかのカモを見つけるとしよう」

「待って……待ってくれ。なんとかする」

「そうか。約束を破るなよ。それから、言い忘れるところだった。東和電機で出している携帯無線器(トランシーバー)を手に入れて、今から三日を過ぎたら、スイッチを入れっぱなしにしておくんだ。わかったな？　そして、イヤ・ホーンを耳につけ、トランシーバーは、いつもポケットに入れておけ」

「わかった」

殿岡はかろうじて声を喉から絞りだした。

羽山は、今度は中野の鍋横(なべよこ)のあたりの公衆電話から、良子の家に電話を入れた。

元陸軍中将の石田は、晩酌をやっていたのか、吠えるような声を出した。

「誰だ、きさまは？　名乗れ！」

「名乗るほどの者ではない。あんたの娘を預かっている」

羽山は答えた。

「勝手にしろ。娘がどうなろうと儂にはなんの関係もない」

「威勢がいいですな」

「黙れ！　何を要求する気だ？　何を要求されても、儂は一文も払いはせんぞ」

「あんたは、戦時中、部下を連合軍に売って自分だけ助かった。そして、今はまた、日本を戦時体制に持っていこうと躍起になっている。そうなれば、よっぽど儲けがあるんだろう」

「きさま、アカだな！　全学連か？」

「ともかく、自分のやってきた汚ないことの告白と、これからやっていこうとしている汚ないことの計画を新聞に発表するんだ。さもないと、良子を殺す」

羽山は冷たく言った。

「勝手にしろ、と言ってるんだ。それに、きさまが良子の身柄を押えている、という証拠はない」

「裏庭を捜せ。娘さんの教科書を放りこんでおいた」

「そんなことが証拠になるもんか。娘を電話口に出せ」

「断わる。こっちは電話を逆探知されるほどの素人じゃないんだ」

「ふん、どうにでもしろ。儂は儂、娘は娘だ。それに、あの娘は、間違って生まれてきたようなもんだ。儂が巣鴨を出てから、五十近くなってからできた娘だ。あの娘が死んだら、嫁入り支度の金を節約できる」

さすがに石田はしたたか者らしかった。

「よし。それでは望みどおりに殺してやる。そして、死体をいちばん人目につく場所……たとえば日比谷の交差点とか、東京駅の前とかに放りだす。あんたの罪状を娘が書いたビラと一緒にな」

「無礼者！」

「何を言ってるんだ。インチキ野郎」

羽山は電話を切ろうとした。

「待て、待ってくれ。一週間の余裕をくれ」

「よし、わかった。告白は三大新聞に出すんだ。わかったな？」

「わ、わかった……」

「ついでに言っておくが、きさまに売られた俺たちの肉親の遺族には、捜査関係者もいるんだ。下手な小細工はよしたほうがいい、と忠告しておく。あんたの動きは筒抜けだ」

「じゃあ、きさまは、ヘブリジース遺族会の？」

石田の声にやっと、恐怖の響きが加わった。

「なんでもいい。俺はヘブリジースの生き残りだ。敗戦後、近くの小島で現地の娘と結婚して、イギリスの国籍をとった。名前を変えてな。久しぶりに日本に帰ってみて、あんたが、恥を知らずに調子よくやっていることを知った」

羽山は電話を切った。石田の助けてくれ、とわめく声が受話器から漏れている最中にだ。

それから三日たった。地下室の二人の娘は、今は反抗する気力も失い、ベッドにもぐりこんで泣き続けている。しかし、生きたいという本能は、羽山の差し入れる食料を犬のように食う女にしていた。

四日めは日曜であった。その日の真昼、絹子の父殿岡は、私服の刑事二人に守られて、自宅の居間で檻のなかの熊のように歩き回っていた。テーブルには、アンテナをのばしたトランシーバーが三台、かすかな雑音をたてている。屋敷のまわりには二十人を越える刑事が張り込んでいる。

そのトランシーバーから、ハンカチで変えた羽山の声が流れ出た。

「金は用意したか？」

「会社から借りた」

トランシーバーに跳びついた殿岡は答えた。羽山の声が流れてきた瞬間から録音テープのスイッチが入れられた。

「すぐに家を出ろ。自分で運転してだ。そして山谷(さんや)に向かえ。泪橋(なみだばし)の交差点の近くで待ってろ。一時間後にまた連絡する。それから、あんたは約束を破ったな。屋敷じゅう、刑事だらけだ」

「ちがう！」

「言いわけはよせ。今度だけ勘弁してやる。しかし、これ以後は約束を守らないと娘は死ぬ」

羽山は言った。殿岡の自宅から五キロも離れたところで、ブルーバードにつけた強力な無線発信器で指令している。周波数は、トランシーバーと同じ二七メガ・サイクルに合わせている。

殿岡は出かける前に、刑事たちと言い争った。現ナマに見せかけた新聞紙を持ち、車のトランクに刑事を乗せるべきだ、と捜査側は主張したが、殿岡には犯人逮捕よりも先に、絹子の命のほうが大事であった。

殿岡は、ベンツ二五〇Sを自分で運転し、三億の現ナマを入れた大型トランクを後ろの席に乗せて出発した。

現ナマは、ナンバーを控えられ、放射性物質が塗られている。たちまち、山谷に張込みの刑事が立つ。

一時間後、脂汗を流しながら、殿岡は泪橋の近くに停めたベンツで待っていた。日曜で仕事のない労働者たちが、通りをぶらぶらしている。

羽山からの指令は、きっかり一時間後に来た。それは、

「持ってきた紙幣をばらまきながら、ドヤ街を徐行しろ」

というものであった。

第12章　私　刑

1

「どういうことだ。紙幣をばらまけと言ったって……」

殿岡は助手席に置いたトランシーバーのスイッチを入れ、喘ぐように尋ねた。

「言われたとおりにするんだ。ばらまきながら徐行するのだ。そうでないと、娘の命はない」

羽山の冷たい声がトランシーバーを通じて命令を伝えてきた。

「しかし……」

「これで交信を一度打ち切る」

羽山の声が切れた。

殿岡はしばらく茫然としていた。娘の誘拐犯人は気が狂っているのだろうか？　しかし、相手はなんらかの計算の上に立って行動しているのであろう。殿岡はトランシーバーを後ろの席に移し、札束の詰まった重い大型トランクを、やっとのことで助手席に移した。

トランクの蓋を開く。三億円の現ナマが詰まっていた。銀行預金七千万円、あとは株券と土地家屋を、自分が副社長をしている東和自販に担保に入れて借りた二億三千万円だ。

職業柄、億と名のつく金の扱いには慣れている。しかし、それはみんな、小切手か手形であった。現ナマ三億となると、殿岡にしても、はじめて見た体験だ。

三億もの金を犯人にくれてやらないとならない、と思うと、気が狂いそうになってくる。しかし、絹子の命には替えられない。犯人がこの金を手に入れても、紙幣ナンバーは控えられ放射性物質が塗られてあるから、犯人は必ず捕まり、三億の大半は回収できるにはちがいない、と、殿岡は考えていたのだ。それなのに、車窓からばらまけとは……。

殿岡は脂汗をイギリス製の背広の袖で拭い、ベンツ二五〇Sをスタートさせた。左手でハンドルを持ち、右手で紙幣を摑みだし、目をつぶる思いで車窓から放りだした。

紙幣は風に舞った。通りをぶらついている山谷のドヤ街の労務者や女たちは、一瞬自分たちの目が信じられないようであったが悲鳴に近い叫びをあげて紙幣に跳びつく。

こうなると、殿岡はやけくそになった。ベンツをゆっくり走らせながら、紙幣を摑みだしては車窓から放りだす。

たちまち、ドヤやパチンコ屋、一杯飲み屋から、蝗(いなご)のように男女が跳びだしてきた。制止しようとする張込み刑事を押し倒して踏みつけ、路上を舞う紙幣に跳びついた。紙幣を奪いあって殴りあいがはじまり、突き倒された女の悲鳴がほとばしる。

群衆はたちまちのうちに路上一杯になった。動けなくなったベンツの車窓に無数の手が突っこまれる。

まさに、修羅場であった。

恐怖に駆られた殿岡は、差しこまれた手に残った紙幣を押しつけた。

紙幣を引ったくった男たちは、たちまちほかの男に襲われる。

そのころには警視庁の精鋭機動隊千名がトラックとジープで駆けつけてきていたが、人波にはばまれて殿岡のベンツに近づけない。群衆はすでに万を越えていたのだ。

殿岡の三億は消えた。殿岡は車窓を閉じようとするが、運転席や助手席の窓だけでなく、フロント・グラスや後窓からも数十本の手が突っこまれる。

そのガラスは石やハンマーで叩き割られている。

「もうない！　のいてくれ！」

金に飢えた無数の瞳に向かって、殿岡は発狂したように叫んだが、誰も聞く者はなかった。

手の一つが殿岡を摑んだ。反対側からの手も殿岡を摑む。殿岡は絶叫をほとばしらせた。

半日後、騒ぎがおさまったとき、殿岡のベンツは残骸と化し、殿岡自身は死体と変わっていた。両腕を暴徒に引きちぎられていた。

死体の見開かれた瞳には底知れぬ恐怖の色が刻みこまれていた。ちぎられた二本の腕は、それぞれが三百メーターも離れたところで発見された。

三億の金は、山谷の住人のあいだに消えた。夫の死を知った殿岡夫人は、精神病院に直行させられる身になった。

殿岡が死の犠牲を払ってまでも犯人との約束を守ったにかかわらず、絹子は戻ってこなかった……。ここで、警察は殿岡絹子誘拐事件の公開捜査に踏み切った。殿岡の突飛に見えた行動の理由を説明しないことには、国民が納得しない。

翌朝、羽山は有馬丘陵地帯にある隠し小屋の地下牢に、数部の朝刊を持って訪れた。

絹子は地下の小部屋の奥の獄房、良子は左の獄房で、汚物と埃の悪臭にまみれて生きていた。

二人とも、落ちくぼんで獣のように変わった瞳をギラギラ光らせていた。このころでは、二人とも羞恥心のかけらもなくなり、羽山の見ている前で両脚をひろげて激しく指を動かしながら悲鳴をあげてのたうつほどだ。あるいは、その陶酔によって恐怖を忘れようとするのかもしれない。

今朝も、羽山が地下室にはいっていったとき、二人は現実を忘れる作業に熱中していた。一日に七、八回は行なうらしい。ふたりとも秘部は爛れていた。

「おはよう。朝から元気なもんだな。さあ、飯だ」

羽山は、鉄格子の下隅の食器入れから、駅弁を三個ずつ入れてやった。朝刊も入れる。

二人は羽山を無視した。羽山は二人の悲鳴のような喘ぎを聞き流しながら、二人を見ることのできる小部屋で朝刊の一つをゆっくり読み直す。

捜査本部は、絹子の交友関係を洗っているらしい。良子の父の石田元陸軍中将は、良子も誘拐されたことを警察にしゃべってないらしい。あるいは、良子の件のほうは非公開捜査になっているのかもしれない。

やがて二人の娘はぐったりとなった。しばらくして絹子のほうが先にのろのろとベッドから降りる。

「新聞でも読みながら食うんだな。きっと、飯の味がうまくなるぜ」

羽山は笑いながら言った。

絹子は羽山など眼中にないといった態度で駅弁の一つに手をのばした。しかし、その瞳は朝刊に吸いつけられる。昨日の事件は、第一面のトップに載っていたのだ。

絹子は新聞を引ったくるようにして取り上げた。瞳が紙面に釘づけになった。絹子の体は震えだし、ついに悲鳴を絞りだした。

「殺してやる！　犬畜生！　けだもの！」

と、凄まじい形相でわめきながら、駅弁を鉄格子に叩きつけた。

「気の毒だな。君自身には、何も悪いとこはないのに」

羽山は言った。

絹子は、髪や胸を掻きむしりながら、コンクリートの床に頭を叩きつけた。良子のほうも新聞に目を通して悲鳴をあげる。

絹子は頭を血に染めて失神した。良子は独房の隅で、震えながら必死に祈っている。引きつった顔を羽山に向け、

「どうして、身代金を自分で受け取って、絹子を帰してやらなかったの?」

と呻く。

「それは、金はいくらあってもいいもんさ。だけど、俺は絹子の親父がこっそり警察を呼んだことを知らないほどの間抜けじゃなかった。身代金を受け取りにのこのこ出かけていったら一発で捕まる。それよりも、殿岡の奴に恐怖と失望のなかで死んでもらいたかった。それに俺は、東和コンツェルンに、少しでも打撃を与えるのが狙いだからな」

羽山は暗い声で言った。

「わたしは、東和コンツェルンになんの関係もないわ」

「そうでもないさ。君の親父と兄貴は、防衛庁に東和自工のトラックを一手に納入している。君の親父と兄貴だけでなく、東和自動車でも防衛庁のおかげで荒かせぎしている。それだけのことで俺がアタマにきたわけじゃない。俺の死んだ兄貴は、君の親父に売られて標的がわりにされたヘブリジース島の守備隊兵だった」

「わたしのパパも殺すの?」

「君の親父は、君が死のうと生きようと知ったことでない、と言った。君は自分の娘と言っても、間違って生まれてきたようなものだから、君が死んだら、嫁入り支度の金を節約できる、と言ったよ」

「…………」

「しかし、君の親父は自分の身だけはかわいいらしい。戦争中のヘブリジース島での裏切り行為を君に弾劾(だんがい)させた文書を、リコピーで写したビラをバラまく、と言ってやったら急に君を助けたくなったらしい」

羽山は苦笑いして見せた。

「あんな奴を、いままで、パパと呼んでたわたしが恥ずかしい。それで、あいつに何を要求したの?」

良子は醜い顔をさらに醜く歪め、吐きだすように言った。

「三大新聞に、戦争中、部下を連合軍に売ってみな殺しにさせ、自分だけは愛国者ぶって生還し、徴兵制度復活の音頭取りをやっているインチキ野郎だ、と告白した広告を出す、ということだ……」

羽山は言い、

「そうだ、いいことを考えついた。奴にヘブリジース遺族会に寄付をさせてやる。稼ぎためた金の全部をな」

と呟く。

2

良子の父石田正吾は、日曜日、東和自動車のトラックを防衛庁に納入している協立自動車販売KKをやらせている息子の正一と——湯河原カントリークラブで、某省の調達課長と次長を接待してゴルフをやっていた。

むろん、賭けゴルフだ。石田親子は、わざとミス・ショットを続け、二ラウンドを終わったときには、二人で三十万ほどの賭け金を調達課長と次長に払った。

もっとも、わざとしなくても、石田親子の精神状態ではミス・ショットが出るわけだ。良子を誘拐した犯人から与えられた猶予期間は、あと三日しかない。

もっとも、石田正吾の心は決まっていた。良子を見殺しにするのだ。犯人は、自分が良子を見殺しにした場合には、良子を殺して人目につくところにさらし、自分の罪状を良子が書いたビラをばらまくなどと言っているが、良子はどの程度自分のことを知っているというのだ?

たしかに、晩酌のときに酔っぱらって、何度か良子に過去のことをしゃべった覚えはある。

しかし、なんの証拠があるというのだ？　犯人が気が狂って、良子に無理にでたらめを書かせたのだろう、と言えばよい。

三大新聞に告白文など出せるものか。しかし、犯人の言ったヘブリジース遺族会のことが気にかかる。会の奴らが真相を知っているとしたら、俺を復讐のために殺すかもしれない。

脅迫電話がかかってきてから、石田は毎夜のように、自分が連合軍に売った副官たちの悪夢を見た。

息子の正一のほうも、心配で気が狂いそうであった。防衛庁顧問をやっている父の仮面があばかれたのでは、協立自動車は防衛庁から敬遠されて倒産してしまうかもしれない。

しかし、二人とも、そんな内心の不安と恐怖を、つとめて表情に出さなかった。父の正吾は、大兵肥満、赭ら顔がテカテカ光っている。息子の正一は、長身痩軀、二代目らしくおっとりした顔をしている。

「いやあ、参りました。いつもながら、鮮やかなお手並み……お会いするごとにご上達の様子で」

正吾は課長をほめそやした。

「そうでもないですよ。今日は私たちのほうがコンディションがよかったんでしょう」

課長が笑った。ゴルフで賭けて勝った金だということなら、汚職にはなりにくい。

一行はシャワーを浴び、着替えをすると、クラブ・ハウスでビールで乾杯した。陽は落ちかかっている。

「それでは、宿でこれでも付き合っていただきましょうか」

正一は、マージャンのパイを掻きまぜる手つきをした。

「そのあとは、例によって美女を予約しておきましたから」

正吾は課長に囁いた。

そのとき、クラブ・ハウスのバーのテレビが、殿岡が山谷の暴徒に惨殺されたことを伝えた。殿岡の娘絹子が誘拐されており、殿岡は犯人の指令で身代金を山谷に運んだことも伝えられた。絹子の写真もブラウン管に写し出される。

そのニュースを見て、石田親子の顔色は変わった。

「ひどいことをする奴がいるもんだ」

「犯人は気が狂ってるんじゃないですか？」

と、他人事だと思っておもしろがっている課長と次長の横で、必死に吐き気をこらえていた。

もし、良子を誘拐した犯人が絹子を誘拐した犯人と同じ者なら、そいつはたしかに気が狂っている。金のかわりに告白文を要求してきたのも気狂いの証拠だ。気狂いでは、要求を断わっても、要求どおりに行動しても、何をされるかわからない。

「どうしました。急に疲れが出ましたか？　顔色が悪いようですが……」

次長が石田親子を見まわしながら言った。

「そ、そうなんですよ。しかし、世のなかには、ひどい奴がいるもんですな。死刑にしないとならない」

正吾はわめくように言った。

「まったくです」

「では、そろそろ、出かけましょうか？」

正吾は立ち上がった。

クラブの専属ハイヤーで、一行は奥湯河原にある静かなホテルに向かった。その車中で、石田親子はショックを隠すように、女のことをしゃべりちらす。

ホテルは外観は洋風であったが、部屋は日本間だ。四つの続き部屋をとってあった。一行は正吾の部屋に集まって酒と晩餐を終えると、酒を続けながら、マージャンの卓を囲む。

午後十時までに、石田親子は課長と次長に二十万を勝たせてやった。課長と次長は、芸者が待っている自室に消える。これで協立自動車は、某省に五十台は東和自動車の二〇〇〇デラックスを納入できることになるだろう。

親子だけになると、二人は長い溜息をついた。

「どう思います。さっきのニュース」

正一が冷えた酒を喉に放りこみながら、苦い声で言った。

「畜生、良子を誘拐したのと同じ犯人だろう。殺してやりたい」

「こうなったら、警察に届けますか？」

「いや、待て、早まってはいかん。殿岡は警察に届けたから、あんな目にあったのかもわからん」

「しかし、相手は気狂いですよ」

「だからこそ怖ろしい。たぶん、ヘブリジース島で死んだ奴の遺族の一人が気が狂ったものと思うが……あの戦争中のことがマスコミに嗅ぎつけられたら、これまでの努力が水の泡になる」

　正吾は呻いた。

「じゃあ、ただ放っとくだけですか？」

「なんとかしないとならんことはわかってる。しかし、どうしたらいいんだ？　今のように世のなかが落ち着いてくると、殺し屋を雇えば、殺し屋にこっちの弱味を握られる。それに犯人が誰かがわからんのでは……」

「犯人をなんとか誘き出す方法はないでしょうか？　そして、正三に殺らせたらいい。奴ももむだ飯ばかり食ってるばかりが能でない。石田家のために一生に一度は働いてもらわないと」

　正一は言った。弟の正三は協立自動車の専務に名を連ねているが、博打と女にしか情熱を持てない男であった……。

　翌日の夜、石田は自宅で、声を変えた羽山の電話を受けた。

「決心はつきかけたか？」

「殿岡を死なすように持っていったのはきさまだな！」

　石田はわめいた。

「知らんな。それよりも娘を死なせたくなかったら、もう一つ条件を呑んでくれ」

「これ以上、何を要求するんだ！」

「ヘブリジース遺族会に、三億を寄付しろ。不動産で一億五千万の金は銀行から借りられるだろう？　あとの一億五千万は、きさまが稼ぎためた金だ」

「待ってくれ。一度でいいから、どこかで会ってくれ。そのとき、あんたに直接三億を渡す。だから、新聞に告白文を出すのだけは勘弁してくれ」

　石田は呻いた。その左右で、三人の息子が受話器につけた傍聴器のイヤ・ホーンに耳を当てている。

「俺を罠にかけようとしてもむだだ。しかし、告白文のほうは勘弁してやる。三億を遺族会に寄付しろ。三日以内にな。また、電話する」

「待ってくれ！」

　石田はわめいたが電話は切れた。

「畜生……俺の出る幕がなくなった」

三男の正三が、旧陸軍の十四年式拳銃を愛撫しながら呟いた。もし犯人を射殺したら、一億円をもらえることになっていた。

「それで、父さん。三億を遺族会に寄付する気ですか?」

次男の正二が尋ねた。防衛庁の払いさげ物資を扱う会社の社長をしている。

「ああ。そうする気だ」

「まさか!」

「気が狂ったわけではない。寄付は寄付でも現金ではやらないさ。先付け小切手でする。銀行にはいちおう、金を積んでおいてな。そして、良子が帰ってきたら、小切手は不渡りにする。良子が殺されたとわかったときにでもだ。ともかく、今度奴から電話があったら、遺族会に儂が寄付した日から二十四時間以内に良子を返してくれるように言う」

「しかし、寄付金が不渡りではマスコミに……」

「いや、そのことについては遺族会に手を打っておく。寄付がおおやけになったらこちらが脱税で追及されるから、しばらくのあいだは発表を伏せておいてくれ、とな」

正吾はふてぶてしい笑いを浮かべた。

「なるほど……父さんが不渡りを出したところで、うちの会社には関係はないですしね」

正一が言った。

「ああ。儂は防衛庁の顧問をやめないとならんことになるだろう。しかし、三億からくらべれば、月給なんてたいしたことはない……そうだ、詰め腹を切らされる前に、明日にでも辞表を出そう。退職金がはいる」

正吾は呟いた。

翌日、殿岡絹子の交友関係を調べている刑事たちが、石田家にやってきたが、在宅していた石田正三は、良子は北海道に見合いに行っている、と言った。良子の学校にはすでに二週間の休学届けが出されている。普通の大学なら何日休もうが勝手だが、学習院女子短大となるとしつけがうるさいのだ。

3

敷地千坪（三三〇〇平方メーター）の屋敷と定期預金の通帳や証券を担保に入れて、石田は三億円の当座預金を東和銀行練馬支店に積んだ。金を貸してくれた銀行には事業に使うためと説明した。

羽山のほうは、そのころ、四谷若葉町にある大進ビルという小さなビルの三階に一部屋を借り、東和経済研究所の看板を出していた。古本屋で買ってきた経営学の本などを並べてもっともらしく見せている。

その部屋の真下の二階に、ヘブリジース遺族会の事務所を兼ねた黒川法律事務所があるのだ。黒川弁護士の兄は、ヘブリジース島守備隊の小隊長をしていた。

部屋を借りたその夜、羽山は床に電気ドリルで細い孔をあけ、そこからコードを通して、黒川法律事務所の今は遊んでいるクーラーのなかに盗聴マイクを仕込んでおいた。

盗聴器のセットは、自分のデスクのなかにある。羽山は、部屋の入口のそばに衝立をたて、盗聴器のイヤ・ホーンを耳に当てている姿を誰にも見られないように気を配った。

良子を監禁してから一週間の期限が切れる前日の夜、羽山は公衆電話で石田の家に電話を入れた。

「金は作った。東和銀行練馬支店の当座に入れてある。だが、三億をヘブリジース遺族会に渡す前に約束してくれ。寄付金を会に届けたら、二十四時間以内に良子を帰してくれるとな」

石田は言った。

「わかった」

「明日の午後二時に儂はヘブリジース遺族会の事務所に行く。現金では途中できさま以外の者に奪われることもあろうから、小切手だ。三億の寄付金が表向きになったら、税務署に目をつけられるから、マスコミには知られぬようにする。あんたも遺族会の関係者なら儂が約束を守ったかどうかは、すぐにわかるはずだ」

「よし、わかった。電話を逆探知される前に切るぜ」

羽山は電話ボックスから跳びだした。

翌日は朝から、羽山は大進ビルにある東和経済研究所にこもり、フランクフルト・ソーセージと蜜柑をときどき胃におさめながら盗聴器のイヤ・ホーンを耳に当てていた。

ヘブリジース島に眠る霊をなぐさめるために、ささやかな寄付金を差しあげたいから遺族会の役員たちに立ち会ってもらいたい、という石田の電話が黒川法律事務所にあったのは、午前十時であった。マスコミに知られるくらいなら寄付金の件は忘れてもらうことにする、と石田は言った。

超高感度の盗聴器だから、机のなかに隠された機械のボリュームを上げると、電話の声まで聞こえるのだ。電話が切れてしばらくすると、黒川が電話で役員連中に招集をかける声がする。

昼休みをすぎてから、遺族会の役員たちが黒川の事務所に続々と集まってきた。

役員たちは、石田の寄付金の額を予想しあい五十万円から百万という者が多かった。百万より多い金なら、その金で代表をヘブリジース島に派遣して、慰霊塔を建立(こんりゅう)することにしようということになる。誰も、石田がヘブリジース島で部下を見捨てて連合軍に寝返ったことを知らないようであった。ヘブリジース守備隊兵は、羽山の兄誠一を除いて全員玉砕してしまったのだから……。

午後二時——約束の時間に、石田が三男の正三をボディ・ガードに連れ遺族会の事務所を兼ねた黒川法律事務所にはいってきた。

「これはこれは、閣下」

一同が最敬礼する気配がする。

「わざわざ集まってくれてすまなかった。儂は運命のいたずらでヘブリジースで部下と運命をともにできずに、今まで生きのびたことに対し、いつも気になって仕方ないんだ。それで今度防衛庁顧問を辞して隠居生活にはいるに際して、全財産を寄付させてもらおうと思ってな」

石田は重々しく言った。

「防衛庁をおやめになるんですか！」

「全財産とは！」

役員たちは叫んだ。

「全財産だ。しかし、まだ完全に整理できてないので、三日先の先付け小切手で持ってきた」

「ありがとうございます。さっそく、閣下に団長になっていただいて、ヘブリジース島に慰霊塔を建立する運動を盛りあげましょう」

黒川が言った。

「寄付をさせてもらう前に二つだけ約束を守ってもらいたい。一つは、さっきも言ったように、マスコミには発表しないこと。もう一つはマスコミに嗅ぎつけられても、儂の名はあくまでも伏せて匿名の者から寄付金が送られてきたことにしてもらうことだ」

「わかりました。閣下のおくゆかしいお気持ちには頭がさがります……私も弁護士です。秘密は守ります。それに、どうせ会の決算報告書には収入の部門に寄付金の額を記入しないとなりませんが、匿名ということなら、絶対に閣下のお名前を出さずに済むわけです」

「ありがとう。それでは、これを受け取ってくれるかね」

石田は言った。

ほんの少しの間を置いて、役員たちの口から悲鳴に似た叫びがあがった。

「三億円！」

「閣下、これは本当でしょうか」

「そうだ。三億円だ。べつに気が狂ったわけでない。儂の、やむにやまれぬ気持ちからだ」

石田は言った。どうせ三日後には不渡りにしてしまうのだ。

それから半時間ほど大騒ぎがあってから、石田親子は帰っていった。

羽山は、三日先の先付け小切手ということから、石田の考えが読めた。明日か明後日ということならまだ筋は通っている。良子が帰ってきたら実際に支払うということだからだ。しかし三日先では、良子が帰ってくる期限一杯をまる一日以上過ぎるわけだ。そこで不渡りにする気だ。銀行に積んだ金は、トンネル会社でも通して現金化して自分の懐に戻し、もし遺族会と裁判にでもなったところで、十年がかりで最高裁まで持っていくうちにウヤムヤになってしまうだろうし、万が一、体刑の判決があったところで、老齢のために収監はされない……。

事務所の窓から、羽山は石田親子がビルの前に駐まっているローヴァー三リッターに乗りこむのを見おろした。張込みの刑事がいる様子はない。

羽山はバッグを提げて事務所を出ると、エレベーターで下に降りた。ローヴァーはまさにスタートしようとしているところであった。

羽山は裏通りに置いてあったヤマハ三〇五CCにまたがり、バッグから出したヘルメットとゴッグルとマスク、それに手袋をつけた。空になったバッグをシートの後ろの荷物入れに引っかけ、エンジンをキック・スタートさせる。

空冷二サイクル・エンジンのいいところは、ウォーム・アップがたいして必要でないことだ。エンジンがかかるとすぐに羽山は発車させる。四谷見附(みつけ)のあたりで石田のローヴァーを追い越した。スピードを上げると風が冷たい。

上石神井に近い石田の屋敷に近づくと、羽山はスピードを落とした。近くにある工場の前の工員用の車置き場に単車を置いた。ゴッグルをヘルメットの上にあげ、マスクをポケットに突っこんで歩く。

電柱を伝って、千坪の敷地を持つ石田の屋敷の裏庭に忍びこんだ。裏庭には欅を主にした雑木林や池が、昔のままの武蔵野の面影を残していた。

青い葉をつけた榊の茂みに身を隠した羽山は、ゴッグルとマスクを顔の上に戻して待った。和服姿の石田正吾がくわえた葉巻きの煙をたなびかせながら散歩に出てきたのは夕暮れ近かった。その石田が羽山の隠れている茂みの前の小径を通り過ぎたとき、羽山は背後から襲った。ワルサーPPKで後頭部を一撃された石田は、あっけなく昏倒する。

和服の兵児帯で手足を縛り、袂を破って猿ぐつわをかませた石田を、近くの団地の駐車場に駐めてあったブルーバードSSSで有馬の丘陵の地下牢に運びこんだのは午後七時であった。娘の良子を閉じこめてある獄房に放りこむ。

自分だけの楽しみにふけっていた良子は父の姿を見て悲鳴をあげた。それでも、夢中で猿ぐつわと手足を縛っている兵児帯を解く。

跳ね起きた石田は、その良子を無視して鉄格子にしがみついた。

「出してくれ！　約束は守った。帰してくれ！」

と、わめく。

「約束だと？　先付け小切手を不渡りにする気だろう」

ヘルメットやゴッグルなどをはずした羽山は冷笑した。

「頼む。殺さないでくれ」

「ああ、殺しはしないさ。少なくともあと三日はな。小切手が無事に落ちるまではな。もっとも、あんたがこのまま死んでしまったところで、どうってことはない。あんたが娑婆(しゃば)で小細工をしないかぎり、遺族会に振りだした小切手は決済されるわけだから」

「あんたは、誰なんだ？　名前を言ってくれ！　本当にヘブリジースの遺族なのか？」

石田は鉄格子を揺すろうとした。

「ヘブリジースの生き残りだった羽山という人の弟。そして、東和コンツェルンに復讐しようとしている気狂いよ！」

良子が叫んだ。

「気狂いか！」

石田は呻いた。

「じゃあ、俺は気狂いということにしておこう。ところで閣下、自分の娘をなぐさめてやってくれませんかね」

羽山は悪魔の笑いを浮かべた。

「なんのことだ！」

「娘さんは毎日、自分自身をなぐさめている。あんたがかわいがってやってくれ」

「よして！」

良子は叫んだ。

「意味はわかったろう。さあ、はじめるんだ。そうでないと、あんたを今すぐ殺す」

羽山はワルサーＰＰＫを抜きだし、鉄格子の間から銃身を突っこんで引金を絞った。

石田の足もとに着弾の火花が散った。絶叫をあげて跳びあがった石田は、体にまとわりついている和服と下着を脱ぎ捨て、

「堪忍(かんにん)してくれ！」

と、わめいて、娘の良子に跳びかかった。必死の抵抗をする良子の下着を裂き、ベッドに押し倒す。異様な極限状態のなかで七十歳の石田も男を甦らせたのだ。

それからは地獄図であった。やがて二人が本能に身をゆだねてのたうつ様子を、羽山は冷ややかな復讐の笑いを浮かべて眺めていた。

背後から啜り泣きの声が聞こえた。振り向いてみると、殿岡絹子のほうも自分の獄房の鉄格子にしがみついて愛を求めていた。

第13章　ダイナマイト装弾

1

冬が木枯(こがら)しの音とともにやってきた。

羽山は、前科のついてない本名のほうで許可を受けた猟銃を使い、相模(さがみ)平野のコジュケイの猟場を、三十万円で手に入れた愛犬とともに歩いていた。日曜日だ。

愛犬はチリーという名の三歳のセッターであった。気狂いじみたスピードとレンジで駆けまわるアメリカン・フィールド・トライアル系の猟犬が幅をきかせている現在では珍しく、イギリスの古い血を残したチリーは、頭脳的な芸を見せてくれる。

落葉した雑木林と深い笹藪(ささやぶ)の境の萱(かや)の茂みの手前で、ジグザグに捜索していたチリーが急停止した。白黒サラサの毛が陽光に輝く。

羽山はフランキの軽い自動五連散弾銃のチューブ弾倉に二発補弾した。左足を前にしてスタンスをとる。右を軸足にすれば、ゲームがどの方向に跳んでも銃を振りまわすことができる。

認定の状態に尻尾をのばしたまま、チリーは萱の茂みに足音もたてずに寄りついた。そこで火を吹くようなポイントだ。そして次の瞬間、ラウンドをかけて、笹藪のなかに回りこみ、開けた雑木林のほうに向いてふたたびポイントし、鼻先で萱のなかですくんでいるコジュケイの数をかぞえる。

少なくとも、五羽以上はいるらしい。羽を寝かせて落葉のなかに身を伏せて、半ば催眠術をかけられたようになりながらも、なんとかして暗い方向に飛びこもうと小さな頭を必死に働かせているにちがいなかった。保護色なので、羽山に見えるわけはない。

羽山は銃の安全装置をはずした。深呼吸してから、

「行け!」

と、ポイントした尻尾の先を震わせているチリーに鋭く命令をかけた。スムーズに銃を肩つけする。

チリーは、萱の茂みに覆いかぶさるようにして跳びこんだ。その体の下から、キャッ、キャッ、と恐怖の声をあげて、赤黄色の七羽のコジュケイが跳びだした。凄まじい羽音だ。

チリーに暗い藪のほうをさえぎられているので、コジュケイたちは、明るい雑木林のほうに飛びださねばならなかった。二羽が羽山の斜め右向こうに飛び、残りが右の真横に飛ぶ。

羽山の銃が吠え、大きく広がった八号散弾は、斜め向こうに飛ぶ二羽を一発で血祭りにあげた。二羽は羽毛に包まれて落下する。

羽山はスムーズに銃を振り、右に飛ぶコジュケイを流し射ちした。三発で二羽が落ちる。あと一発を銃に残し、銃口をのがれたあとのコジュケイたちは林の外れに消えた。

羽山は乾いた落葉の上に腰を降ろし、米軍の作業服のポケットから煙草を取り出してロンソンの風防つきライターで火をつけた。チリーが一羽ずつ柔らかに口でくわえて運んでくる。

羽山は小さなゾリンゲンの五徳ナイフを出し、運ばれてきたコジュケイの腹を裂いて内臓を抜いた。尻から小枝や針金を差しこんで腸を抜けば簡単だが、腸が途中で切れたら、かえって腐りやすくなる。

そのとき、チリーが唸り声をあげた。羽山が射ち落としたコジュケイのうちの最後の一羽を、褐茶と白の斑点を持った若いポインターがくわえたからだ。

上品な見かけに似ず、チリーの闘志は強かった。ダッシュするとそのポインターにとびかかり、簡単に押えこんで歯を剥いた。コジュケイを口から放したポインターは、いまにも嚙み殺されそうな悲鳴をあげた。

雑木林を足音が駆け寄ってきた。人間の足音だ。姿を現わしたのは二人の男であった。

一人は五十七、八の痩身長軀。イギリス紳士型の男だ。もう一人は、お付きらしい二十八、九の逞しい男であった。

二人とも、洒落た猟服に身を包んでいた。年とったほうは二十番の細身のパーディの水平二連銃をかつぎ、若いほうは、重そうなリュックのほかに、ブローニング・スーパー・ライトの十二番の自動散弾銃をかついでいる。

その二人を目の隅でとらえた羽山は、

「チリー、離れろ！」

と、命令をかけた。

チリーは、ポインターを押えつけたまま身を引かない。猟欲と独占欲が異様に強く、主人の射ち落としたゲームは主人以外には絶対に渡さない猟犬としては無理もない。

「チリー・ノー！」

羽山は愛犬の首輪を摑んで二匹を引き分けた。ポインターのほうは、あおむけに引っくりかえったまま、まだ動けない。震えていた。

「失礼しました」

羽山の斜めうしろから、初老の男が声をかけた。二匹の横に落ちているコジュケイを見て、一瞬にして何が原因で犬たちが争ったかがわかったのであろう。

羽山は振り向いた。初老の男は、東和自販の社長横井(よこい)であった。銀色の口髭(くちひげ)を輝かせている。

「いや、こちらの犬こそ」

羽山はつつましい微笑で答えた。

横井と口をきけるようになるまでに、すでに羽山は三度横井と同じ猟場に出猟していた。はじめは、横井の運転手にでも応募しようと考えていたが、本名を使えば兄のことから正体がばれるし、北川のほうの偽名を使えば調査で前科があることがわかってしまうので、猟の好きな横井と猟場で知りあうことを考えついたのだ。

「とんでもない――」

横井は呟き、お付きの青年に、

「吉沢(よしざわ)君、ジェスをこっちに連れてきなさい」

と、命じた。

「お待ちください。お見かけしたところ、今日はツイてないご様子。いかがでしょうか、一緒にやってみませんか。もっとも一匹だけより、二匹で組になったほうがチャンスが多い。お近づきのしるしに、これを受けとっていただけませんか？　こんなこと言うのは生意気ですが、今日はツイていて、これを腰にさげていたのでは、もうすぐ定数オーバーになって、鳩でも射つほかなくなりますから」

羽山は言い、チリーに「後付け(バック)」を命じておいて、腸を抜いた一羽のコジュケイを横井のお付きの吉沢に渡した。コジュケイの定数は一人一日五羽だ。

「面目ない。喜んでお受けしましょう。実はこのジェスの両親は何度もトライアルに優勝した名犬だったのですが、運悪く犬泥棒にやられてしまいましてな。まだこのジェスはご覧のとおりの若犬。金さえ出せば今すぐ芸のできる犬は買えますが、今にもあの二匹が帰ってくるような気がして……」

「お気持ちはわかります」

羽山は、もっともらしい顔付きで言った。ジェスの両親を雉の匂いで釣って盗みだしたのは羽山なのだ。二匹とも、いまは土のなかに眠っている。

「申し遅れました。私はこういう者です」

横井は名刺を差しだした。商業用のものではなく趣味用のものだ。名前と自宅の住所と電話番号だけを書いてある。

「はじめまして。私はこういう者です。無職では世間体が悪いので、いちおうこんな仕事もやっていますが」

羽山は、羽山のほうは本名でも、名前のほうは一郎と刷った名刺を渡した。住所は下馬のアジト、肩書は翻訳業としてある。

「よろしく。私のほうは、自動車の販売をやっていまして……こちらは、吉沢君。秘書です」

「………」

羽山と横井の秘書という用心棒は会釈を交わした。

その間に、横井のジェスは、ちゃっかりと羽山が落とした四羽めのコジュケイをくわえてきて、噛み荒らしている。横井は困ったような顔をしていた。

「ゆっくり噛ませてやってください。若犬にとっては無理もないことだし、はじめは噛むことによって猟欲が盛りあがってくるものですから」

羽山は言った。

一行は、ゆっくりと狩り進んだ。チリーがポイントして眼光で射すくめているゲームもジエスが蹴り飛ばしたり、ジェスが遠くを右往左往している間にチリーががっちりと押えこんだゲームを、横井と吉沢が続けざまにはずしたりする。

それでも、昼までに、横井は羽山の援護で二羽のコジュケイと一羽の山鴫(やましぎ)を射ち落とすことができた。

陽だまりの枯草に腰を降ろし昼食をとった。吉沢の大きなリュックが重そうなのも道理で、そのなかには、アルミ・フォイルに包まれたレストラン顔負けの料理とドライ・アイスの箱にはいった缶ビール、それに犬用のソーセージまでが多量にはいっていた。

羽山もその昼食に付き合った。横井はご機嫌な表情で、

「ありがとう。久しぶりにいい猟をした」

と、缶ビールを羽山に渡した。

「午後はもっと楽しめるでしょう。僕はこのとおり、金はないが暇だけはたっぷりある人間

ですから、いつでも電話をしていただけたらご案内しますよ」

羽山は言った。

「ありがとう。私はいそがしい体だもんで、海外に出張した以外は、たまにしか遠くに出猟できない。それで、ちょこちょことこういった近くに日帰りで来ているんだが、職業案内人はずるくて嫌いだ。しかし、あなたのようなスポーツ・マンと一緒なら、最高に楽しい。ぜひ、長い付合いをお願いしますよ」

横井は頭をさげた。

2

三週めには、羽山は横井の自宅に猟の帰りに招かれるまでになっていた。

横井の猟用の車は、十二人ぐらい乗れると思われるキャディラックのプルマン・タイプであった。二列の後席は向かいあってすわれるようになっており、むろん、冷蔵庫やバーやコーヒー沸かしなどがついている。

トランクの湯タンクで手と顔を洗った羽山と横井は、制服制帽の運転手付きのキャディラックの後席で向かいあってすわり、よく冷えたマルティニのカクテルでキャビアやピンク・サーモンの燻製をつまみながら、横井の自宅に向かった。

羽山の猟用の車——善福寺の自宅の家政婦名義で買った中古のセドリックのワゴン——は、吉沢が運転して、キャディラックのあとからついてきている。

「最高のご身分ですね。こうやっていると、現実のことと思えなくなる」

羽山は横井に言った。横井がこんな贅沢のかぎりを尽くしているのも、兄の誠一を犠牲にしたうえでのことだ、と怒りに胸のなかは震えているが、表にはむろん、そんなことはいっさい出さない。

「若いころは苦労したよ。今も苦労は続いてるがね。まあ、何ごとも時の勢いというものだよ。君だって、いまにどんな運命が待っているかもわからない——」

横井は説教するような口調で言い、

「どうだね、暇なときは、うちの会社のＰＲ雑誌の手伝いでもしてくれたら？　もちろん、顧問料は出すよ」

「ありがとうございます。でも、横井さんに生活の面でまでご迷惑をかけたくありません。このとおり、つつましい生活をしていますので翻訳だけでも、なんとか食っていけますから」

「気に入った。ますます気に入りましたよ。君は、久しぶりに見る男らしい男だ」

横井はグラスを差しあげた。

横井の大邸宅は、渋谷松濤町（しょうとうちょう）にあった。森林公園のような庭のあちこちで、風切り羽を切られた雉が歩いている。キャディラックがお城のような三階建ての洋館の前に停まると、門番から連絡があったらしく、五人の女中が玄関前に整列して横井を迎えた。

猟服に使っている米軍の作業服のままの羽山は、晩餐の席に出るのを遠慮したが無理に引っぱり出された。

晩餐には、横井はタキシードをつけた。胸が大きく開いたイブニング・ドレスをつけた横井の娘幸子（さちこ）と、三男の伸夫（のぶお）もテーブルにつく。和服姿の妻もむろん列席した。東和自工の副社長三村（みむら）の妹だ。

幸子は、今年女子大を出る予定だそうだ。新鮮な果実のような色気を持っている。晩餐の内容も豪華であった。

そのあと、羽山はガウンに着替えた横井と、三階にあるガン・ルームに移った。

ガン・ルームは広く、羽目板の塀には、アラスカ熊からアフリカのライオンの毛皮までが貼りつけられていた。あらゆる種類の猟鳥が剝製（はくせい）になっている。

銃架には、実に三十丁の銃がかかっていた。二十丁までがイギリス製の超高級二連銃、あとの十丁が、やはりイギリス製の超高級ダブル・ライフルだ。

豹（ひょう）の毛皮を張ったソファに体を沈めた横井は、ラ・コロナの葉巻きをくわえ、とめどなく自慢話をはじめた。しかし、ライオンにしろアラスカのコディアック熊にしろ、実際は、案内人が仕止めたにちがいない、と羽山は思った。

横井が持っているライフル銃が一丁からせいぜい三丁までなら、そのライフルの銃身にひそかにグリースでもつめておき、猪猟にでも横井を誘いだそうかと思っていたが、おびただしい数のライフル銃を見て羽山は考えをかえた。

グリースにかぎらず異物がライフルの銃身につまっているのを知らずに発砲すると、銃腔圧が異様に高まり、銃身が裂けるだけでなくて、遊底まで吹っとんで、射手は命を失うことがある。散弾の場合は銃身はササラのように裂けるが、遊底が吹っとぶほどのことは少ない。

羽山は、銃に細工するかわりに、散弾の実包のほうに細工することにした。散弾の無煙火薬のかわりにダイナマイトをつめた実包を横井に発射させるのだ……。

翌日の夜、羽山の姿は秋川にある岩石採取工事現場の近くにあった。顔を黒いベールで覆いジャンパーと作業ズボンも黒だ。

飯場の窓からは灯が漏れ、酒盛りの騒ぎが聞こえる。火薬貯蔵庫は、飯場から五十メーターほど離れた小屋であった。貯蔵庫の見張りは飯場の酒盛りに加わっていることを羽山は自分の目で確かめている。

羽山は腰に、黒いズックの袋をくりつけていた。その羽山の黒い影は、闇にまぎれて火薬貯蔵庫に忍び寄る。

火薬貯蔵庫はコンクリート製だ。鉄のドアには南京錠がおりている。羽山にとって、南京錠などは錠のうちにはいらない。

羽山は貯蔵庫のドアの前に蹲った。用意してきた針金で南京錠を解き、そっとドアを開く。黒く薄いゴム手袋をつけていた。なかにはいると火薬独特の匂いが充満している。

ドアを閉じた羽山は、万年筆型の懐中電灯で照らしてみた。二十本入りのダイナマイトの箱が十個ほど、それに、黒色火薬の十キロ入りの缶が三十個ほど積まれている。黒色火薬のほうには羽山は用はなかった。そんなものは、どこの銃砲店でも正々堂々と買うことができる。

羽山は、箱を破り、ダイナマイトを腰のズック袋に詰めこみはじめた。横井を殺すためなら、一本の何十分の一の量で充分だが、あとでほかにも使うようになるかもしれないので、詰めこめるだけ袋に詰める。

三十本で袋は満杯になった。羽山はそっと貯蔵庫から忍び出た。ドアに南京錠をかける。

そこから三十メーターほど遠ざかったとき、飯場から一人の男がふらふらしながら歩み出た。火薬取扱いの責任者だ。

羽山は地面の窪(くぼ)みに身を伏せた。男は長々と放尿し、貯蔵庫に近づいた。南京錠がちゃんとかかっていることを確かめると、大声で流行歌をうたいながら飯場の酒盛りに戻っていった。

翌日の夕刊にも、翌々日の朝刊にも、秋川の工事現場でダイナマイトが盗まれたという記事は載らなかった。盗まれたのを発見して泡をくらった火薬取扱い責任者は、ポケット・マネーをはたいてダイナマイトの員数を合わせたのであろう。どの飯場でもやっていることだ。

そして羽山は、富岡のクレー射場で拾ってきた、エレー・カイノックの二十番の空薬莢にダイナマイトと散弾を手詰め装弾機で押しこんでいた。銃に関してはイギリス一辺倒の横井は、装弾もイギリスのエレー以外は使わない。空薬莢といっても、新品とほとんど変わらなかった。羽山はそれをビニールの小さな袋に包んだ。

次の日曜日は快晴であった。下鶴間の猟場で、羽山は午前中に三羽のコジュケイと二羽の山鴫、それに四羽の鶉を落とした。横井と吉沢はコジュケイと鳩を一羽ずつだ。

昼になって、いつものように豪華な昼食を草の上で食った。横井はこれもいつものように弾帯を腰からはずし、吉沢のリュックから受け取った装弾を補弾する。

横井と吉沢の視線が羽山からそれているとき、羽山の手が素早く動いた。ポケットのなかでビニールの袋から取り出したダイナマイト入りの装弾を、横井の弾帯の装弾とすり替えた。

午後一時半、チリーが、林の縁でポイントした。このごろは、チリーの邪魔になるというので横井はジェスを連れてこない。

「僕は林のなかで声を掛けて、ゲームをひらけたほうに飛ばします。あなたは、この畑のほうにいてください」

羽山は横井に言った。

「いつもすまん」

横井は興奮した表情で答え、パーディに装塡する。その二発のなかの一発は、羽山がすり替えたダイナマイト装弾だ。吉沢は横井の横五メーターのあたりに立った。

羽山は林のなかにはいり、蔓草（つるくさ）や棘（とげ）の生えた枝をかき分けてチリーのうしろに立った。

「行け！」

と、鋭く命じる。

チリーが跳びこみ、凄（すさ）まじい羽音とともに一群のコジュケイが飛びあがった。羽山が思ったとおり、畑のほうに飛び去る。畑のほうで、落雷のような轟音が吠えた。銃声などというものではない。続いて、吉沢の悲鳴が聞こえた。銃の破片が羽山の頭上にも降り落ちてくる。

「どうした！」

羽山はわざとわめきながら、畑に跳び出した。畑を二、三歩駆けてから立ちすくむ。

横井のパーディは破片だけになっていた。そして、横井の顔の右半分が消失しかかっている。左半分も原形を止（とど）めていなかった。倒れて痙攣する体に、左右の手首から先がなかった。

吉沢は発狂したように、小便を垂れ流していた。羽山が、

「早く交番に行くんだ！　それに、救急車を呼んでこい！」

と叫ぶと、吉沢は、銃とリュックを放り出して、絶叫を上げながら、転がるように駆け出した。

羽山は煙草に火をつけ、瀕死の横井を冷たく見おろした。あたり一面、血の海だ。

そのとき、横井が残っている左目を開いた。何か言いたそうに、潰れた口を動かした。

「俺がわかるか？　俺の正体が？」

羽山はその横井に声をかけた。

横井の左目が大きく見開かれた。

「俺は田城誠一の弟だ。田城誠一を覚えてるか？」

「……」

「きさまたちに見捨てられ、義父の健作に殺された」

「……」

「俺は復讐の機会を待っていた。とうとう、いま、きさまに対する復讐が終わるところだ。

俺はきさまの弾を、ダイナマイトをつめたやつとすり替えたんだ」

「た、助けてくれ……」

血まみれの横井の口から、かすかに聞きとれる声が出た。

「だめだ。兄貴は、もっともっと苦しんだ」

「悪かった。助けて……」

「さあ、あと何分できさまは死ぬだろうかな？」

「……！」

横井は異様な呻きを漏らした。左の瞳が瞼の裏に隠れる。大きく痙攣すると動かなくなった。

爆発で切断された手首から流れる血も、今はもう流れるだけの量を失っていた。皮膚の色は蠟のようになる。もう、輸血をしたところで追いつかないであろう。

三十分後、吉沢と駐在の巡査が喘ぎながら駆けつけたとき、羽山は死体の脇にひざまずいて、敬虔な祈りをささげている格好をしていた。巡査は、死体のあまりの無残さを見て、腰が抜けたようにすわりこむ。

第14章　破　局

1

横井の葬儀は、三日後、青山葬儀所で盛大に行なわれた。羽山は横井の猟友として、また横井の死の現場に居あわせた人間として、葬儀委員の一人として名をつらねた。

横井の死はむろん、相模原署によって調べられ、行政解剖まで行なわれたが、銃腔に異物がつまっていたことを知らずに発砲し、異常高圧で銃が炸裂したため、ということに落ち着いていた。銃腔に雪や泥がつまっていることを知らずに発砲して死んだり重傷を負ったりする者は年に何人もいるし、ひどいときには十二番の銃の薬室に二十番の細い装弾をあやまって詰めた上から十二番の装弾を装塡して発砲し、即死した者もいる。

葬儀には、東和自販の連中のほかに、東和自工や東和銀行のおもだった連中、それに政界や財界の大物たちも参列した。羽山は沈着な表情で彼らに挨拶しながら、彼らにさらに一泡ふかせてやる方法を考えていた。

もう兄誠一のための復讐というよりは、自分自身のためかもしれなかった。羽山は凶暴な自我を静めるために復讐という行為自体に執念を傾ける一個の悪霊と化していたのだ。この世に災いをもたらすために存在している不吉な悪霊だ。

喪服姿の氾濫(はんらん)するなかで、横井の娘幸子の美貌は鮮烈であった。女がいちばん美しく見えるときは喪服をつけたときだと言われるが、憂いに沈んだ幸子に、黒衣は、いつもの新鮮な果実のような色気でなく、退廃的とも言える色気を添えている。

その夜は、横井の自宅のサロンで、葬儀委員たちに慰労の宴が張られた。

幸子も接待を手伝った。羽山は、猟友としての横井の人格をたたえてみせながら、やけ酒のように痛飲した。夜が更(ふ)け、人々がつぎつぎに帰っていくと、泥酔した振りをしてソファに横になる。誰かが毛布を掛けてくれる。

前後不覚に眠りこんだ振りをして待った。やがて客たちは夫人の兄の東和自工副社長三村夫妻を残して帰った。その騒ぎが静まると、

「困りましたわね、奥さま。このかた、どういたしましょう？」

と、訴える女中の一人の声が聞こえた。

「起こして差しあげなさい。運転手に送らせましょう」

横井の妻の声がした。

女中は三人がかりで羽山を揺すった。羽山は寝言のようなことを唸ってみせ、いびきの音を高めた。

「仕方ないわね。そこで泊まっていってもらいましょうか?」

と、横井未亡人が兄の三村に尋ねる声がする。

「それもいいだろう。朝になって目が覚めたら、あわてて帰っていくさ」

三村は言った。

家じゅうが完全に静かになったのはそれから二時間後、午前三時であった。

羽山は喉の渇きと尿意に耐えかねて目を開き、そっと上体を起こした。百人近くの客を収容できる広いサロンには、薄暗い灯がついているだけだ。五人の女中の手できれいに片づけられている。

羽山はサイド・テーブルの水差しから水を飲んで立ち上がった。スリッパもはかずに、サロンの隅の大きな蘇鉄(そてつ)の樹の鉢植えに近づいた。

その蘇鉄の樹毛に密着させるようにして静かに放尿した。そのあと、水差しの中身の残りで、幹の匂いを流す。鉢の上に浮かんだ泡も消えた。

羽山の酔いは醒めていた。羽山は猫のように足音をたてずに、三階に続く階段を上がっていった。目と耳は研(と)ぎ澄(す)まされている。

幸子の寝室の位置は見当をつけてあった。一週間ほど前のある夜、横井邸の塀を乗り越え、ネグリジェをつけた幸子の姿が窓に映るところを観察したからだ。

目星をつけたドアの前で立ち止まった羽山は、ダーク・スーツのズボンの裾の折返しから、先端を潰した二本の針金を取り出した。廊下の光は弱かったが、指の感触さえしっかりしていれば、針金でロックを解く邪魔にならない。

ロックは解けた。大きく深呼吸した羽山は、ゆっくりノブを回した。慎重にドアを開いていく。

三十畳ぐらいの広さの寝室には天蓋（てんがい）がついた大きなベッドがあった。ルイ王朝時代の本式のベッドだ。天蓋からはベールの幕が垂れてベッドを包んでいる。

淡い間接照明とベールの幕が、ベッドに埋まるようにして眠りこんでいる幸子の顔に、神秘的な翳を与えていた。

細目に開いたドアから寝室に身を滑りこませた羽山は、開けたときと同じように細心の注意を払ってドアを閉じた。半自動錠をロックする。

着けていたものをすべて脱ぎ捨ててから、羽山はベッドにもぐりこんだ。幸子は目を覚まし、悲鳴をあげようとした。

羽山は、その唇を素早く掌（て）でふさいだ。静かに幸子を見つめる。幸子の瞳は恐怖に見開かれ、早鐘のような心臓の鼓動が羽山の体に伝わる。

「怖がらないでくれ。乱暴はしない」

羽山は囁いた。

「……」

幸子は、恐怖に萎(な)えたように動かなかった。

「君の父上から頼まれた。ご臨終のときに……幸子を頼む、と……好きだった。はじめて会ったときから、君が好きになった」

羽山は幸子の耳に唇を寄せて囁いた。幸子の耳を軽く嚙み、首筋に唇を這わせる。片手はネグリジェの胸を開いて乳首を愛撫した。

意思と無関係に、敏感な乳首は硬くふくれあがってきた。しかし、羽山はすべすべした腹に手をおろし、パンティに手をかけると、幸子は呪縛から解かれたように暴れはじめた。

しかし、羽山と幸子では力の差がありすぎた。たちまちのうちに羽山は幸子の腰から下を無防備にした。

あらがいながらも、羽山に巧みに官能を刺激された幸子が受入れ体勢をとったのは半時間後であった。不安におののきながらも、未知なるものへの期待のためか、幸子の泉は豊かであった。

羽山は、幸子と一体になってから、はじめて幸子の口をふさいでいた左手をはずした。そしてさらに半時間後には、幸子の喘ぎは苦痛からのものでなく、甘美なものになる。

幸子に合わせて羽山は儀式を終えた。体をずらせ、黙って幸子の髪を撫でてやり、流れ落ちる涙を吸った。

しばらくしてから、幸子がぽつんと言った。

「あなたを信じていいの？　パパが最後に残したっていう言葉は本当？」

「僕を信じてくれ。それに、君のパパから言われなかったとしても、僕には君以外に愛する女はない。愛しているよ。気が狂いそうになるほど君を愛している」

二人は、唇を交わした。幸子の新鮮さに、羽山は甦ってくる。

2

それから羽山と幸子は、しばしば外で待ち合わせてホテルにはいった。官能の喜びを知った幸子は、羽山が三日も連絡してこないと、下馬のアジトに押しかけてくるようになった。

すでにそのことを予想して、羽山は神田の古本街で買いこんできた洋書をアジトに並べてある。表札は羽山とだけしか書いてない。羽山一郎名義の翻訳書がないのはどうしたわけか、と幸子に訊かれたときのためには、自分は有名な翻訳家の下請けをやっているのだ、という答えを用意してあった。

年が改まり、二月十五日が来て猟期が終わった。羽山は、幸子と付き合う一方、豊島区役所の戸籍係のオールド・ミスに手を出していた。

知り合ったのは、池袋のマンモス・バーでだ。むろん、羽山はその女を尾行して、さも偶然のように向かいの止まり木に腰を降ろしたのだ。

女の名前は石川敦子。目鼻立ちがまずいだけでなく、鮫肌であった。夜ごと男に焦がれて自らなぐさめながらも、貯めこんだ小金を巻きあげられる心配から、まだ男を知るだけの勇気が出なかった。

ふた目と見れない醜女だから、そんな心配はしなくとも、まともなサラリーマンは敦子を相手にしない。しかし、金に困っているチンピラは、敦子から金を巻きあげようと寄ってくることがある。そんなとき、チンピラに希望だけ持たせておいて、いきなりタクシーに跳び乗ってアパートに逃げ帰ることで、敦子は自分を無視する男性への復讐を果たしたつもりになっていたのであった。そのくせ、アパートで一人きりになると、獣のようなチンピラの体を想って、つい、ひそやかな習慣にふけるのであった。

その夜、敦子はマンモス・バーのカウンターで、ダイキュリのカクテルを飲みながら、バーテンたちの顔を舐めるような視線で見回していた。

二杯めを注文しようとしたとき、バーテンの一人が、敦子の前に新しいグラスを置いた。

敦子は、まさかそのバーテンが自分に気があるわけではないだろうに、と考えながらも、食ってしまいたいような眼つきでバーテンを見つめた。

「失礼します。あちらのお客さんが差しあげてくれ、とおっしゃられたもので……」

バーテンは、馬蹄形（ばていけい）のカウンターの隅にいる羽山のほうを見た。

バーテンの視線をたどった敦子は羽山を見た。浅黒く整った顔と涼し気な眼もと、それにヘビー級のボクサーのような体を見て敦子は息を呑んだ。

まさか、あんな素敵な男が自分に酒をおごってくれるわけはない。男前を揃えたバーテンたちが色褪（いろあ）せて見えるほどのハンサムなだけでなく、金には不自由してないらしいことは、イギリス物らしい背広や、輝くばかりのワイシャツの袖に光るエメラルドや、胸に光るサファイアのネクタイ・ピンでわかる。

ところが、その男は爽やかな笑顔を敦子に投げると、グラスを差しあげたのだ。敦子の心臓は一瞬とまり、次いで顔に血が昇る。頬が赤く染まったというより、紫色に近くなった。

「あのかたが――」

チップを摑まされたらしいバーテンが言った。

「こちらさまと同席してもかまわないか、とおっしゃられていますが」

「本当？　からかってるんじゃないでしょうね？」

「とんでもない」

「じゃあ、お呼びして」

敦子は喘ぐように言った。

敦子の隣りに腰を降ろした羽山は、照れたように笑ってみせた。

「厚かましい男だと、お気を悪くなさったのじゃないでしょうね？　あまりにもすばらしいかたなので、つい自分を押えきれなくて」

「とんでもありませんわ。光栄です」

「じゃあ、お近づきのしるしに乾杯」

羽山はウイスキーの水割りのグラスを差しあげ、敦子の瞳を覗きこむようにした。見れば見るほどまずい女だ。

敦子の喉は興奮でカラカラになった。羽山とグラスを合わすと、思わずカクテルのグラスを一息に空にしてしまう。羽山はバーテンに、敦子のカクテルを注文した。

五杯めのカクテルを呑んだころから、酔いが急激に敦子の体を駆けめぐった。羽山は、

「少し冷たい風に当たりましょう」

と言い、一万円札をカウンターに投げだして敦子の腕をとった。敦子は催眠術にかかったように、羽山とともに歩きだした。

タクシーを拾った羽山は、運転手の耳もとに常盤台(ときわだい)の旅館の名を告げた。敦子はそれが聞こえぬ振りをして、羽山の胸に顔を埋める。ついに、夢見た王子を摑むことができたのだ。

車のなかで、羽山は優しく敦子の髪を撫でるだけで、それ以上のことを求めなかった。豊かに波打つ髪だけは敦子の自慢のものだ。敦子の体はどうしようもないほど熱くなってくる。

しかし、住宅街にひっそりと建つ旅館の前でタクシーから降りたとき、敦子はいちおうは

口で拒否してみた。

「嫌よ、怖いわ。ここ、旅館でしょう？　わたし帰るわ」

「酔いを醒ますだけですよ。心配することはない」

「本当に、変なことをしては嫌よ」

敦子は期待に濡れながらも言った。

二人は離れに通された。

冷蔵庫が部屋についているので女中はすぐに引っこむ。羽山は身を堅くしている敦子の目の前で、凄まじい筋肉を見せつけながら浴衣に着替えた。

「君もどう？　風呂を浴びたら？」

「わたし、そんな女じゃありません」

敦子は、かろうじて声を出した。

羽山は、いきなり背後から敦子を抱えあげた。足で奥の部屋との境の襖を開く。派手な蒲団に枕が並んでいた。

敦子は抵抗する振りをしたが、熟れきった三十一歳の体が、吸いこむように羽山を受け入れてしまう。そうなると敦子は、羽山が恥ずかしくなるほどの叫びをあげ、飢えた牝狼（めすおおかみ）のように羽山を貪った。

敦子は顔と反対に、洋子も及ばぬ名器を持っていた。処女の封印など自らの手でとっくに破ってあった……。

翌日、ぼろ布のようになった敦子は、はじめて役所を休んだ。羽山は敦子に、自分は戦後の混乱時代に大儲けして残した金の利子で食っているのだと言った。敦子は、自分は商事会社のOLだと自称した。

午後になって、二人は旅館を出た。羽山はデパートで敦子にオメガの腕時計を買ってやった。

狂喜した敦子は、羽山に、自分は豊島区役所に勤めている、ということを告白した。アパートの住所も教える。羽山が自分の貯めた小金が目的でないことを信じたのであろう。

映画を見て、ボウリングで一汗かいてから、二人は敦子のアパートにはいった。羽山は、抱えきれぬほどの食料の袋を運びこむ。

雑司ヶ谷にある敦子のアパートは鉄筋であった。三階にある、八畳とダイニング・キチンと、いじらしいほど狭い浴室が敦子の城だ。

ワインとすき焼きに満腹したあと、羽山は敦子のひざ枕で横になった。羽山の髪をいとしげに撫でる敦子に、

「ああ、いつまでもこうしていたい。こんな安らかな幸せは、はじめてだ。僕もそろそろ、身を固めたくなってきたよ」

と呟く。

「本当？」

敦子の声が上ずり、髪を撫でる手の動きがとまった。

「ああ、僕も気が弱くなったのかな」

「誰か、好きな女がいるの？」

「ここにいるじゃないか」

羽山は敦子を見上げて優しく笑った。敦子はしばらくのあいだその羽山を見つめていた。

急に体を震わせると、しゃくりあげながら、

「今の言葉、信じていい？」

と、羽山に上体を覆いかぶせるようにして言った。

「僕を信じてくれ」

羽山は上体を起こし、敦子を抱きしめた。

「夢のようだわ」

「できたら、近いうちに式を挙げたい。しかし……」

「どうしたの？」

「僕には戸籍がないんだ」

「………！」

敦子は顔を後ろに引くようにして羽山を見つめた。

羽山は寂し気で諦めきったような微笑を唇に漂わせた。

「びっくりしたかい？　驚かせてご免よ。でも、僕は戦災孤児だったんだ。僕の家は浅草にあった。東京の空襲で、おやじもおふくろも死んで、小学生だった僕だけが生き残った。親戚がどうなったかまではわからない。ともかく僕は、上野の浮浪児の群れに加わって、モク拾いをしたり、かっ払いをやったり、ヒロポンの売人をやったりして大きくなった。戸籍のことなんか僕には関係のないことだった。

あれは、十七になったときだった。そのころ、僕はあるブローカーの親分の用心棒をやっていた。そして、あるとき、親分からあるとこに届けろ、と言われたコーヒーの缶を、何気なく開いてしまったんだ」

「……」

「それが運命の分かれ目だった。コーヒーの缶のなかには、ダイヤ……それも、全部で千カラットという量だ。何しろ、ダイヤだと一合湯呑みにだいたい二千八百カラット分がはいるんだからな。僕はすぐに密輸品と気がついた。そして、フッと魔がさしたんだ。それを一億円ほどで宝石ブローカーに叩き売って僕は逃げた」

「一億！」

「そうなんだ。その金を持って僕は全国を逃げまわった。しかし、もうとっくに時効がきているし、僕のかつての親分も病死してしまった。暴力団狩りで親分の使っていた子分たちはちりぢりになってしまっている。だから僕は東京に戻ってきた。一億は減るどころか、利子でふえているぐらいだが、僕は寂しくてたまらなかった。そんなとき、君と会えたんだ」

「………」

「これは、僕に愛する女ができたときのために、ただ一つ処分せずに取っておいたものだ。受け取ってくれるね」

羽山は財布から、ガーゼにくるんだダイヤを取り出した。三カラットのブルー・ダイヤだ。洋子がアムステルダムで買ったものであった。

「これを……本当に……わたしに？」

敦子は絶句した。

「君には、こんなものの万倍の値打ちがある」

羽山は呟いた。

「怖いくらい。夢を見てるのでない証拠に、頬っぺたを叩いて」

敦子は神秘の光を放つダイヤから目を離すことができなかった。

3

夏の風が薫(かお)るころ、都心をはずれた多摩川聖イグナチオ教会で、一組の結婚式が、人目を避けるように、ひっそりと行なわれた。

　奇妙な結婚式であった。新郎側の肉親は、誰一人として式に参列していないのだ。肉親や親類だけでなく新郎の友人や恩師も列席していない。そしてウエディング・ドレスに包まれた新婦の腹は、見る人が見ればすぐわかるほどせり出している。

　新郎は、一郎という戸籍名になった羽山貴次、新婦は横井幸子だ。羽山には、親代わりとして、幸子の母の兄である東和自工の副社長三村とその妻が付き添っている。

「……死が二人を分かつまで、変わらぬ愛を誓いますか？」

　神父は羽山におごそかに尋ねた。

「誓います」

　羽山は聖書に手を置き、昂然と言った。モーニングが長身に似合い、真っ白なワイシャツと蝶ネクタイが浅黒く引きしまった顔に映え、新婦側の女たちが溜息をつくほどの男前であった。

「羽山一郎を夫とし、変わらぬ愛を誓いますか？」

　神父は幸子に尋ねた。

「誓います！」

　幸子は叫ぶように言った。

　二人は抱擁した。羽山は幸子に、五カラットのダイヤの結婚指輪をはめる。幸子は感動に頰を紅潮させて、羽山にエメラルドの指輪をはめた。

その幸子の顔には、かすかなそばかすが浮いていた。妊娠しているからだ。羽山の子であった。幸子をいたわるような眼差しで見つめながら、羽山はこの世のものでなくなった石川敦子のことを考えていた。

ちゃんとした結婚をするためにはどうしても戸籍が必要だ、と言う羽山に対し、敦子はそれなら失権回復の訴訟を起こしたらいい、と答えたのだ。

「そんなことはわかっている。でも、僕は戸籍がどこなのだかわからない。空襲にあう前に住んでいた浅草に住んでいたとしても、台東区役所も空襲で戸籍簿の原本は焼けてしまったから、僕の家系は新しく作られた戸籍簿に載っていない。裁判で認めさせようとしても、決着がつくまでは何年かかるかわからない」

羽山は言った。

「じゃ、こうすれば……二人で一緒に住みましょうよ。そのうちに、裁判所があなたの言うことが正しいと認めてくれるわ」

羽山の機嫌をそこねまいと必死になりながら敦子は言った。

「嫌だ。僕はそんなずるずるべったりに君と同棲するのは嫌だ。ちゃんと結婚届けを出して、晴れて夫婦になりたい。そうでないと、第一に君がかわいそうだし、第二に生まれる子どもが哀れだ」

「子どもを作ってもいいの！」

敦子は喜んだ。

「ちゃんと結婚したら、当たり前の話じゃないか。むろん、結婚したら、君には勤めをやめてもらう」

「どうしましょう？　どうしたらいいかしら？」

「君、豊島区役所に勤めていると言ったね。誰か戸籍係に親しい友だちはいない？」

「戸籍係？　わたし、戸籍係だわ」

「そうか？　これも運命だね。僕たちは前世からの縁がつながっているのかもしれないよ。戸籍係ならぼくの戸籍を作れる。羽山姓で、なるべく生残りが少ない戸籍を原本から見つけ、僕の名前を書きこんでおいたらいい。出張所には知合いは」

「多いわ。昼休みにときどき遊びに行っておしゃべりするの」

「じゃあ、出張所の写しも、区役所の原本に書き加えたとおりに直してくれ」

「怖いわ。バレたら」

「心配しないでいい。君は僕の奥さんになるんだ。万が一、バレたところでせいぜい罰金だろう？　役所が君をクビにしようとしたって、君はもうとっくに辞めてることになるんだから、痛くも痒（かゆ）くもない」

「………」

「僕を愛してくれていると思ったのは、僕の一人よがりだった。さようなら。幸福にね」

羽山は立ち上がる真似をした。

「待って！――」

敦子は羽山にすがりつき、

「やるわ。やってみるわ。わたしたちの幸せのためですもの」

と、ぎらぎら黄色っぽい目を光らせたのだ。

一週間後、アパートを訪れた羽山に敦子は、豊島区千早町に住んでいた羽山正信（まさのぶ）と律子（りつこ）夫妻の嫡男（ちゃくなん）としての羽山一郎名義の戸籍謄本のコピー、それに本籍地に住んでいることになっている住民票を黙って見せた。

羽山正信夫妻は死亡していた。兄弟も老人が一人しか残っていない。夫妻に本当の子は誰もいなかった。

「ありがとう。これで、僕たちも正式に夫婦になれるよ」

羽山は敦子を軽々と抱きあげて笑った。

これで羽山は戸籍を三つ持つ男になったのだ。東和コンツェルンにくいこむとき、本当の羽山貴次名義の戸籍では羽山の狙いがバレてしまうし、横浜のドヤで買った北川名義の戸籍を使ったのでは、北川が万が一にも生き残っているとするとおおいにまずいことになる。今度の新しい戸籍はありがたかった。

さらに一週間後、敦子は北海道でひっそりと結婚するためと言って、役所を辞めた。アパートの荷物は、羽山がかねてから駒場に借りている第二のアジトである安アパートに送られた。

友人に見送られて敦子は札幌行きの日航機に乗った。北海道では一足先に飛んだ羽山が凶器を用意して待っていた。敦子の死体を処分した羽山はすぐに東京に引き返し、駒場のアジトに送られてきてあった敦子の荷物をレンタ・カーの小型トラックで丹沢の山に運んで焼却した。むろん、敦子の死体からダイヤを回収してある……。

横井幸子と羽山の披露宴(ひろうえん)は、多摩川に面した川魚専門の小料亭で、ごく内輪の者だけが集まって行なわれた。ここでも羽山の縁者の姿はない。

通夜のような披露宴であった。それでも東和コンツェルンの大物は、みな顔を見せる。田城健作の件で羽山と洋子が二千万の口止め料をとったときには、交渉の任に当たったのは弁護士の浜田だけであったから、彼らは羽山のもう一つの暗い顔を知らない。

披露宴は早々に終わり、羽山と幸子は九州に新婚旅行に発った。機内で、つわりの症状が出た幸子が吐くのを羽山は優しく看護する。

羽山は、旅から帰ったら、渋谷松濤町にある横井家に住むことになっていた。杉並善福寺の屋敷は二億円で、あるボウリング場経営者に売り、二人の家政婦に一人二百万ずつの退職金をやってお払い箱にしていた。その退職金の手前、二人は羽山に不利なことはしゃべらないであろう。洋子の子の健一は、東北にある洋子の親戚に預けた。

五日間の新婚旅行から帰った羽山には、東和自工調査課統計調査係長という、毒にも薬にもならないポストが用意されてあった。

羽山は、それから約半年間、鳴りを静めて、ひっそりと過ごした。腹がますます大きくなってきた幸子は、羽山の模範亭主ぶりに満足しきっていた。

4

幸子が羽山の子を生んだのは、翌年の正月七日を過ぎたすぐのことであった。男の子であった。名は羽山の兄の誠一にちなんで進一(しんいち)と付けた。

産院に幸子を見舞った羽山は、自分の子を抱きあげて、頬ずりした。横になってそれを見守る幸子は、聖女のようであった。

羽山は、自分の闘志が鈍るのを覚えた。しかし、羽山は自分の弱気を叱る。東和コンツェルンの心臓に復讐の矢を突き刺すまでは、俺は人間の形をしていて人間ではないのだ。

羽山はひそかに、東和自工の株を買い集めはじめた。社長と副社長の死で東和銀行からその二つのポストに自動車業界について不慣れな人物が送りこまれた東和自販の業績が低下し、したがって一時は四百円近かった東和自工の株価は二百円ぐらいにさがっていたから、今まで暗い手段で稼いだ金のうちの約十億円で五十万株を買うことができた。それに、洋子から受けついだ約十万株がある。

　春の株主総会で、羽山は東和自工の重役に就任した。東和自工の資本金五百億のうちの筆頭株主は東和銀行で五百万株を持っているが、個人では自工の社長新藤が百万株を持っているのが最高で、あとはほとんどが二、三十万しか持っていない。

　重役陣に加わった羽山は、ほかの重役たちがどうやって私腹を肥やしているかの証拠を摑むのに、約一年をかけた。

　自工の社長新藤は、資材仕入部長の役職にあった当時は、出入りの下請業者としめし合わせて莫大なリベートをとっていたが、今は三新プレスという部品納入会社の秘密重役になって、割高な部品を納入させ、三新プレスの儲けから分け前を巻きあげていた。

　副社長の三村は、多摩絹糸という、東和の車のシートの材料を納入する会社の実質上の社長をしているほか、東和自工に溶接ガスを一手に納入する会社の大株主であった。

　そのほか、車のドア・パネル、ダッシュ・ボード、計器、ヘッド・ライトなどはむろんのこと、フロア・マットやサービスで新車につける毛ばたきにいたるまで、重役たちが私腹を肥やす材料になっていた。羽山は、下請会社からそれらの情報をとり、証拠の写しを手に入れるために、一億近くの金を使った。

　次の株主総会は、五月十五日に行なわれた。株主や総会屋約千人の前で社長たちは淡々と

会計報告を行なった。議長を務めた副社長の三村が、

「それでは、異議がございませんでしたら、これをもちまして閉会にしたいと思います」

と言う。

金をたっぷり摑まされている総会屋たちに異議があるはずはなかった。三村が愛想笑いを顔一杯に浮かべて、

「それでは、これをもちまして、めでたく……」

と言った時、重役席から羽山は立ち上がり、

「異議あり」

と叫んだ。

議場はどよめいた。社長たちは羽山に、

「どうしたんだ、気でも狂ったのか？」

「落ち着きたまえ。何を馬鹿なことを言う」

と、泡をくって叫ぶ。

「私は気が狂っているわけではない。ここに、社長以下全重役が、いかにして会社を食いものにしているかの証拠書類の一部を持っている。反駁できるものならやってもらいたい。念のために言っておくが、ここに持ってきたコピーには何通も別にコピーをとってあるから、破り捨ててもむだだ」

羽山は昂然と言い放った。

議場は大混乱になった。新聞記者もまぎれこんでいたらしくフラッシュが閃く。会社の雇われ総会屋が壇上に跳びあがって、羽山に詰め寄った。

「流会を宣言いたします！　日時は追って通知します」

マイクを摑んだ三村議長がわめいた。

しかし、一般株主は黙っていなかった。

「しゃべらせろ！」

「われわれは真実を知る権利がある」

「総会屋は引っこめ！」

と、合唱のように叫ぶ。

羽山に摑みかかろうとした総会屋たちは、仮面を剝ぎ落とした羽山の凄まじい眼光と体から放射される殺気を感じて、壇上で立往生した。三村は流会を叫び続けている。社長はまっ蒼になって脂汗を滲ませていた。

そのとき、一人の老人が、ステッキをつき、ボディ・ガード三人に護られて重役席に近づいた。

財界の一匹狼と仇名されるアラブ石油の会長山本吾郎だ。東和自工の社外大株主であった。

その山本を見て、自工の社長たちや総会屋たちに狼狽の表情が強まった。総会屋は壇から降りる。

山本はステッキを新藤社長に突きつけるようにした。

「株主代表として要求する。あの若い役員に発言を許しなさい。われわれは株主として、君たちが裏で何をやって株主に損害を与えているかを知る権利がある」

「会長、羽山はきっと気が狂っているんです」

新藤は叩いた。

「それは、君たちが勝手にそう決めているだけだ。発言させなさい。それとも、あの若い役員にしゃべられたら、真実が暴露（ばくろ）されるのを怖れているのかね」

「しかし……いたずらに混乱を……」

「じゃあ、いますぐ株主たちの、君に対する罷免（ひめん）動議をまとめようか？」

「わ、わかりました」

新藤は肩を落として呟いた。

山本は三村にステッキを向けた。

「羽山役員、発言してください」

三村は呻いた。

羽山は、アタッシェ・ケース一杯の証拠書類を示しながら、社長以下の背任横領についてしゃべっていった。

株主たちは、今まで自分たちがいかに騙されていたかを知って怒りの声をあげ、社長たちはマラリアにとりつかれたように震えはじめる。

二時間以上かかって羽山は社長たちを弾劾した。自分の椅子に戻ってそれを聞いていた山本が三村議長に発言を求め、

「君たちはいま明らかにされた背任横領を認めるか！」

と、羽山を除く役員たちの一人一人に、ステッキを向けた。

「認めない！」

「そんなものは証拠書類なんかでない。偽造書類に決まっている！」

「名誉毀損で羽山君を訴えるつもりだ！」

役員たちはつぎつぎに叫び、よろめくようにして退場した。株主たちは彼らへ罵声を浴びせた。速記者たちも退場する。

壇上に残るのは、羽山だけになった。ふたたび山本が壇上に登り、マイクを握って、

「われわれはいま目を覚まされた。社長以下、羽山君を除く全役員を、地裁に告訴したいと思う。それについては、株主の代表団を選びたいと思う……」

と言う。フラッシュがふたたび激しく閃いた。

社外大株主二十名が代表になった株主団は、夜までかかって羽山の書類に目を通し、社長たちを告訴することを正式に決定した。

翌朝、東和自工の株は売りが殺到し、株価は暴落を続けた。

5

それから半年が過ぎた。

羽山を除く社長以下の全役員は罷免され、新社長には山本がなった。副社長には、東和銀行の経理担当重役が移ってきた。

羽山は常務取締役となった。山本に認められたせいもある。それに、自工の株価が五十円の額面すれすれまでさがったころ、ひそかに横井家の屋敷を抵当に入れて反東和コンツェルンの西急(せいきゅう)銀行から五億の金を借り、それでさらに自工の株を買っておいたせいもある。今は自工の株は四百円まで回復していた。

羽山は値上がりした株の一部を売って屋敷の抵当を抜いたが、それでも残った株約八百万株とすでに持っていた六十万株で、それまでの自工の筆頭株主である東和銀行の持株五百万株を抜き、会社一の大株主となっていた。

そこまで来て、羽山は一息入れた。幸子と息子の幸せのみを望む人間になってくる。

しかし、ガムシャラに突き進んできた悪霊が、一息入れて人間に帰ったとき、人生には大きな落とし穴が暗い口を開いて待っている。

その日は土曜であった。昼過ぎに屋敷に帰った羽山は、秋の陽(ひ)が背中に気持ちいい芝生のテーブルで、進一を抱いた幸子と話し合いながら、女中に運ばせたビールを飲んでいた。

話は、最近羽山がスイスに買った別荘地のことについてであった。日本でも、財界人のあいだでは、スイスの銀行に金を預けるだけでなく、革命や戦争の勃発(ぼっぱつ)にそなえて、スイスに土地を買うことが流行している。スイス人が自分たちの住む土地がなくなると言って騒いでいるほどだ。

羽山が買ったのは、レマン湖畔(こはん)の三千平方メーターであった。分譲業者に、山小屋風の別荘を建てることを依頼してある。

「別荘が建ったら、さっそく出かけてみようね」

羽山は幸子に言った。

幸子の美貌は崩れなかったが、若奥さま風の落着きが出ていた。

「うれしいわ。スイスに別荘が持てるなんて夢みたい。世界一の旦那さまを持って、わたし幸せよ」

「僕も君のような奥さんを持って幸せだよ。それに進一もいる。進一が三つになったら、ぜひ次の子が欲しいな」

「何人でも生むわ。この家が幼稚園みたいになったら、また楽しいでしょうね」

「伯父さんのことで怒ってない？」

「もう怒ってはいないわ。伯父さんには気の毒と思うけど、判決がおりるまでには何年もかかるでしょうし、せいぜい罰金と執行猶予でしょう。今まで悪いことをして貯めたお金がだいぶ残っているから、生活に困るわけでなし。もう、済んだことは忘れましょう。わたしとあなたと進一のことだけ考えていたいわ」

幸子は言った。

そのとき、進一がむずかりはじめた。

「坊やのお昼寝の時間だわ。すみません、あなた。坊やを寝かしつけてきますわ。わたしが一緒でないと眠らないの」

「いいとも。君も昼寝したらいい。僕は昼食を終わったら、池で釣りでもしているから」

羽山は笑い、立ち上がって幸子と進一の頬に唇を当てた。女中が冷や麦を運んでくる。

昼食を終えると、羽山は深山のような林を分け入った。自然のままのような、二百坪（六六〇平方メーター）ほどの池があり、そのほとりに四阿（あずまや）があった。池の中央には湧き水が小さな渦を起こし、カイツブリが羽山の姿を見て水中にもぐった。散歩道に出ていたオオバンの番（つが）いが、あわてて葦の茂みに駆けこむ。

四阿には、釣道具と作業服がかかっていた。羽山は、作業服に着替え、石を引っくり返して取りだしたみみずを釣針につけて当たりを待つ。

釣ったところで、針から放してやるだけのことだ。羽山は釣り自体よりも、静寂のなかに身を落ち着けていることが好きであった。

羽山は出獄してからのことを思い出す。いろいろなことがあった。俺のために死んだ人間は何人ぐらいいたろうか？　俺は短いあいだに、ひどく年をとったような気がする。

「引いてるぜ」

羽山の背後からとつぜん声がかかった。

羽山は思わず釣竿(つりざお)を落とした。釣竿は水面を引っぱられた。かなりの大物がかかっているのであろう。

羽山は振り向いた。

その男は、薄笑いを浮かべて立っていた。年は羽山と同じくらい。そげたような頬と蛇のような目を持っていた。吊しで買ったらしい背広をつけている。

〈北川！〉

と、叫ぼうとした声を押え、羽山は、

「君は誰だ！　家宅侵入罪で訴える！」

と呻いた。

「俺を忘れたのかよ、羽山さん。もっとも北川さんと言ったほうがいいのかな。俺の戸籍を買ってくれたんだからな」

「なんのことかわからん！」

羽山は脂汗が腋の下を流れるのを自覚しながら冷たく言った。

「俺が生きていたからって、そんなに怯えるなよ。俺はあのころはもう助からんと思った。だけどよ、社会福祉協会とかいうところの連中が俺を病院に突っこんでくれた。病院で二年、サナトリウムで三年……今の俺は、このとおりにピンピンしている。もっとも、戸籍をあんたに売ってしまったんで、今は南村（みなみむら）と名乗ってるがな……商売は競馬のノミ屋さ。あんたの顔を経済新聞の写真で見た時は、世のなかには似た奴がいるな、ぐらいにしか思わなかった。ところが、あるとき、東和自工の工場に、賭け金を工員に払い戻しに行って、あんたが歩いているところを偶然見たんだ。あんたは俺に気づかなかったろうが、俺は羽山と名乗っているのが誰だかはっきりわかった。それで工員たちにあんたの噂を聞いてみると、あんたが東和自工で急にのし上がったのは最近のことで、三年前には東和の社員でもなかったことがわかった」

北川はにやりと笑った。

「なんの話だかさっぱりわからん。帰ってくれ。帰らないとパトカーを呼ぶ」

腰が痺れながら羽山は言った。

「俺は図書館に行って、昔の新聞を読んでみた。病院やサナトリウムにはいったときには、新聞なんか読む気が起こらなかったんだがな……七年ほど前の新聞に、あんたのことが……強盗と過失致死で捕まったことが出ていた」

「馬鹿な、私は羽山という名だということがわからないのか」

「まあ、聞けよ。あんたは、その事件で三年間くらいこんだ。あんたの指紋がついたシガレット・ケースを、いまさっき四阿の洋服のポケットから借用しておいた――」

北川は自分の胸ポケットを叩き、

「こいつを警察に持っていって指紋照合をしてもらったら、あんたが誰だかは一発でわかる」

と、ふたたび薄笑いする。

「警察がまともにきさまの世迷いごとを取り上げるもんか」

羽山は言った。口のなかがカラカラだ。

「あんたが名士だからか？　ふざけちゃいけねえよ。それに、もとの東和自工の社長たちは、あんたをずいぶん恨んでるんだってな。サツにたれこむ前に、奴らに話を買ってもらってもいいんだ」

「よし、わかった――」

羽山は言った。度胸が据わり、恐怖は去った。

「いくらで売る気だ。俺はその倍を払おう。いくらだ？」

「とうとう認めたな？　あんたは、やっぱり利口者だよ。奴らからはたいしてもらえないが、あんたからは十億はもらわないとな」

「十億！」

「それだけ払っても、あんたは損しねえぜ。俺がサツにしゃべったら……」

そこで羽山は北川に跳びかかった。右の手刀を横に払う。

しかし、相手の動きは意外に敏捷であった。尻もちをつきながら跳びじさると、上着の裾で隠していた腰のホルスターからモーゼルのＨｓｃ自動拳銃を抜いて羽山に向けた。撃鉄を起こし、

「羽山、とうとう罠にかかって馬脚をあらわしたな。私は北川ではない。真田警部補だ。北川は死んだ。私は全国の警察官のなかから、北川にいちばん似た男として選ばれたのだ」

「………」

羽山は唸った。

「羽山、もう年貢のおさめ時のようだな。国税庁もきさまの資金の出所を洗っている。われわれ警察は、きさまについて、五指にあまる殺人事件の容疑を持っている。もう、むだな抵抗はよしたほうがいい。この屋敷は、植村主任指揮の百名以上の武装警官に囲まれている」

真田警部補は立ち上がり、左手でポケットから笛を取り出して鋭く吹いた。樹の陰や庭石のうしろから制服警官が姿を現わす。

しかし真田は、笛を吹いたとき、わずかに羽山から注意をそらした。

その一瞬の隙が真田の命取りになった。羽山はいきなり真田の股間を蹴りあげるとともに、

真田の右手首をその手刀でへし折ってモーゼルを奪ったのだ。

罠にかかった豹のような形相で羽山は真田の眉間を射ち抜いた。手早くかがむと真田のベルトから、二つの予備弾倉がはいった弾薬サックを引きちぎる。

「銃を捨てろ！」

林のなかから指揮官の植村がスピーカーで叫んだ。

羽山は林のほうに銃を向けた。

とたんに警官隊は射ってきた。何十丁という拳銃の一斉射撃の轟音は落雷のようだ。

羽山は脚と脇腹を射ち抜かれて転がった。罵りながらモーゼルを射ち返す。警官隊から悲鳴があがったが、警官の拳銃は規則で弾倉に五発までしか装塡できないことになっているから、たちまちモーゼルの弾倉は射ち尽くされ、遊底は開いたままとまった。

羽山は弾倉を取り替えた。射たれた痛みはない。挫折感と、罠にかかった獣の怒りがあるだけだ。

警官隊はふたたび一斉射撃した。羽山は体じゅうに十数発の銃弾をくらい、血まみれのぼろ人形のようになって着弾の衝撃に跳ねた。血を咳きこみながら、反射的にモーゼルを乱射する。

もう意識はほとんどなかった。混濁した意識のなかで俺の暗い野望は潰えても、俺の悪霊は必ず地獄から甦って、ふたたびこの世に災いをもたらしてみせる、と呟きながら、羽山は暗黒のなかに落ちていった。

解説

船戸与一(ふなどよいち)
（作家）

戦後日本文学の巨大な単独峰・大藪春彦の解説陣の戦列に加えられたことをまず誇りに思う。ハードボイルドと謂(い)おうと冒険小説と呼ぼうと活劇を全面に押しだした小説の今日の隆盛は彼によって引っ張られたものだ。充たされない無数の夢のなかに潜む漠とした破壊への願望を大藪春彦は七〇年代後半までたったひとりで引き受けてきたし、新たな作家が輩出したいまもトップ・ランナーでありつづけてる。まさに巨人と言うしかない。銃弾。ナイフ。ダイナマイト。車輛。これらが持つイメージは日本では『野獣死すべし』以降、大藪春彦によって鍛えあげられてきた。敗戦後、唾棄(だき)すべきものとして倉庫の片隅に押しやられてたものが彼によって光を与えられたのである。これは他のどの作家も忌避(きひ)していた試みだったろう。おおげさな言いかたをすれば、日本の文学的伝統とやらへの全的な叛逆(はんぎゃく)だった。大藪作品の主人公たちのほとんどは正規兵ではない。そういう主人公たちと同様に彼は一貫して文学上のテロリストでありつづけた。いまもむかしもそのことについては何の揺るぎもない。それが巨大な単独峰と呼ばれる所以(ゆえん)なのである。

状況の最前線では暴力のみが機能する。大藪春彦によって繰りかえし提示されてきたこのテーゼは文壇主流派の顰蹙を買いつづけてきたと聞く。平和と民主主義という経文を唱えながら戦後体制に安住しようとするとき、彼の小説が放つどす黒いメッセージは耐えがたかったからだろう。思うに、市井の苦悩という明治以降の日本文学の主流テーマ、おそらく純文学的誘惑から大藪春彦はどのようにみずからを解き放ったか？　それはデヴュウ作『野獣死すべし』ですでに宣言されてる。伊達邦彦は「大学で初めの二年間同級だった。滅多に他人とは付き合わず、いつも深刻な顔をして何か考えこんでいた。高校時代、何回か自殺を計った事があると言っていた。酔うと太宰の文章を暗誦した。典型的な文学青年である」いっときの仲間を殺す。「初めの一発は、恥じらう処女から奪う最初の接吻のようなものであった。邦彦は真田の顔に向けて、続けざまに発砲した。焼けて熱くなった銃身と、鼻を刺す硝煙の下で、肉と血と骨が四散し、人間の頭というよりは一個の残骸と変った」ここに潜む隠喩は日本の文学的伝統との断固たる訣別と読むしかない。

これ以後、大藪春彦のすさまじい進撃は周知のとおりだが、彼の全作品に通底する名状しがたいストイシズムはこの訣別が不可避的に呼び起こす新たな価値へのじりじりするような模索なのだろう。主人公たちは好き勝手に女を抱く、犯す。生に近い肉をたらふく喰う。破壊はしたい放題だ。だが、大藪春彦は主人公たちに、たとえば伊達邦彦にかならず次のような性格を附与する。「快楽とは何も酒池肉林のみを意味するものでは無かった。キャンバスに絵具を叩きつけるのも肉体的快楽であり得たし、毛布と一握りの塩とタバコと銃だけを持って、狙った獲物を追って骨まで凍る荒野を、何か月も跋渉(ばっしょう)する事だって、彼には無上の快楽となり得た」物質にたいする精神の毅然たる優位性。このストイシズムがゆえに、獣性の権化(ごんげ)のように振舞う大藪小説の主人公たちはいつもそこはかとない神々(こうごう)しさを帯びるのである。

文学青年殺しに端を発したストイシズムは苛酷(かこく)な肉体の鍛練に留まらず、それはあらゆる凡庸(ぼんよう)さへの嫌悪となって表われる。この嫌悪は憎悪に近い。多くの作品のなかで、別段、主人公に憎しみを抱いてるわけでもない瞬時の脇役たちが無造作に殺される。ときには主人公に愛情を示した登場人物たちですらが。凡庸であるというただそれだけの理由で。一見、主人公の生理であるかのごとく見えるこういう殺しを通して、大藪春彦はみずからのストイシズムをさらに厳しく鍛えつづけてるように思えてならない。

このストイシズムをがっちり支えているのが社会全般にたいする憤怒(ふんぬ)の深さだろう。これについてはどの解説者の意見も一致してる。朝鮮半島からの引揚げ体験。収容所生活。ジフテリアに罹(かか)った妹。無能で無情な日本政府。闇市。私腹を肥やす資本家。それと結託する政治家。大藪小説の基盤をなすものとしてこれらのことは熱心に語られた。だが、それにしても、と思う。十年ばかりまえ、医薬品プロパーを主人公にした『戦士の挽歌(バラード)』を読んでほとあきれたことがあるのだ、その憤怒の底の深さに。すでに功成り名を遂げて久しい大藪春彦はどうしてこれほどまで強靭な憤怒を持続できるのか？　なぜ衰えない？　幼いころの記憶だけでそれが可能なのか？　作家の内面を覗こうとするこういった問いは本質的にはむだで、創りだされた作品にのみ反応すればいいことだ。それはわかってる。しかし、にもかかわらず、やはり後世、大藪春彦研究者たちの討議の材料となるだろうと思う。日本の戦後文学のなかでそれほどこの憤怒の深さの持つ意味は大きい。

さて、本書『復讐の弾道』だ、これは昭和四十二年に発刊された。大藪春彦は著者の言葉としてこう記してる。「初めは兄への復讐のために立った主人公が、すべてを破滅させずにいられない己れの強烈な意思に引きずられ、しだいに〝復讐のための復讐〟を愛するようになった過程を示したかった。そして、主人公が野望を達したあとは虚しさのみが残ると知りつつ、非情な行動に赴く必然性を表わしてみたかった」。デヴュウからほぼ十年後に書かれたこの小説は作家としてまさに油の乗りきった時期に産み落とされたものであり、彼の復讐という行為にたいする思念が何度も検討を重ねられて生まれでたものだ。結末は無数の羽山貴次の出現を予感させて幕を閉じる、怨念が燎原の火となって日本列島に拡がることを。「混濁した意識のなかで俺は暗い野望は潰えても、俺の悪霊は必ず地獄から甦って、ふたたびこの世に災いをもたらしてみせる」。こうして大藪春彦は個的な感情を個的な領域に留まらせないと宣言したのだ。羽山貴次はだれに転生するか？　これがこの作品以降の大藪小説を読む愉しみとなってくる。たとえば、『傭兵たちの挽歌』では主人公は絶対の憤怒を軸として世界構造と立ち向かうことになるのである。

こういう発想の拡大はあってももちろん大藪小説の基底音はデヴュウ以来変わりはしない。強黙な憤怒に裏打ちされた名状しがたいストイシズム。それと同時に、これまで彼の作品のなかでいくつも示されてきた予見性もまた健在である。ヘブリジーズ遺族会。二十数年まえに書かれたこの小説で呈示された発想は一九九一年秋のいま、かたちを変えてアジアのあちこちで動きだしてる。旧・南洋群島。旧・朝鮮半島。旧・香港。第二次大戦末期の事情と戦後復興の仕組みがセットになって日本は高度成長期へと突入した。GNP世界第二位の地位を獲得して安定期を決めこんだいま、過去の亡霊からその偽瞞を撃たれはじめたのである。秀れたハードボイルドはときとしてすさまじい予見性を持つ。この作品も他の大藪小説同様、そのことを証明してると言ってよかろう。

それとともにこの作品を語るとき、山谷の寄せ場のシーンを抜きにはできまい。「紙幣は風に舞った。通りをぶらついてる、山谷に暮らす労働者や女たちは、一瞬自分たちの目が信じられないようであったが悲鳴に近い叫びをあげて紙幣に跳びつく」「制止しようとする張込み刑事を押し倒して踏みつけ、路上を舞う紙幣に跳びついた。紙幣を奪いあって殴りあいがはじまり、突き倒された女の悲鳴がほとばしる」。こうして羽山貴次の標的のひとり東和自販副社長・殿岡次郎は「死体と変わっていた」のである。ここには大藪春彦の一貫して変わらない世界観が凝縮されて展開されてる。何人かの評論家は「大藪春彦は民衆の側に立ち、その代弁役を努めた」と書いてるが、そんなことは一度としてなかった。逆だ、彼は民衆という名の顔のはっきりしない存在を軽蔑しきってると思う。大藪春彦にあっては民衆＝群れと図式はデヴュウ以来変わりなく、それは彼のストイシズムが受け入れるはずもないのだ。その証左がこの作品のこのシーンにある。憤怒の対象・私腹を肥やしつづける強欲な企業家を軽蔑の対象・民衆に撲殺（ぼくさつ）させる。企業家の死に美学はなく、民衆の爆発に志操はない。大藪春彦はこうやって文学上のテロリストたるみずからを磨（みが）きつづけるのである。

最後に、この稿を書くにあたって再読した結果、同時代的に読んでたころには気づかなかった点がある。それは銃器や車輛のメカニックなもののみでなく、大藪春彦の数字全般にたいする拘泥（こうでい）だ。二十円均一の鮨。線路沿いのベッドハウスが一泊二百円から。洗濯したシーツつきの個室は五百円。駒場の流し台つきアパートは敷金一万家賃三千円。走行距離一万二千粁（キロ）のブルーバードSSS中古車の値段は四十万円。最高級娼婦のショートタイムはスコッチとキャビアつきで二万円。こういう数字が並ぶと二十年まえの世相が知らず知らずのうちに炙（あぶ）りだされてくるのだ。もちろん、これは二十数年後にはじめて読む読者のためにそういう効果を狙ったものとは思えないが、無意識のうちにそうなってしまうのが巨人の巨人たる特質なのかもしれない。

いずれにせよ、大藪春彦は日本戦後文学の巨大な単独峰であり、登山家にたとえるなら単独登攀（とうはん）のみを行なってきた鉄人クライマーである。最近になって活劇小説の書き手はどんどん輩出してきたが、だれも彼の作風を真似ることはできない。それは拒否されてる。継承不可能なマグマがどの作品にも渦巻いてるのだ。これこそ先行者の特権だろう。大先達にたいして不遜は承知のうえでこう書いてきた。乱想不敬。妄言多謝。不遜を重ねてこう言う。

「大藪さん、おれも征きます、極北をめざして」

※本文中に、今日の観点からみて差別的と思われる台詞や表現が含まれています。それらは作品が発表された一九六七年（昭和四二年）当時の時代及び社会風俗を反映したものであり、また、著者がすでに故人であることも考え併せ、原文のままとしました。読者の皆様のご理解を賜りたくお願いいたします。

（編集部）

一九六七年十月　カッパ・ノベルス（光文社）刊

光文社文庫

復讐の弾道　新装版

著者　大藪春彦

2022年11月20日　初版1刷発行
2023年10月10日　2刷発行

発行者　三宅貴久
印刷　KPSプロダクツ
製本　ナショナル製本

発行所　株式会社　光文社
〒112-8011　東京都文京区音羽1-16-6
電話　(03)5395-8149　編集部
8116　書籍販売部
8125　業務部

落丁本・乱丁本は業務部にご連絡くだされば、お取替えいたします。
ISBN978-4-334-79448-4　Printed in Japan

組版　萩原印刷